發刊辭

希望是本無所謂有，無所謂無的。這正如地上的路；
其實地上本沒有路，走的人多了，也便成了路。

台灣海峽原本不寬，浪濤日夜不停拍打著兩岸，戰亂與
變革卻將兩岸阻隔了大半世紀，幾乎隔成了兩個彼此陌生的
世界。說著同樣的話，卻聽不見彼此的心聲，當然也捉摸不
了彼此的歡欣與憂愁。這聽來真是有些荒唐。

所幸上個世紀末兩岸恢復了往來，走動的人多了，就有
了搭橋的需要。搭這橋不只是便於運輸貨物，交換土特產，
更希望能便於心靈的交流。

我們想起了光復初期的《橋》副刊，當年楊逵和大陸來
台作家面臨何等艱難的處境，共同努力開闢了這一塊文學思
想的園地，從作品、評論甚或論爭來照見彼此的樣貌，傾聽
隔絕了半個世紀的心聲，為了摸索通向未來的路。

我們在此不惜氣力來揮汗搭橋，用十足的誠意引介一
些新鮮的作品，希望從文字連結陌生的兩端，連結現在與過
去，連結現在與將來——如同前輩們曾經努力過那樣，我們
正摸索新的契機，希望重新激發文學與我們當前生活之間的
活力。

編輯
札記

　　在兩岸文學交流的場合裡，最常出現的話題是：你最熟悉哪位大陸／台灣現當代作家？大陸的朋友談的多半是白先勇、余光中、張曉風等人；台灣的朋友則是較了解余華、莫言、蘇童、王安憶、賈平凹等人。論及對兩岸當代年輕作家的認識，兩岸朋友倒是有志一同地保持了沉默。這或許意味著，我們對彼此的理解是一種觀念上的靠近，缺乏對彼此當下生活實像與感覺的具體瞭解。因此，這一期的《橋》，是一種新的嘗試，我們將目光放到了當下，一方面介紹中國新銳作家，安排了「在黑暗中漫舞的張楚」專輯，通過作家自述、作品轉載、大陸與台灣評論者評論與對談等方式向台灣讀者推薦張楚。張楚為大陸相當受矚目的70後作家，以中國北方的小城鎮為敘事空間，描寫生活於小城鎮裡人們的現實境遇與精神處境，於黑暗中有著著意克制的悲憫。其次，我們試圖通過對方的眼光來檢視自身，因此安排了「兩岸70後創作互評」，由大陸與台灣評論家相互點評對方作品。無論是評論家或者作家作品的選擇，盡可能以70後評論家、作家為主要撰述、討論對象，希望能更貼近當下的生活感覺。本期二十篇評論，即為初步成果。期望，這一次新的嘗試，是通往深層理解的開始。

橋 20 冬／ QIAO
14 winter

目次

兩岸70後創作互評｜台灣看大陸

——在黑暗中漫舞的

張楚

張楚
2014. 8. 13

關於張楚

黃文倩

張楚出生在1974年的河北唐山。這兒對台灣人不陌生——小時候的教科書上曾記錄著1976年的唐山大地震,但對於大多數的我們來說,它們可能只是一種遙遠的歷史。張楚不同,他在自述中曾深情地說那是唐山人的「共同記憶」,如同刀刻在心裡。其實彼時他還小,很難說真正感受甚至理解了什麼,但我想他的細緻與敏感,大概跟這種天地人間震動的殘忍與饋贈不完全無關。

張楚大學念的是會計,畢業後一直在老家的灤南縣國稅局工作,似乎跟文學毫無關係。這一點跟台灣的許多青年作家也不一樣——他們往往出身外文系或中文系背景,過著一種先從書上看到海,然後才知道海,先讀過了愛情小說,然後才去談戀愛的生活。某種意義上,張楚的起點或許豐富得多,他的文學生命大部分不從書上而從現實中來,這讓他的文字有一種體溫,雖然低了一些。但你若告訴他冷,說不定改天他也會把外套脫下來給你取暖,還一臉心懷歉意。

張楚比較欣賞現代派,雖然他也讀武俠小說,有一種中國低調隱者式

的墨家俠客精神，但格非、余華、卡夫卡等更深切影響了他。讀張楚的小說，因此很有些看外國翻譯小說的感覺：冷靜的氣質、略帶荒謬的處境和情節、徒勞無功的生命、難以進入與被理解的──過於喧囂的孤獨的現代世界。張楚的博客也顯示了相似的調性──名為「去年在馬里安巴」──與法國新小說／新浪潮大師阿蘭・羅布・格里耶的《去年在馬里安巴》的電影小說同名，格里耶筆下不是如夢似幻，而是擬幻入真，云云眾生，光怪陸離。張楚懂，他的小說因此有一點點怪，但卻不是在追求獵奇，我揣想張楚只是想尊重每個具體的生命，人人都有自身的特殊性，抽象也是特殊的抽象，他的工作是忠實地發現存在並記錄它們。

小說世界之外的張楚，人很平和友善，2013年冬天我們曾在台北永康街一起喝酒，後來也通過一些電郵，有回張楚說他喜歡台北，我說我不。遠離城市，他方有生活。張楚回了信，說：每一座城，都是如此吧，生活在別處。

這輩子
最幸福的事，
無疑就是
寫小説

張楚

唐山大地震時，我剛剛兩周歲。我父親當時在北京當兵，據我母親說，她是抱著我從窗戶裡跳出來的，這對當時的她應該是件不太容易的事，因為半個月後，我弟弟就出生了。我們家的房子沒塌，但沒人敢住，全住在簡易棚裡。我還記得簡易棚裡的床太短，晚上大雨，晨起時我母親的腿浮腫得非常嚴重。馬格利特在《記憶的倫理》中說，一個社會中記得某件事情的人數超過了一個門檻限度就可以稱做為共同記憶。對親歷過災難的唐山人來講，那次死了二十萬人的「共同記憶」已經用刀刻在心裡，他們懂得感恩，所以汶川地震時，唐山人光捐款就上億，那確實是種骨子裡對親人的疼愛與憐惜。而就我的「個人記憶」而言，那年的地震就是一個依稀的夢魘，不太真切，但委實存在。我在小說〈刹那記〉裡曾經

寫道：「整座城市死了二十四萬人，據說當時天崩地裂鬼哭狼嚎。有時候櫻桃會胡亂地想，這座城市是個棲息著諸多幽靈的城市，那些魂靈並未拋棄苟活下來的親人，他們在黑夜裡孑孑徘徊，在風裡睡眠在麥田裡散步，同時嘴唇裡發出虛無的、憂傷的歎息。」我寫這些字時，內心裡是茫然的。

　　因為父親當兵，我們全家經常是跟著他走南闖北。他是通訊兵，很多時候需要貓在山溝裡，我就被寄養到別人家上學。後來看《在細雨中呼喊》，覺得跟主人公在李秀英家的生活差不多，生活表層的溫情被撕下來，內裡的黑暗、孤獨、無助、恐懼則洶湧澎湃，這是一個孩子當時最真切的感受。這樣的環境可能讓我有點敏感。但是長大後就好多了，也許天性裡恣肆豪邁的一面占據了主流，所以成年後的我在朋友眼裡很豁達、開朗，並且擅飲，酒後饒舌。有時候覺得，對生活、對生命悲觀一點、卑微一點，並沒有什麼，可能這種敬畏能夠讓我們更清晰地看清一些事物，對己對人是有裨益的。我從來都相信「人之初性本善」這句話。世界上沒有天生的壞人，只是這個世界改變了他。在我的小說裡也好像沒有純粹的惡，即便有惡，也是純潔的惡。我的理想生存狀態很樸素，也很簡單，就是不缺錢，能自由、快樂地思維，老的時候跟好友們開個書吧，書隨便看，咖啡收費。

我上小學時特別喜歡武術，迷戀《射雕英雄傳》。在大同時我曾央求父親送我去武術學校，但被他嚴詞拒絕了。我就讓士兵給我削了把木頭劍，每天鬼鬼祟祟地到還沒竣工的部隊大樓裡練劍。我那時一直企盼著自己成為一個真正的武林高手，衣著素樸，就像一個普普通通的店小二或者修鞋匠，可是當敵人入侵的時候，我只是出了一招，就把惡棍們打敗了……看來我從小就喜歡做個隱忍的人。我那個時候還喜歡看小人書。喜歡小人書也跟武術有關，從擺攤的那裡看完了《萍蹤俠影》、《七劍下天山》和《飛狐外傳》，五分錢一本。當時對寫作文還是很懼怕的。有次剛學完〈魯迅踢「鬼」的故事〉，老師讓寫篇破除封建迷信的作文，不會寫，我媽就給我編了個故事，說跟弟弟去看電影，走山路的時候發現了一堆黑影，以

人民映框

為是鬼，恰巧部隊的叔叔來了，用手電筒一照，原來是幾頭從豬圈裡跑出來的豬。作文被老師表揚了，自己也有了信心，覺得不再怕寫東西。上初中的時候老幻想能當作家，還給自己起了很多筆名。其實在寫作上我是個極度不自信的人，這麼多年來，我一直鼓勵自己說：「你還是有點天賦的，除了寫，你還能把什麼事做得更出色些呢？」

高中畢業的時候，看了好多雜誌，《收穫》、《花城》、《十月》什麼的。那時候是上世紀九〇年代初，這些雜誌上有很多先鋒小說。很多我都看不懂，但是我特別迷戀裡面的氣味。我就是那個時候喜歡上蘇童、格非、余華他們的。我記得我在暑假裡寫了一個反映高中生生活的小說，學的是呂新。寫得時候很興奮，感覺像是要飛起來了。那是我第一次感覺到寫小說的快感。印象最深刻的是高三的時候，我喜歡上了一個作家，叫王小波。我看了他的《革命時期的愛情》，極為震撼，於是把小說拿給一個外號叫「黑格爾」的同學看。他戴著一千度的黑框眼鏡，彷彿就是中世

紀的一個神父。他看了後對我說，這個作家寫得有點黃，但是很牛，因為他寫得跟別人不一樣。多年之後，王小波火起來，我又想起這件事：兩個還有一個禮拜就要高考的男孩，在走廊裡偷偷地對一部小說小心地進行討論，以此來證明他們是語言相通、趣味相通的好友。

上大學後，圖書館成了我最喜歡的地方。我讀卡夫卡很晚，是在大學二年級。為什麼買卡夫卡的書呢？我在扉頁上寫道：「我需要一些質地堅硬的食物。」後來在英語課上我開始看那本《卡夫卡小說選》。第一篇小說就是〈變形記〉——現在誰還看卡夫卡呢？除了那些對寫作有陰謀的人。說實話，這是篇讓我至今仍覺壓抑的小說，在小說的結尾，格里高爾死後，他的母親、父親和他那個高傲而深情的妹妹坐著電車去布拉格郊外春遊，「車廂裡充滿溫暖的陽光，」他們已經在思忖著如何給女兒找個好婆家了。他們都因為格里高爾的死亡而放鬆，或者說，重新體驗到什麼是累贅滅亡後的自由。我從來沒有這麼難受過，我聯想到許些讓我頭疼的問題，比如，是否將來我死後，我的妻子也會於翌日愉快地去菜市場買萵筍和牛肉，或者幾個月後和別的男人約會？而我的父母去「夕陽紅秧歌隊」繼續扭他們的秧歌呢？這是個讓人絕望的問題，而我懷著這種絕望的心境，繼續讀了〈城堡〉、〈審判〉和〈美國〉。讀〈城堡〉的時候，我極力盼望著土地測量員K趕快進入城堡，不要老在外邊無助而哀傷地徘徊，然而直到小說結束，K仍然在他妄圖進入的世界之外。卡夫卡畢竟只是個消極的小公務員，對於未來，他只能選擇頹廢和躲避。我發誓讀過這些東西後再也不去碰它們，因為我覺得自己快要發瘋了——而事實是，很多個夜晚，在宿舍的那幫哥們玩撲克

時，我仍拿著支鉛筆，在我的鋼絲床上勾勒著小說裡讓我窒息的句子並且把它們一字不差地背誦下來。沒有人強迫我這麼幹，但我確實這麼幹了。後來，我也曾經模仿過卡夫卡寫過小說，畢業時候不曉得丟到哪兒去了。等上班時寫小說，對卡夫卡小說裡那種徹骨的冷、黑記憶仍很深刻。我的小說〈穿睡衣跑步的女人〉寫到結尾時，我很難受。我一點都不明白，我幹嘛非要安排一個那樣的結局？當時我有個正在懷孕的朋友，她看了這篇小說後晚上經常做噩夢。也許，我的部分小說裡的那種無助，只是契合了我當時的生活環境：灰暗的小鎮，面目模糊的異鄉人，肥胖多子的農婦，越來越多的煉鋼廠，以及煙囪裡冒出來的大顆粒灰塵——它們本質上是理性存在的，但是在我眼裡是感性的，它們將我包圍在它們的肺裡，有時簡直不能讓我呼吸。那段時間寫的小說，好像都有點絕望似的。

　　1997年大學畢業後到國稅所上班，因為單身，經常值班。那時就痴迷地寫起小說來了……大概有十多萬字吧。當然，這些小說都是練筆，大部分都沒有發表過。我記得那時還沒有電腦，是用鋼筆在稿紙上寫的，又不退稿，常常是投稿前先到文印部複印五份，等三個月後，如若還是沒有消息，我就另投別的雜誌……這樣一直到2001年，我才在《山花》上發表我的第一篇小說，那個時候我已經27歲了。這個時候我認識很多作家朋友，比如李修文、黃梵……他們對我的寫作給予了很大的幫助和鼓勵，如果沒有他們，我想，我可能就不會再寫下去了，安心地做我的小稅官。轉機出現在2003年，這一年，《收穫》和《人民文學》分別刊登了我的〈曲別針〉和〈草莓冰山〉。尤其是〈曲別針〉，李敬澤老師非常喜歡，給予大力推薦，得以在《小說選刊》和《中華文學選刊》選載，年底時入選了十多種小說年選（多年之後這篇小說還經常入選各種集子，應該是我賺錢最多的短篇小說了，呵呵），並獲了當年河北省優秀作品獎和第十屆河北省文藝振興獎。2004年，我的短篇小說〈長髮〉獲得了「人民文學

獎」，〈櫻桃記〉獲了「大紅鷹文學獎」……我的小說寫作似乎是進入了
另外一種狀態。雖然約稿多了，但是我感覺自己不滿意的小說從不投稿。
我覺得，如果自己都不喜歡的小說發表，那是對編輯和讀者的不負責。

　　時間過得真快，從第一篇小說發表到現在已經十三年了。十三年裡，
作為一個並不勤奮的作家，我仍然在堅持我的純文學道路。毫無疑問，這
是個喧囂、浮躁的年代，這個年代如是龐大、鮮亮、蕪雜、矯情、糜爛，
散發著荷爾蒙和垃圾的氣味，這氣味常常讓人迷茫和無措。金錢、權力和
肉欲已經成為衡量一切的標準，網路、電影、網遊、娛樂節目讓「娛樂至

死」成為至理名言。對我而言，這輩
子最幸福的事，無疑就是寫小說。那
些沒有光澤的文字，曾經安謐地照亮
了我的無數個黑夜。無數個黑夜裡，
我坐在電腦前，把俗世生活回饋給我
的絕望、溫情、良善、卑微、高尚、
陰暗和明亮，用我自己的思維方式編
織成並不精緻的小說。可笑的是，儘
管我如此熱愛這項勞動，但我常常半
年也寫不出一個字。也許，熱愛會讓
人自卑。還好，這麼些年過去，我拉拉雜雜地寫了幾個中篇和幾十個短
篇，它們鑲嵌在我的生命中，讓我覺得，我的生命並沒有因為喧囂的華麗
而失卻樸素的美好。這個時代只是屬於他人的時代，而不是屬於我的時
代，我沒有盲從，沒有失去方向感，這讓我心安。心安對於一個沒有宗教
信仰的人來說，是件多麼奢侈的事。所以，我應該感激小說，我應該感激
我在黑暗中寫下的那些漢字，它們是我最隱祕的力量，它們讓我面對這個
世界時，尚有一絲的驕傲。

長髮

張楚

一

　　王小麗照著鏡子拔掉根白髮，一圈一圈繞上中指。後來她劃了根火柴，將髮絲抻直，磷火就攀著白色躥焚出一線豔紅，頭髮也在瞬息間，噴出一股燒死雀的糊味。她直起身，發覺外甥女貓在身後。這孩子套著件黑色羽絨服，企鵝那樣踮著腳尖捋她的髮梢，「老姨，你該結婚了……是嗎？」

　　「去寫作業。大人的事你少操心。」

　　外甥女沒走。這個彷彿總是心事重重的小女孩，長著一張被風吹得滿是褶皺和碎皮屑的小臉。她身上總是一種餿飯氣味，她大概有半年沒洗澡

了，「老姨，我喜歡小孟。你快跟他結婚，那樣我就能天天見到他了。」

王小麗按了按她的頭。

「老姨，我忘了告訴你，外面有人找，」外甥女掏出支唇膏，迅速地潤著嘴唇，「是那個說鳥語的男的。」這個八歲女孩的嘴巴很快抹成亮亮的玫瑰紅，她不失時機地探出舌尖舔舔唇線，「你真的要結婚了嗎，老姨？」

「是。你還想問什麼？」

穿過客廳時，王小芬和王小美正佝僂著腰，戴著穆斯林的那種白帽子縫羽絨服。她們的模樣其實更像是在做手術的外科大夫，不過她們的手術臺沒有病人，只有一攤亂七八糟的布料、鵝絨、工藝剪刀、軟尺、粉筆、線團和一架哮喘的「飛人牌」縫紉機。她們很少說話，這是世界上最出色的兩個啞巴裁縫，她們整日整夜埋伏在地窖，縫製著一件又一件羽絨服。她們總是忙得連抬頭看她一眼的空際都沒有。

那個南方人正靠在牆根大口吸煙，晃到王小麗時他把香煙掐了，一拐一拐蹭過來。他朝她點點頭，問，「你想好了嗎？」

「沒有……」

「你真是個想不開的人。你們北方人就是想不開，」南方人逡巡著天空。天空蕩著瘦雪，輕盈地掛上他的睫毛，「所以你們總是很窮。」

王小麗囁囁地嘟囔，「我真的沒想好……我真的捨不得……」

算上這次，南方人三天裡已找過她三回。他說話的聲音悅耳溫和，王小麗愣愣地盯著他紅潤的嘴唇。那種陌生的南方話，每每讓她回憶起春夜烏鶇的鳴叫，「你先回吧，」 王小麗朝他揮揮手，「我不想將來後悔。不讓我後悔的事情……已經越來越少了。」

「那四百塊錢行嗎？」南方人沉著嗓子問，「這可是個天價。說實話，我都絮煩了。」為了證明言辭的真實性，他把手掌按在胸脯上劇烈地咳嗽起來，「我明天就要離開這個小鎮了，我一點不喜歡這裡，又冷又乾燥。」

「把你手機號告訴我，在你離開之前，我會給你個答覆。」 王小麗

說，「我不會讓你等很久的。相信我。」

南方人瞅著她。她鼻翼紅腫，嘴唇上蒙著層淡淡的鬍鬚，她站在那裡，好像同樣凝視著他，又好像穿過他的身體，凝望著天空裡飛過的幾隻野鴿子。

二

潛回屋裡，王小麗把牆壁上的鏡框摘下來。鏡框的玻璃明亮冰涼。照片上的人，那些凝聚在某一時刻的人們，正在偷偷窺視著她。照片裡的人全是王小麗：襁褓中的王小麗，齜著蟲牙嚼蘋果的王小麗，戴著紅領巾升國旗的王小麗，翹著細腿在飛船模型上跳舞的王小麗，目光流轉長髮及腰的王小麗，套著新娘裝髮髻高聳胸脯挺脫的王小麗……她們的身體被一個紅漆斑駁的樟木框釘在牆壁，在這個下雪的午後閃奪進她的瞳孔。

「你真的要搬走了嗎？」外甥女不知從哪兒翻騰出一管指甲油，開始修飾她的手指，她已將左手的指甲染成紫色，「你要和小孟一起住了嗎？」她伸著小手，「我的指甲漂亮嗎？」

「漂亮。」

「哦，」外甥女把指甲油扔到地上，從羽絨服裡拽出把剪刀，「我姥爺叫你，讓你去給他鉸鬍子。」她縮著鵪鶉脖子說，「他是不是該死了？」

「我不知道。」 王小麗摸摸她的髒耳朵，「你是個烏鴉嘴。你難道就不能消停一會嗎？」

父親正倚在炕背上看電視。他近十年的大部分時光，都是這麼蜷縮在炕頭上看電視。作為一個腦瘀血患者，他唯一的娛樂便是，戴上那副用膠布籠著金屬腿的玳瑁眼鏡看電視。他什麼節目都看，動物世界、玫瑰之約、焦點訪談、韓國世界盃、縣城新聞以及科教頻道的人工受精專題報導，他都欣賞得趣味盎然。只是他很少吭聲。他的嘴巴被栓住了。這位昔年名噪梅鎮的皮影戲名角，已經習慣了沒有台詞和日常用語的生活。看到王小麗時，他指了指自己的鬍子。

王小麗把圍裙帶子輕柔地套在他脖子上，跪在炕上給他剪鬍子。他的

鬍子柔軟淩亂，一點不扎手，「爸，我元旦就要結婚了。」

「嗯。」

「我已經和你說過三次了。」

「嗯。」

「我……我知道你手裡還有一萬來塊錢……」王小麗跪在那裡，手裡的剪刀機械地開合，鉸動著屋內的空氣，「……我想跟你借五百塊錢……」

父親後仰著瞇上眼，手裡擺弄著一只煙斗。後來他摘掉玳瑁眼睛，很快打起呼嚕。「我知道你沒睡著，我知道你耳朵比貓還尖。」王小麗悶悶地說，「我就要結婚了……」她彷彿在提醒自己，「我就要結婚了……你不知道嗎……我就要結婚了……我想買輛摩托車……」

王小麗下了炕，將圍裙裡的鬍鬚抖落進垃圾桶。雪很快漫了人眼，庭院也覆了暖暖一層，蓋著雞窩上的塑膠布，牆角抖擻的薔薇，煤渣和肥碩的白菜，當然，還有王小麗的那輛二六式自行車。那輛自行車是王小麗第一次結婚時的嫁妝。那次的嫁妝除了這輛自行車，還有一台電冰箱、一台雙筒滾動式洗衣機。那時母親尚在人世，臨嫁那天，母親偷偷塞給她條手絹。手絹裡是條金項鍊和一對白金耳環。離婚時電冰箱和洗衣機被法院判給了馬黎明。這次耗時兩年的離婚不僅將六年的時光判給了馬黎明的那張雙人床，也將她所有的積蓄花在了律師身上。這場離婚對王小麗而言不啻是場戰爭。是的，一場令人心力交瘁的戰爭。為了戰爭儘快結束，她寧願淨身出戶。她什麼都豁出去了，馬黎明以為她會妥協，以為她會候鳥一樣遷回那個老窩。但她沒有。

「老姨，老姨。」外甥女在屋頂上招呼她。孩子披著件海軍服，扇抖著胳膊在積雪上跑步。後來她坐在煙囪上，點著一支香煙。她竟然點著了一支香煙。王小麗覺得這日子真沒法讓人安生了，「你給我下來！下來！你會摔倒的！」

「我是鳥！」外甥女咯咯地笑著，「我待會就從屋簷上飛下去」她驕傲地從嘴唇裡呼出一股煙。沒有顏色的煙。下雪的日子總是如此，天空將

梅鎮的一切都染上鉛灰的油漆，什麼都沉鈍著。王小麗仰望著這個馬戲團的雜技演員，將海軍服甩到煙囪上，開始在屋頂上狂奔。她甚至做了個金雞獨立，將一條小腿很輕易地扛到肩膀上。

「你下來好嗎？」 王小麗近乎哀求地吼叫道，「你會摔死的！你真的會摔死的！」

「不。就是不。」

王小麗快瘋了，她什麼都不想說。她恍惚地瞟著這個孩子在越來越黯的雪色中凝聚成一個黑點。

三

推著那輛二六式自行車走出姐姐家時，王小芬和王小美還在做羽絨服。她們永遠像工蜂那樣忙碌。身為姐姐，她們也並不關心她的想法。王小麗要去看小孟了。她沒有心思圍繞著她們胡思亂想。小孟的房子粉刷的如何了？小孟是個好乾淨的人，他說結婚前，要把所有的房間：無論是廚房還是廁所、客廳還是臥室，通通粉刷成粉紅色。「我的甜蜜日子到咯，」他曾經攏著她的頭髮囁嚅地說，「我三年的光棍生涯……被你做了結紮了。」

和馬黎明這個無業遊民相比，小孟是個有正經職業的人。他在縣裡的京劇團跑龍套。他最擅長翻那種又高又飄的跟頭。有次為了證實他是梅鎮最優秀的龍套手，他在他們家的房間裡一口氣翻了二十六個跟頭。後來王小麗靠在沙發上，發現這個三十歲的男人蠹在原地，氣不喘心不跳，拍拍手掌心的灰塵，略帶羞澀地凝望著她。他的目光是閃來閃去，野鴿子那樣怯怯的。他好像從來不知如何才能讓自己顯得更成熟，或者說，像一個真正的離過婚，有個四歲兒子的幹練男人。另外他還擅長包餃子，無論是什麼餡，他都能讓餃子一口咬下去時，滋出飽滿的汁水。王小麗喜歡偷偷地瞥他兩眼，有時甚至有種快抑制不住的衝動，想把他的頭摟入胸懷，讓他的鼻孔和嘴唇緊緊貼住自己的乳房和心臟。有時她也羞澀地幻想，小孟在床上時是什麼樣呢？這個問題讓王小麗難過……她和馬黎明結婚六年也沒

有孩子……當然，即便不離婚，他們也永遠不會有孩子。

　　騎自行車的王小麗一點不喜歡梅鎮的冬天，或者可以說，她討厭這個病怏怏的季節。樹木枯澀，一隻飛鳥都沒有，而天空，天空被熱電廠的煙囪裡噴薄出的廢氣渲成死者臉龐似的暗灰，即便太陽蹭出時，也沒有斑駁的、柔美的光亮，只是一只守寡多年的老女人的乳房罷了，空蕩蕩地、憂鬱地垂懸著。在車間捆綁成摞成摞的手套時，王小麗的手背常就被刀子樣銳利的空氣割得生疼，肉慘白地翻著，像夏天茅坑裡一堆蠕動的蛆蟲。她唯一的做法就是，用一條條便宜的白膠布把手指裹成粽子。作為一家國有VCP手套廠的車間女工，她已四個月沒有領到半分錢，可她堅持每天騎十里路上班，堅持在午夜的車間裡嚼磁缸裡的剩鹹菜和涼饅頭。

　　她現在是一點不懼怕這樣的日子，她就要結婚了。想起那個會吼著嗓子唱兩句「今日同飲慶功酒」、會腿頂著二胡咿呀拉段〈二泉映月〉的男人，想起男人緊繃得沒有一絲贅肉的屁股，想起他那個四歲就會翻筋斗的兒子，她就覺得這日子終歸是暖和的。王小麗並非不相信後媽難當的道理，可那孩子小，從兩歲起也沒吮過親媽的奶水，「三尺小兒，麻花兒找齊兒」，「新茅坑還香三天呢」，把孩子的嘴塗甜了，衣服穿暖了，後媽也就成了親媽。

　　路過交通崗旁邊的熟食店，王小麗想給孩子買斤護心肉。兜裡總共還有二十塊錢。儘管兜裡掏錢猶如身上割肉，可錢要是頂在刀刃上，這錢就比銀子金貴。這二十塊錢對買摩托車來說就像是手套上的一根破線頭……當然，假如那個收購頭髮的南方人肯出五百塊錢，問題就迎刃而解……五百塊錢……她下意識地摸了摸自己的頭髮。對長相平庸的王小麗而言，這頭長及臀部的黑髮該是王小麗唯一值得驕傲的東西。她的鼻子有點鷹勾，嘴唇終年鐵青，臉上飛著蝴蝶瘢，可是那頭黑瀑布，將她的身體襯托得勻稱靈動起來。走在大街上時，經常有痞子衝著她身後吹口哨。

　　「李家熟食店」的售貨員穿著油膩長衫，將團熱呼呼的護心肉遞給她，「十二塊，」她的手指焦灼地糾纏著，「你快點，我要關店門了。這麼冷的天，真是不讓人活呢。」王小麗默默接了，將一把零碎紙幣攤手掌，

蘸了吐沫一張張地數。又有買熟食的人進了門。從老遠就能聽出這是個哮喘病患者。這個人邊揉店門邊鏗鏘地吐著痰，喉嚨裡響動著嘈雜的鼓聲。

王小麗哆嗦著捂緊圍巾，將臉孔包裹得像痲瘋病人。從那個人身邊擠過時，王小麗聽到半聲渾濁的咒聲：

「賤……貨！」

王小麗匆匆旋出店門。很明顯，他還是從身後就認出了她。梅鎮還有誰的頭髮像她的那樣又黑又亮又長呢？她不敢回頭。她怕自己控制不住，上去搧這個人嘴巴。當她牙齒顫慄著推自行車時，那人已牢牢拽緊車架：

「你個賤貨！想男人想瘋了的賤貨！你把車子給我留下來！」

王小麗只得扭過身體，近乎哀傷地瞅著這個身體臃腫不堪的老男人。如她猜度的那樣，這個拄著拐杖的老人正是馬黎明的父親，她曾經的公公。她和這個衰老的男人在一個飯桌上吃了四年的大鍋飯。他生病時她曾一勺一勺餵過他蓮子八寶粥。可他現在瘋了似地拽著她的自行車罵她「賤貨」。這個退休的體育老師激動時聲音還那般高亢洪亮。而且他的胳膊船錨般毫不費力地就將她固定在馬路牙子，「你別這麼罵好嗎？」王小麗商量著說，「別這樣罵好嗎……」

老人支起拐杖就朝她掄過來。王小麗沒躲。她只覺得自己的脊梁骨折了，一脈一脈的餘痛直嗖嗖地蔓延到手指。

「賤貨！你幹嗎不躲！你覺得你理虧是不！你稀罕男人操死你是不！」

她只是愣愣地乜斜著他。她的瞳孔是死的。他似乎反被她膽怯的神情嚇到。可作為一個曾經身手矯健、能將七點五公斤的鉛球推出十四米的老運動健將來說，他片刻就清醒過來。如他希翼的那樣，他敏捷地躥過來，伸手採住了她的頭髮。當他的手指攥住布匹樣柔軟的髮絲時，他有點半信半疑。王小麗也就是在他愣神的空當，一把推搡開他的。她沒料到這個肥碩的男人「嗵」地一聲就癱雪地上了。癱在雪地上的老人仍未忘記咒罵，可他粗大的喉結只是乾燥地滾動著，那些稀碎的雪安然地撲在他的嘴唇上。後來他只好握著拐杖顫抖著指點王小麗。有那麼兩次他的拐杖偏離了王小麗，指向了崗樓上那個肥胖的交通警察。王小麗恍惚著他，半晌喃喃

了句，「誰讓你揪我的頭髮……誰讓你揪我的頭髮……你為什麼揪我的頭髮呢？你知道我的頭髮等著賣錢嗎……」

當賣熟食的店員跑出來時，她看到滿臉雀斑的王小麗正寡著臉嘮叨。凜風把王小麗的聲音割成一片一片，她只看到王小麗的嘴唇金魚似地冒出一朵朵雪花。她躡到他們身旁時，她終於聽清了王小麗的聲音：

「誰是賤貨？我為什麼就不能要個孩子？我等了他三年，他就是不去醫院治療……這怎麼能怪我呢？你說這怪我嗎？」後來她木木地望著女售貨員，彷彿這個售貨員就是她多年未見的親戚，「你說怪我嗎？他有病，又不去看……」她的臉充盈著血液，「我們為什麼沒有孩子？因為他陽痿。他陽痿還不去治療……這能怪我嗎？我只是想要個自己的孩子……」她嘟囔著熱切地攥住女售貨員的手，售貨員感覺到她的枯樹皮指節砂紙似地摩擦著自己滿手的油膩，「你說我是賤貨嗎？我是不是？嗯？你說。你說啊。」

四

「我怕誰呢？我誰也不怕，我沒有理由怕他們。」

可王小麗騎著自行車時仍不停歪著脖子張看馬黎明父親，「他不會有個好歹吧？」漫天雪色將一切都襯托得虛妄，那些匆忙擦身而過的居民，那棟高聳著的鐘樓以及破損的職工電影院，都在白色的顆粒中消卻，它們全被雪隔離到另外一個世界，一個與她毫不相干的世界，這個世界同樣包括那些和她糾纏不清的人：馬黎明的父親、馬黎明、法官、裁判長、律師……他們搶走了她的電冰箱，搶走了她的洗衣機，搶走了她的項鍊和戒指，現在又要搶她唯一的自行車……也許還包括父親，姐姐，外甥女，他們不和她搶什麼東西，但是她得自己主動付出……他們全被雪漫沒了，世界上只有一個跑龍套的男人，漸漸逼仄到自己身旁，伸出暖融融的大手。

她的心情漸漸明朗起來。小孟會朝她咧著嘴巴傻笑（他的牙齒被香煙熏得略黃），會給她包茴香餃子吃，會把她粗糙的小手捏過去，細細摸掌心的老繭。她幾乎聽到了小孟兒子叫「姑姑」的聲音。他跟她一點不認生。

這孩子和小孟一樣安靜，總是蜷在某個角落玩布娃娃。她把護心肉從籃筐裡拿出來，開始「箸箸」地敲門。她從來沒有如此迫切地想見到他們。

沒有人來開門。

王小麗開始後悔當初沒接過小孟那把鑰匙。小孟把房間的鑰匙都配了一把給她，說他不在她可以到家裡來，幫忙拾掇拾掇。他的意思很明瞭，他把她看成是這個家裡的人了。這把鑰匙的意義和一枚訂婚戒指的意義沒有絲毫差別。但是王小麗沒接。為什麼不接呢？

她開始後悔了。她只有小聲地召喚小孟的大名。門沒有從外面鎖，裡面的門閂用鎖搭著。也許小孟在睡覺。把六十平米的房間全部粉刷不是件容易的事情。如果不是上午加班，如果不是下意識地等候那個南方人，她早就過來了。

門終於開了。一個女人從門縫裡探出身子。見到這個女人，王小麗有些吃驚。如果沒有看錯，這個女人正是小孟的前妻。王小麗沒有見過她本人，但是從小孟家的相冊裡見過。並非王小麗有什麼過目不忘的本領，主要是這個女人太漂亮了。王小麗長這麼大從來沒有遇到過這麼漂亮的女人。

「你找誰？」

「我……我……找小孟。」那個女人的目光很柔和。她的眼睛不是很大，她也不是雙眼皮，但是她看著王小麗時，王小麗的心裡很暖和。

「我知道你是誰了，」女人從門裡出來。她穿著件蔥綠高領羊毛衫，「你是王小麗，是嗎？」

王小麗突然覺得沒有必要在小孟的前妻面前縮手縮腳。她完全有理由蔑視她。她和小孟結婚的第三個年頭就離婚了，把孩子扔給了小孟。她為什麼離開小孟這麼好的男人？因為她瞥上了她們廠的廠長。她在財務室當會計，她經常和廠長出差跑業務，跑著跑著就跑到廠長的褲襠裡去了。離婚前她經常歡息著對小孟說，我當初怎麼會看上你呢？只是因為你跑龍套跑得好嗎？離婚後她曾經和小孟復過婚，復婚後她經常歡息著對小孟說，我當初為什麼和你復婚呢？只是因為你的床上功夫比那個糟老頭子好嗎？當然這些都是小孟偷偷告訴王小麗的，他並非願意和王小麗說這些話，他

只是被王小麗盤問婚史盤問到糊塗處，稍不留神講出來的。當然，那個廠長床上功夫好像並不比小孟差，復婚後一年，這個女人又和小孟離了婚，離婚時她帶走了小孟的存摺。她和小孟是這麼解釋的，第一次離婚我什麼都沒帶走，這一次，除了孩子，我什麼都帶走。

看著這個近乎無恥的女人，王小麗不知道還要講什麼。女人也沒有打算繼續攀談的意思。王小麗拎著那袋護心肉本欲進屋，但是卻挪不動腳，「小孟呢？小孟做什麼去了？」

「我來看看孩子，小孟就去街上買塗料了。他真是越來越糊塗，竟然把牆壁都塗成了粉紅色，塗到一半，塗料就不夠用了。他總是這麼缺心眼。也許除了跑龍套，他什麼都不會。」

女人似乎說得累了。她的聲音沙啞，但是很性感。她捂著嘴，很冷的樣子，笑問，「你進來坐坐嗎？」

王小麗搖搖頭。她覺得這個下雪的午後真是糟糕透頂，「我走了，我晚上來，」王小麗昂著頭說，「我很少白天來，我都是晚上來。」

王小麗相信她的暗示女人能明瞭，她相信這個女人是個聰明的女人。她並不希望在和小孟結婚前，和這個女人第一次見面就輸給她。她不能給這個女人絲毫喘氣的機會。所以王小麗也笑了，她清清喉嚨，對女人大聲說，「我們下個月就結婚了，到時候你來吃喜糖吧。」

「會的，」女人說，「小孟的喜糖我怎能不吃呢？」

「當然要吃的，」王小麗把護心肉放進車筐，「這次不吃，以後你想吃也吃不到了。你會後悔的。」

女人咯咯地笑起來，轉身進了院子。在她轉身時，王小麗瞥到她的羊毛衫上黏著的一小團白，在進門時被牆棱掛下來。這個女人在關門之前回過頭，又朝她笑了笑。王小麗突然明白小孟為何被甩後又和她復婚了。這樣一個連女人都覺得親近的妖精，任何一個男人都無力拒絕的。

王小麗推著自行車從門前過去。在跨上自行車之前，她忍不住彎下腰，把女人身上掉下來的東西撿起來。那東西本是白色，墜到雪地上也並不刺眼，但王小麗還是一下子就用手指把它夾上來。這是個氣球形狀的東

西。王小麗的心馬上就頂到了喉嚨。雖然在和馬黎明將近四年的夫妻生活中，他們從來沒有用過這種工具，但是一個三十歲的女人再愚蠢，也曉得這是用來做什麼的。王小麗厭惡地把它甩出去。她推著自行車蹬了幾步，又忍不住返回。當她再次把那個近乎透明的避孕套放掌心時，她用右手的食指輕輕地蹭了下。避孕套黏呼呼的，又有些光滑。她確信自己在那恍惚的片刻神志迷亂起來，不然她不會像隻撿到肉骨頭的獵狗那樣，把如此骯髒的東西貼近鼻尖聞了聞。避孕套散發出一股蘋果的清香，王小麗屏著呼吸用手指擠壓了兩下，一股白色的熱呼呼的液漿順著開口冒出來，在她意識到裡面充滿了一個男人身體的汁水之前，她腳底下的土地已經劇烈地晃動起來。

五

　　王小麗在回家的路上首先遇到一條狗。在交通崗拐彎時這條狗盯上了她。這是條瘦骨嶙峋的母狗。它跑動時肋骨一根根地勒出來，看上去就像是一堆沒有皮肉的骨頭在奔跑。相對而言，它的肚子卻臃腫滾圓。這是條懷孕的母狗，而且是條野狗。無疑它是被王小麗自行車上護心肉的香氣吸引過來的。王小麗下了自行車，定定地凝望著它，它有些膽怯地聳動著鼻子，間或露出尖銳的牙齒。後來它垂下頭，在雪地上嗅來嗅去。王小麗上了自行車，那條狗仍不緊不慢地小跑著相隨。它跑動的姿勢很難看。當王小麗第二次從自行車上下來時，它遠遠地躲在一棵樹後。它還沒有一棵樹胖。王小麗擺擺手，它只從樹後探出一隻眼睛。王小麗把塑膠袋撕開，將護心肉撒在雪地上。當她騎出很遠時，她才回頭看了看，可是已經看不到它了，那條黑色的狗也被雪色淹沒了。

　　讓王小麗感到意外的是，在姐姐家門口，她再次看到了那個南方人。他縮著脖子靠著牆壁，嘴裡呼著哈氣。王小麗沒仔細瞅他，逕自把自行車推進屋子，然後重重地把門摔上。屋裡很冷，王小美和王小芬還在那些漂浮的絨毛裡穿梭，她們已經變成柔軟的絨毛了。王小麗捂住嘴巴，她感覺自己就快憋不住了。她想在眼淚流下來之前，最好找個比大街上暖和點的

地方。後來她想到了外甥女的房間，她的屋子裡有一組電暖氣。

透過玻璃窗，王小麗看到孩子正在跳舞。孩子光著腳趾，一條腿筆直，另一條腿彎曲，雙臂熱切地探向屋頂，而狹細的脖頸優雅地彎曲著……後來她開始在地板上踮著腳尖轉圈，她真的以為自己是隻憂傷的天鵝了。當她注意到王小麗偷看時，猴子似地躍上床鋪。王小麗恍惚著推開門，孩子就撲到她懷裡，「你和小孟約會去了，是嗎？」

她仰著臉望著姨媽，「你走了……我就更沒意思了，」她說，「一個和我說話的人……都沒了。」

她好像要哭了，「老姨，一個人都沒有了。」

王小麗默默地出了房間。雪靜靜地潤著皮膚，南方人像隻雪候鳥半蹲半蹶在灰暗的水泥板上。他們互相對望著，誰也沒吭聲。半晌王小麗指了指自己的頭髮，「五百塊，你要不要？」她拽掉圍巾，頭髮就「嘩」地蕩到屁股上。她伸手摸了摸，「少一分錢我也不賣。」

南方人撣撣身上的雪，「我明天就走了。我再也不來這個破地方，」他咳嗽著說，「我的工具都沒帶，你去我那吧。五百就五百，說實話，你的頭髮是我這麼多年來，見到的最好的貨色。」

那個南方人原來住在梅鎮的垃圾場附近。屋子裡冷得像地窖，窗簾將白色遮掩，有那麼片刻，王小麗聽到了雪花落在屋頂上的聲音。在昏黑的光線中，王小麗晃到牆角蹲著條黑糊糊的女人。她嘎吱嘎吱地嚼胡蘿蔔。這個吃東西香甜的人見到王小麗，咧著嘴巴嘿嘿笑了笑。王小麗一眼就看出這女人是白痴。只有白痴會見到陌生人時才會笑得這麼甜蜜。王小麗哆嗦著坐上板凳，南方人正在倒騰工具箱。

「我不想賣了，真的，」王小麗站起來，「我現在已經後悔了。」

南方人沒有回答她，他似乎根本就沒聽王小麗說話。

「我寧願把我的牙齒賣掉，也不想賣我的頭髮，」王小麗大聲說，「我把我的牙齒賣給你好嗎？我的牙齒也很好。又白又亮，沒有臼齒，也沒有四環素牙。你可以用鉗子把我的牙齒卸下來。一顆我只要你十塊錢。我可以賣給你五顆。」

她說話時那個南方人已經將條辨不清顏色的圍裙勒上她脖子，「那你先把錢付給我好嗎？」王小麗幾乎哀求著說，「你把錢先給我，我就放心了。」

南方人說：「你……可真是個貪心的人。」

從南方人手裡接過五百塊錢，王小麗轉過身去，顫悠著塞進乳罩。她能感覺到那錢和她的乳房一樣溫熱，或許比乳房還要溫熱。那五張薄薄的紙幣貼著她的乳頭佘動。有了這五百塊錢她就能買輛摩托了。王小麗手裡有三千塊錢。這三千塊錢是她最後的財富。三千塊添上五百，就能買一輛不錯的二手摩托。在剪子冷漠的喀嚓喀嚓聲中她彷彿看到了小孟的臉。他孩子似的羞怯的笑容在空氣裡漾開去，慢慢地化成了空氣本身。小孟曾不經意地透露過，等有錢了，他想買輛摩托車。他再也不想騎著自行車去鄉下跑龍套了，「騎摩托的感覺，就像飛起來了，我不會凍得像隻脫毛的火雞了。」脫毛的火雞。這隻脫毛的火雞竟然和前妻做那樣的事……「可我還能找個什麼樣的？」王小麗感覺到一雙手正在愛憐地摸著她的頭髮，剪子的咔嚓咔嚓的聲音淡了，有人在激動地喘氣，她並沒在意。「他們做那樣的事情，至少說明他不是陽痿，」王小麗看著那個姑娘蹲在牆角裡面無表情地嚼著胡蘿蔔想，「我明年就能有自己的孩子了。」

那個白痴突然比劃著指著王小麗身後。王小麗在意識到有點異常時，一雙柔軟的手已肆無忌憚地盤住她脖子。這個男人的手心是潮濕的，黏糊的，鹽水的澀浸著皮膚……小孟最喜歡這麼心不在焉地撫摩她。她和小孟還沒有真正做點什麼，他們有的是機會，可是他們並沒有做，也許兩個人都有些過於羞澀……王小麗察覺到那雙手順著脖頸的汗毛次第下滑，癢癢的快感不著邊際地蔓延開去……她激靈下睜開眼睛。

這不是小孟的手。她驚訝地扭過頭去看南方人。她這才發覺自己的身體已經懸掛半空中。這個瘦弱的南方人氣力如此之大，王小麗不知道他想做什麼。他又能做什麼呢？她的身體被推到那張吱呀著的木床上，臭球撲鼻的氣息很快將王小麗身上劣質香水的氣味掩埋了。王小麗這才尖叫著掙扎起來。她終於明白他到底想做什麼了。男人焦灼地拽著她的褲子，她

的雙腿則拼命地蹬踹,在慌亂的撕打中她聽到男人喘息著召喚那個白痴,「你過來!扳住她的手腕!我給你買毛衣穿哦!聽話哦。」

他的聲音聽起來還是那麼柔和,只不過在語速上稍稍發生變化。那個白痴嘴裡叼著胡蘿蔔,嘻嘻著跳上床鋪,雙手死死地按捺住了王小麗的手腕。王小麗瞅著這個白痴倒懸的臉,身體裡的冷一顫一顫地從尾椎骨迫上眼睛。那塊不知道何時堵進嘴巴裡的抹布讓那種冷變得具體起來。很快她的雙腿被劈開,緊接著下身傳來一種更為刺心的冷,那是一種她從來沒有體驗過的冷,這冷在瞬間變成了一種乾澀的疼痛。她瞪著屋頂上黏貼的五顏六色的報紙,聽到南方人嘮叨了句「還是處女呢」。她的眼淚嘩地下就湧出來。這個拐著條腿的男人,匍匐在她身體上每衝刺一下就嘮叨句鳥語,後來她方才聽清,「二十塊⋯⋯四十塊⋯⋯六十塊⋯⋯」在他那五百塊錢尚未花完之前,王小麗瘋狂地挺抖著身體,「我只想買輛摩托,」她想,「我要結婚了。我只是想要個好點的嫁妝⋯⋯」

也許那個白痴對這項妨礙咀嚼胡蘿蔔的遊戲已然厭倦,她嘟囔著放開王小麗的手腕,在男人的叱呵聲中跳下床鋪。王小麗哽咽著順手抓住窗簾,稍稍用力,房間就倏地下明起來,一把亮麗的白在瞬息間染滿王小麗的瞳孔。在男人越來越瘋狂的喘息聲中,她沒有喊叫,只是摳出嘴裡的抹布,然後恍惚著摸摸胸脯。那五百塊錢還在硬扎扎地暖著心臟,她的心就放下了。這樣,她一隻手摸著男人上下湧動的頭髮,一隻手箍著乳房,眼睛木木地盯著窗外臃腫的雪。像小時候看到的雪一樣,它們旋轉著,輕盈地撲到玻璃冰花上。

2002/12/8
原載於《人民文學》2004年第5期

人在「中途」——讀張楚〈長髮〉

黃文倩

張楚（1974-　）是大陸「70」世代值得關注的作家之一。根據中國百度百科的說法，他生於河北省唐山市，遼寧稅務高等專科學校會計系畢業後，一邊在灤南縣的國稅局工作，一邊維持著他獨立的寫作追求迄今。一些文學獎的榮譽，見證他一定的才華與潛力，例如，2003年的〈曲別針〉曾獲得河北省優秀作品獎和第十屆河北省文藝振興獎，2004年的〈長髮〉獲得河北省優秀作品獎和同年的《人民文學》短篇小說獎，〈櫻桃記〉獲得《中國作家》的「大紅鷹文學獎」，〈細嗓門〉獲2007年河北省優秀作品獎，〈剎那記〉獲得2008年河北省優秀作品獎，等等。2005年，他曾當選為第二屆河北省「十佳青年作家」，也入選《人民文學》雜誌社評選的大陸作家「未來大家Top20」，網路百科對他上榜的評價是：「張楚以誠實的寫作姿態，敏銳洞察小鎮人物所面臨的生存困境和精神焦慮，表達自己對於生活的追問和思索。他把社會底層的小人物塑造得個性鮮明，從

而為讀者打開了一個沉默的世界……」。2013年冬天，中國作家協會組織青年作家代表團來台參訪，張楚也是其中的一份子，我們在台北有數面之緣，或許談過幾句無關緊要的話，記憶中的張楚有點沉默低調，並以一種小鎮鄉土作家的憂鬱、淳厚與善感，給我留下深刻的印象。

陸續追蹤一些70作家的代表作時，張楚2004年的〈長髮〉引起我的注意。大陸的鄉土和城市題材，較具有爭議性與能見度，而張楚的〈長髮〉初看上去，只是一篇介在城鄉中間的小鎮書寫，在常識的視野中，很容易坐實到日常與世俗性，格局和思想縱深似乎不大。近年來台灣也有吳憶偉〈努力工作〉、賴鈺婷〈小地方〉、劉維茵〈小村種樹誌〉等類似作品，但我以為張楚的這些小鎮小說，卻有著特殊的藝術與思想的追求，純熟地運用現代派的荒誕與陌生化的技法的同時、在堅持文學的獨立品格的同時，目的仍導向了對中國當下社會和現實的反省與批判。而他的文風與人格特質中的細膩抒情，亦

強化了批判的尖銳性和疼痛感，美學感染力不因其現實的針對性而消減。

〈長髮〉的故事不複雜，在主題上，可以用「人在『中途』」來加以概括。小說的背景／場景／空間，位在一個名梅鎮的小地方，是大陸改革開放後快速城市化的一種暫時結果——未能達到北京、上海等城市的規模，但也已經脫離了農村的景觀和原有的民俗和習慣。小說中的角色，是深受這種巨大社會變遷的一些底層人物，或者更精確地說，是大陸近三十年的高速社會異化，直接地生產了他們／她們這種具有「中國特色」的底層命運。他們對於身處「中途」命運的生產基礎，沒有什麼自覺，但也因此更令人疼惜。

從底層的主人公王小麗的眼光來看梅鎮，充滿強烈的不耐。這裡不存在著任何知識分子由上到下，觀看「風景」的事不關己的詩意。對王小麗而言：「她討厭這個病快快的季節，梅鎮的冬天樹木枯澀，一隻飛鳥都沒有，而天空，天空被熱電廠的煙囪裡噴薄出的廢氣渲成死者臉龐似的暗灰，即便太陽蹭出時，也沒有斑駁的、柔美的光亮，只是一只守寡多年的老女人的乳房罷了，空盪盪地、憂鬱地垂懸著。」這樣陰暗的色澤、情調貫穿整個背景，形成了一種氛圍式的命運隱喻。

王小麗長相平庸，在大陸改革開放後，仍在國營工廠工作，但工廠出了問題，好幾個月拿不到薪水，或許是已經習慣於早年的社會主義的集體意識，王小麗還是認份地繼續工作。她的家庭關係，也從傳統鄉土社會共同體的相濡以沫，走向「現代」化的瓦解——王小麗的父親，原本是梅鎮皮影戲的名角，現在卻成為只能每天看著各種通俗的電視節目打發時間的守財奴。同住的姐妹們，為了賺取多一點的金錢，在家裡總是在做手工，連對身邊親近的人，都無能力相處、關懷與愛。至於家中的外甥女，雖然有年少天真善良的一面，但也不足以安慰王小麗——因為在已經半「現代」的王小麗的感覺裡，她時常能聞到對方身上餿飯般半年沒洗澡的氣味，而外甥女卻不以為不自然。王小麗不是那種完全能靠精神、智慧過日子的人。

王小麗的婚姻與愛情，也位在「中途」。她離過一次婚，夫家對她不好，前夫又有陽痿，王小麗想要孩子卻不能得，所以她勇於離婚，也不吝於將身邊較有價值的財物賠給男方，這是她很「現代」、獨立的一面。但她又有相當傳統的另一面——她的現任未婚夫——個也離過婚、有

個四歲孩子，在劇團裡跑龍套的男人，成了她目前生活的唯一安慰，她因此「珍惜」著跟這個男人的純情往來，在正式二婚前，不打算發生性關係。因為有著這樣的「愛」與精神想像，「她覺得這樣的日子終歸是暖和的」。

但張楚顯然不是一個溫情主義的作家，他所塑造的介在城鄉「中途」的王小麗們，既早已經不同於二十世紀八〇年代初受啟蒙的主人公「香雪」（鐵凝〈哦，香雪〉，1982年），也不若九〇年代後，直接大膽投入資本主義身體物化邏輯的「英芝」（方方〈奔跑的火光〉，2001年），「王小麗」無論在工作、家庭關係和婚戀感情，跟整個小鎮的發展一般，都因為位在中途而進退維谷──不那麼純粹與無知，卻也還不願意或沒有勇氣真的「下海」──以物化換取自由／解放。我認為張楚的〈長髮〉所發現與提出的最好的文學扣問正是在這裡：她們要活，願意活，而為了活，她們生產出了一種獨特的、中國式的自我安慰的「中途」主體性，甚至可以說推進了阿Q的精神勝利法來平衡自身，同時，那樣的主體跟他所使用的荒誕技術一樣荒誕，張楚強烈地知覺並藝術化地對應這一點。

王小麗主體平衡的精神勝利法，在小說中核心地展現在兩個跟「現代」與「性」有關的情節與細節裡。其一，骨子裡仍傳統，不願跟未婚夫發生性關係的純情王小麗，有一天，發現未婚夫跟他的前妻仍有著「性」的往來，她本來非常哀傷，從情感邏輯來看，王小麗也本應如此，從傳統的意義上，她對愛情和婚戀的信任，可能就此崩毀，但奇特的轉折是──王小麗不但仍決定賣掉她美麗的長髮，繼續對未婚夫付出，同時強化她的自卑與自我貶抑：「可我還能找個什麼樣的？」甚至自我安慰──那至少證明未婚夫「性」能力並無問題，未來她很快可以有個孩子。從傳統到現代性，王小麗被逼迫快速地過渡。

其二，為了給未婚夫買一台二手摩托車作結婚禮物，王小麗在賣掉她長髮的過程中被買方強暴。張楚非常仔細地刻畫她被強暴的多個環節，展現了在社會和個人命運「中途」的王小麗極端不堪和殘忍的主體平衡──王小麗由於不曾跟男人有過真正的性關係，或許再加上一些傳統的質樸，她完全無法直覺地理解男性的欲望、感官變化和靈魂的發展進程，也因此一直到要被強暴的最後一刻，才忽然意識

到整個危機，以至於完全失去第一時間自我保護的機會。其次，在被強暴的過程中，王小麗在最初的掙扎過後，甚至很快放棄掙扎，她滿心只關心她剛剛賣掉長髮的五百元錢──仍然塞在胸罩裡。她想到自己只是想買輛摩托車、想到自己要結婚、想到只是想要好點的嫁妝……主體的被物化、罪惡、傷害、不堪……通通都不在王小麗的感覺與知性的意識裡。小說末了，張楚讓主人公王小麗，鬆開了被強暴者按壓的手，用力地拉掉了房間的窗簾（她仍然沒有掙扎），那瞬間的變亮的白，染滿王小麗的瞳孔，似乎是在暗示：有光，也亮了，但一切卻都看不見。張楚以存在主義的象徵手法，強烈地表現了王小麗「人在『中途』」的中國式底層命運。

作為始終在小鎮成長、工作的作家，張楚非常清楚自己必然的侷限。在其〈長髮〉的創作自述裡，他曾這樣的表示對小鎮人民和寫作關係的見解：「作為小鎮上的居民，他們都保留著『複製人』的美好品德──你無法在他們身上挖掘出更多的情感類型和不安因子，你只能依賴自己的想像和略顯粗糙的技法，將降臨到你身上的靈感戰戰兢兢地轉化為人們稱之為『小說』的東西。你不安，你膽怯，同時

因為無知，這膽怯不安又會派生出莫名的勇毅。」這就是張楚了，他最好的狀態，我以為就是這樣的擔憂侷限下的戰戰兢兢，只有戰戰兢兢才能讓他維持對普通人的各式小秘密、習性的探索耐性，只有戰戰兢兢才能讓他在各式的場景、人物、作為和心理的可能性上，一點一滴展開他的想像。而這種書寫方式，對他而言的階段性優點是：他得以大幅降低處理「底層」題材時的概念先行、大敘事的虛浮，甚至問題小說過於政治正確的弊病，從而更靠近了某種靈魂的真實，達成文藝對社會解放的一種刺激效果。

當然，〈長髮〉也並非完全沒有弱點。但我傾向認為，這不只是張楚個人的生產，身為大陸改革開放後成長與成熟的「70」世代，他們既沒有前輩作家的光環和寫作條件（如「右派」、「知青」世代，甚至隨後而來的余華、蘇童、格非等先鋒一代），又不若80、90後作家能理直氣壯地向文化通俗消費市場靠攏，而張楚對所謂「文學」特殊性與獨立性的品格的堅持，又必然讓他和他的寫作工作，只能是一種孤獨者的實踐。在現今兩岸文學已失去社會話語權與影響力的時代，能夠堅持文學創作本身，就已經是一種非世俗

意義上的精神工程，應該優先給予支持和扶植。也因此，如果真的要說「批評」，我覺得張楚在創作上的問題，恰恰是太自覺了一些、太珍惜了自我一些，在〈一個老文藝青年的夢想〉（《文藝報》，2012年11月30日）一文中，張楚曾說：「有時我會很小農意識地想，我想要的生活，或許就是我已得到的生活，儘管從青春期就厭惡著它，且它不華美紛繁，它不強健壯碩，但與我這種散漫溫和的人而言，粗鄙、粗糙的它或許就是我的仙境，就是我的福祉。我寧願相信這是我最真實的感受。」

或許是千百年文明和智慧的積累，中國雖然有「詩言志」的傳統，但其話語的貌合神離、未盡、沉默與縫隙之處，可能更為關鍵。我因此並不完全相信張楚的「小農意識」說，也不認為他想要的生活，就是他已經得到的生活——尤其還有那麼多的中國人像王小麗一般，可能過著有光、卻不一定看得見希望的日子。即使不說勇於承擔，但像張楚這樣的作家，是不會過於善待自己的。儘管無論從他的性格或新的歷史條件——上個世紀九〇年代以來，過於後現代及世俗的風潮——都很容易讓作家找到退回自己的心靈世界的藉口，但這並不意謂作家不能提出對中國、甚至人類命運的更新的見解，如果我們中壯的作家們，不要過於妄自菲薄，不願簡單地認同今日的所謂「中國夢」的話。

李雲雷在和張楚的一篇對談稿中曾說：「他的小說更接近波德萊爾以降的『現代派詩歌』，他不回避現實中的黑暗、醜陋甚至骯髒，相反在對這些現象或事物的描述中，讓人深刻地認識到當代人的現實處境與精神處境，逼迫人去尋找另外的出路。」此特質評價到位。而我想再補充一句：如果張楚也願意逼迫自己，去尋找另外的出路——像世界文學史上長於中短篇的前輩：契訶夫、莫泊桑、甚至茨威格等，對社會、歷史、公共性、人心和苦難不懈扣問，在新的歷史詩意、感覺、知性的形象化上，繼續開墾、擴大、深化，張楚有潛力且值得期待成為更成熟的作家——這將不只是為了他自己，也是為了理想中的未來中國。

【黃文倩，淡江大學中文系助理教授】

作為美學空間的小城鎮
——張楚小說略論

饒翔

花山文藝出版社

小說家張楚的另一重身分，是一個名叫張小偉的公務員，用他自己的話說，「我的生活是我的本名，而我的小說就是我的筆名」，「公務員張楚是我的物質生活，小說家張楚是我的精神生活」。

現實中的張楚，在唐山一個叫灤南的小縣城過著平淡安穩的生活；而在小說王國中，張楚是那個「講故事的人」，是一個講「小城故事」的人，間或，也進入自己的「小城故事」中充當某個角色。

迄今為止，張楚幾乎所有小說的敘事空間都是小城鎮，具體說來，是中國北方的小城鎮，在作者筆下，它們往往被命名為「桃源縣」或「桃源鎮」。不同於張楚所喜愛的作家蘇童的文學空間座標——「楓楊樹村」或「香椿樹街」，於其間，讀者能嗅到一種市井文明爛熟的氣息，那是「南方的墮落與誘惑」——張楚的「桃源」則並無鮮明的個性標識，它灰撲撲，亂糟糟，粗俗，浮誇，曖昧，無聊，帶有過渡時期的普遍特徵，甚至可以說，它是轉型期中國廣泛性的生存空間。

批評家張旭東在他論述賈樟柯電影的文章〈消逝的詩學〉中說：「『縣城』作為一種社會圖景的特異性，不僅是它就社會經濟和地理的意

義上說無處不在……也在於它很少被電影和文學所表徵。」在他看來，縣城與鄉村世界與現代大都市均保持著距離，「這是一個泛化的中間地帶，當代中國的日常現實在其中展露無遺。縣城沒有清晰的邊界或鮮明的城鄉差異、工農差異、高低文化差異，因而它成為各種（無論是同時代的還是錯置時代的）力量和潮流的匯集地」。[1]

受此啟發，青年評論家張莉在〈意外社會事件與我們的精神疑難〉一文分析了近年包括張楚在內的一批「70後」作家如何從意外社會事件入手，對城鎮生活進行重寫。「通過重建『城鎮中國』風景，他們試圖重建作者與社會現實之間的關係。」張莉還具體分析了張楚的小城鎮敘事，認為與常見的「歸去來」模式（如魯迅的〈故鄉〉）迥異，張楚書寫的是我們這個時代最普泛的小城鎮中的「人」。[2]

張楚等「70後」作家對於經典的小城鎮文學敘事的改寫，首先在於創作主體態度的改變，它既不是一種帶有啟蒙批判眼光的「歸去來」之旅，也不是立志走出小城，走向遠方廣闊天地的個人奮鬥史，甚至也不是關於童年、成長歲月的鄉愁記憶，它所聚焦的是此時此地的「此在」。對張楚這個一直生活在灤南倮城（據傳為冀東四大古鎮之一）的小鎮青年而言，尤其如此——小城鎮是他的生活場域，是他的小說敘事空間，而更為重要的是，他憑藉其突出的文學才華將其變成了一個獨特的美學空間。

一、生命的殘酷與溫暖

從表面的生存景觀看，張楚筆下的小城鎮似乎呼應著我們對此的基本想像：一個與「高端大氣上檔次」「低調奢華有內涵」等等美好詞彙無緣的、亂象叢生的所在，行走其間的，或是「土豪」暴發戶，財路不明的生意人，或是沉迷酒色、不思進取的公務人員，身分曖昧的「服務業」從業

者……而更多的則是面目含糊、無多少個性可言的小城鎮居民，有些甚至還生存堪憂。

也許不應該簡單地將這些人物歸為所謂「底層人物」，張楚書寫的是小城鎮的芸芸眾生，是普通人在日常生活中所遭遇到的種種尷尬、困厄甚至苦難，以及他們面對這一切時的心理反應、現實選擇與倫理擔當。

〈旅行〉中，年邁的「爺爺」「奶奶」踏上了去十里鋪「看海」的旅途，一路上相濡以沫的溫暖甜蜜，甚或撒嬌嘔氣、不屬於他們年齡的小兒女之態，暗暗烘托著他們晚年失去大女兒、白髮人送黑髮人的悲痛蒼涼，「以樂景寫哀，以哀景寫樂，益倍增其哀樂」；〈長髮〉中，王小麗為是否賣掉一頭長髮給未婚夫買輛摩托車而猶豫不決，在未婚夫家門口被未婚夫的前妻羞辱後，倒使她痛下決心忍心賣髮，卻不幸被買髮人凌辱；〈穿睡衣跑步的女人〉中，生育了五個女孩的馬小莉為了逃避生育，在再度懷孕之後作出了一個匪夷所思的決定：每日清晨穿著睡衣跑步鍛鍊以期流產，卻在孩子孕育成熟，母愛爆發之際被計生人員強行流產；〈惘事記〉中，女警官王姐與農村老太太老鴉頭有著相似的悲慘人生，王姐對老鴉頭不幸命運的感同身受，成為她斷案的關鍵，將老鴉頭排除出殺人疑犯行列，是她對自我與他人的雙重救贖；〈大象〉中踏上感恩之路的父母承受養女病逝的悲痛，卻心懷幫助過他們的人；〈細嗓門〉中不堪丈夫的家暴與荒淫，將其殺死後，在被捕前來到閨蜜所在的城市，試圖幫助其挽回婚姻的女屠夫；〈良宵〉中不滿世情淡薄，隱居山村，在旁人的不解與恐慌中，與身患愛滋病的孤兒建立起忘年之交的戲曲女演員；〈老娘子〉中為新出世的曾孫趕製衣和鞋，不畏

山東文藝出版社

拆遷惡霸鏟土機恫嚇的「老娘子」；〈大象小姐〉中，那個看似傻呵呵、沒心沒肺，實則以樂觀與善意感染著癌症病人，以堅韌求存的精神養育著患病的私生子的醫院護工「大象小姐」……這些小城鎮中的小人物形色各異，他們低調隱忍地生存，絕不煽情，他們保持著做人的尊嚴與氣節，時而閃現出人性的光輝。張楚力圖賦予他的作品與這些人物同等的品質，他以精微的文字觸摸人物豐富的內心世界、卑微而又高貴的靈魂。

當張楚將人性之光投射到這些小人物身上時，他的眼光是平視的，他與他們站在一起，借用李勇對喬葉〈蓋樓記〉的評論，那是「卑微者對於卑微的坦承」。在直面小鎮的生老病死，在逼近每個人物的生命創傷、內心之痛時，他的目光又滿含悲憫。李敬澤如此評述道：「張楚的聲音超然全能，有一種著意克制的悲憫，似乎在他看來，人的無邊守望本是自然。他之令人心動而又難以解釋，是因為，他之所寫，就是我們所『在』，就是在我們說得出來的、滔滔不絕地說著的一切之下，那麼沉默的、無以言喻、難以判斷的內心區域。」[3]這一判斷可謂精準到位。

張楚的小說中反覆出現一個夭折的女孩：〈安葬薔薇〉、〈U型公路〉、〈曲別針〉、〈大象〉、〈在雲落〉……這大概是作者內心區域難以癒合的一道傷口（在一次訪談中，張楚曾說起他被白血病奪去年輕生命的堂妹），反覆的書寫既是一種紀念，又可視為一種文學的療傷行為。如果聯繫到三十多年前那場奪去了二十餘萬生命的唐山大地震，那麼可以說，張楚對於死亡的「偏愛」其來有自——他所生活的城鎮籠罩在歷史浩劫的陰影裡。〈大象〉中，作者特意安排痛失愛女的夫婦與企圖救助他們女兒的小夥伴相遇於地震紀念碑廣場，或許有其象徵意義。死亡以其殘酷映襯著生命本身的脆弱，而張楚在對死亡的反覆書寫中隱含悲憫，使其小說在憂傷又殘酷的氣息中平添了幾許溫暖。

二、堅硬與柔軟

　　張楚廣受好評的短篇〈櫻桃記〉講述了一個少女的成長史：右手只長了三根手指頭的粗笨的醜姑娘櫻桃，在追趕她的心上人的途中，忍受著少女的初潮之痛，那是「她從未體驗過」的成長之痛。張楚對於女性的細緻刻畫往往會讓人聯想到善寫女性的蘇童、畢飛宇等人，而我以為，張楚寫得更好的是一類男性形象，這其中有他對於人（男人）的獨到理解。

　　張楚小城鎮敘事中的男主人公往往有著一種相似的氣質，他們是〈曲別針〉中的志國、〈疼〉中的馬可、〈七根孔雀羽毛〉中的宗建明、〈U型公路〉中的「我」、〈獻給安達的吻〉中的「張楚」……這是些道德上頗為曖昧、內心甚至有些齷齪的人物，難以輕易判定。

　　2003年發表在《收穫》雜誌上的短篇小說〈曲別針〉，使小說家張楚為文學界所知。儘管此前已經堅持寫作數年，但直到此時，張楚才算真正確立自身的風格，開闢了獨特的寫作疆域——這是一名作家成熟的標誌。在這篇小說中，作者塑造了一個「奇異」的人物，他既是小老闆又是詩人，既是殘暴的兇手又是慈愛的父親。小說以一個雪夜的遭遇，寫盡了這個人物內心的柔軟、痛楚、分裂、糾結、麻木與絕望。細緻入微的觀察，從容有度的敘事，對氛圍的精心營造，對意象的敏銳捕捉……張楚作為小說家的才華在此展露無遺。而更為重要的是，作者以極強的內力逼近了人性的脆弱與堅韌、黑洞與光亮。一如故事開展的背景——雪夜，黑與白、明與暗之間的蒼茫天地，是作者致力勘探的殘酷而又詩意的生存景觀。

　　〈疼〉中的馬可與〈七根孔雀羽毛〉中的宗建明都是「吃軟飯」的男人。在相對封閉狹小的生存空間內，這些人物湧動著迷茫與焦躁不安的情

緒，他們沒有明確的生活方向，卻為了某個願望而陷入近於瘋狂的執拗。馬可向女友楊玉英借錢去「投資」，在遭到拒絕後，與幾個兄弟策劃了一起對楊玉英的搶劫，怎料弄假成真，誤殺了楊玉英；宗建明為了籌措一筆錢買房，把與前妻生活在一起的兒子接到自己身邊，而不經意捲入了對小鎮首富的謀殺案。

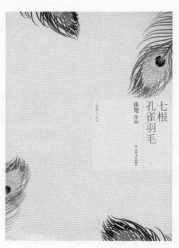

上海文藝出版社

　　幾篇小說以張莉所說的「意外社會事件」提供了對於當下「城鎮中國」社會現狀的某些認識，事件中活躍著的各色人等攜帶著各自的身分資訊和社會密碼。生活於此時此地的張楚從街頭巷尾中得知了這些意外事件，但他顯然無意於將之炮製成一個個聳人聽聞的獵奇故事，在將之美學化的過程中，張楚表現出他卓越的小說家才華。

　　「何意百煉鋼，化為繞指柔」，人物內心的堅硬與柔軟交匯於曲別針這一意象，當志國想要用曲別針捏出罹患絕症的愛女拉拉的面頰，他親吻曲別針如親吻拉拉的面頰；當馬可懷抱被意外捅死、血流不止的楊玉英，不斷回想起楊玉英對他母愛般的溫存體貼，他的「疼」與她的「疼」、他的淚與她的淚混在一起，難分彼此；當宗建明把玩那七根孔雀羽毛時，兒子小虎的那一聲聲記憶中的深情呼喚，令他心尖發顫……在這些令人心酸眼亮的瞬間，張楚的小說呈現出深刻而豐富的人性內涵。

　　不僅是〈曲別針〉中為了女兒無底洞般的治療費用甘願付出一切代價的志國；〈剎那記〉中沉默寡言，但對繼女櫻桃溫柔細緻，在家庭遭遇麻煩時挺身而出，不惜自斷手指，在沉默中爆發出驚人力量的鞋匠；〈梁

夏〉中遭受委屈誣陷，在眾人的不解和白眼中，不懈上訪告狀，申訴自己
遭受了性騷擾的「奇男子」梁夏……這些男性在粗獷中暗藏著溫柔，在溫
柔中交織著綿韌，在綿韌中又蘊蓄著力量，他們或許代表著作者對於男性
的審美理想。

三、大地與星空之間

　　張楚小說藝術的一個重要的特點是對於「意象」的苦心經營。從這些
具有象徵意味的意象，可以看出張楚對於先鋒小說學習摹仿，在他早期一
些略顯晦澀的小說，如〈蜂房〉、〈U形公路〉、〈獻給安達的吻〉中，這
種摹仿的痕跡更為明顯。而漸漸成熟的意象創造則成為張楚小城鎮敘事的
鮮明的美學標識。

　　張楚的小說意象也使我們想起他的文學前輩，同樣出自燕趙之地的作
家鐵凝。〈哦，香雪〉中令香雪魂牽夢縈的那只鉛筆盒，代表了她對於知
識與文明的嚮往，也寄寓了一個時代的精神追求。而張楚的小說「物象」
則承載著人物對小城鎮瑣碎、沉悶、滯重的現實生活的精神超越：〈曲別
針〉中志國想要用來捏出女兒面頰的曲別針，〈櫻桃記〉中傾注了櫻桃滿
腔熱情、準備贈送給心上人的《巴黎交通地圖》，〈七根孔雀羽毛〉中被
「我」視若珍寶的那七根廉價的羽毛，〈細嗓門〉中林紅路途迢迢帶給岑
紅的那盆親手栽種的嬌豔薔薇，〈夏朗的望遠鏡〉中夏朗架在陽臺上觀測
星雲的那部天文望遠鏡……這些意象在小城鎮的物質生活之外，增添了精神
的維度，使封閉的空間得以敞開，也使張楚的小城鎮敘事變得詩意盎然。

　　〈夏朗的望遠鏡〉中，一邊是夏朗站在小鎮的陽臺上通過天文望遠
鏡觀測浩淼宇宙的興趣愛好，一邊是以岳父為代表的俗世生活對於這「多
餘無用」的興趣愛好的無休無止地壓抑與剝奪。夏朗的生命意志、精神嚮

往，對未知世界探索的熱情，在日復一日的打磨中逐漸消泯。他不再觀測星空，也不再參加「被外星人劫持者論壇」網友聚會，並在片刻的內心掙扎之後拒絕了自稱來自外星的女人陳桂芬見面道別的請求，因為他已被凝滯於現實世界中，「不再相信」有另一種生命的可能。而偶然得知陳桂芬被外星人劫走的故事後，在受震動之餘，夏朗一度被關閉的精神之門又被重新推開了。陳桂芬真的來自外星嗎？無法證實，卻也無法證偽。因為在有限的已知世界之外，還有更廣袤無垠的未知世界，等待人們去探索，去發現。一如〈關於雪的部分說法〉，關於大千世界，我們可獲知的永遠只是「部分說法」，那個在表哥的說法中「根本沒出過國，別說澳大利亞了，除了藍城他就去過佳木斯」的同性戀男孩顏路，卻給「我」寄來了一張與男友在澳洲大海邊的合影。關於他人的生命，我們到底知道多少？這或許便是張楚在他的小說中探索的問題。

〈夏朗的望遠鏡〉的結尾，夏朗準備翻出他閒置已久的天文望遠鏡，他要重新勘探星空。而小說的作者張楚則一直在用他的文學「望遠鏡」觀察世相，勘探人生。這位已近不惑之年的「70後」作家，對人性的秘密依然保有高度的疑惑與好奇。身在小城鎮，胸懷大世界。他以一種向下紮根的理想主義，在腳踏實地與仰望星空之間，建構起他的「小城文學」，成為中國文壇不可忽視的一個存在。

原載於《文藝報》2013年10月11日

【饒翔，北京光明日報編輯】

註

1 張旭東，〈消逝的詩學──賈樟柯的電影〉，《現代中文學刊》2011年第1期。

2 張莉，〈意外社會事件與我們的精神疑難〉，《上海文學》2013年第6期。

3 李敬澤，〈那年易水河邊人〉，收入張楚，《夜是怎樣黑下來的》，（石家莊：花山文藝，2014）。

黑暗中的舞者

李雲雷對談張楚

李雲雷

李雲雷｜ 從2003年的〈曲別針〉開始，你的小說在文壇引起了廣泛的關注，我注意到你的創作數量並不多，每年大約只有四五個中短篇，但是卻保持著很高的藝術品質，我想這與你對文學的理解有關，也與你的生活態度有關，我想請你結合你的創作經歷，談一談你對文學的理解：你是怎樣開始創作的；你在文學上的理想或抱負是什麼？

張楚｜ 說實話，小時候對寫作文還是很懼怕的。有次剛學完〈魯迅踢「鬼」的故事〉，老師讓寫篇破除封建迷信的作文，不會寫，我媽就給我編了個故事，說跟弟弟去看電影，走山路的時候發現了一堆黑影，以為是鬼，恰巧部隊的叔叔來了，用手電筒一照，原來是幾頭從豬圈裡跑出來的豬。作文被老師表揚了，自己也有了信心，覺得不再怕寫東西。上初中的時候老幻想能當作家，還給自己起了很多筆名。1994年吧？高中畢業了，有點傷感，就把對朋友的想念寫出來，用一種講故事的手段。那時候讀的書很少，最喜歡劉索拉的〈藍天綠海〉、王蒙的〈雜色〉、王小波的〈黃金時代〉和呂新的〈撫摸〉。小說的名字叫〈野貓之歌〉，最後，那群好朋友全變成了野貓，在野外生活，永遠也不分開。1995年上大二，

寫了中篇〈小多的春天〉郵寄給《收穫》，天天等回信，後來編輯終於回信了，說「語言很好，但對小說的理解有些偏差」，並鼓勵我多讀多寫。我非常感激那位到現在我也不知其姓名的好心編輯，他的鼓勵讓我一直相信自己還是有點寫作天賦的，然後，一直寫啊寫，直到今天。

對文學沒什麼大的抱負。文學對我來講，只是我對生活的一種理解方式，同時也是我精神生活的重要部分。在這個「娛樂至死」的年代，文學帶給我一種溫暖和慰藉，同時讓我對人性有著更美好的憧憬。

李雲雷 ｜ 我也想請你談談你的文學與你的生活的關係，你現在從事的是稅務工作，可以說與文學沒有太大的關係，這樣的工作使你的創作更加自由，還是更加不自由？另一方面，我也注意到，你的小說似乎很少取材於個人生活，而更多來自觀察、傳聞與思考，那麼在這個意義上，你的小說與你的生活是一種什麼關係？或者說，你如何看待真實與「藝術真實」的問題？

張楚 ｜ 我是個小公務員，每天的工作就是寫公文，我覺得這樣的生活環境對寫作來講是有弊無益的。公文的語言很大程度上會影響小說的語言，所以我總是很自覺地閱讀，希望用經典語言把公文的影響沖淡一些。我自身是個有點內向的人，可能後來的工作環境讓我身上有種「鬧騰」的假象。所以我很少在小說中透露自己的資訊或生活瑣事，呵呵，也許可以這麼說，我的生活就是我的本名，而我的小說就是我的筆名，他們似乎是不相干的兩個人，而事實是，他們只有一個身體。關於「真實」和「藝術真實」，打個比喻，《故事會》和《知音》上的故事雖然很好看，但不是藝術。

李雲雷 ｜ 你的小說很多涉及到底層人的生活，如〈長髮〉、〈草莓冰山〉、〈大象〉等，你寫到了這些主人公的困境與掙扎，寫出了他們在精神與現實中所遇到的種種問題，這與當前「底層文學」所關注的題材相似，但我感覺你似乎更關注他們內心的波折與苦難，在寫作上也更注重藝術上的提煉，因而與人們印象中的「底層文學」似乎也有所差異，此外，

你在小說中也很關注邊緣人與「弱勢群體」，如同性戀者、早夭的孩子或「弱女」等，我想這些題材的選擇，應該有你的考慮，能否請你談一談？

張楚｜我喜歡我身邊那些有秘密的普通人，譬如我那個離婚的表姐，我的患有心臟病的母親和我得了腦淤血的舅舅。有時候我就想，我一輩子都將和他們一樣，在屬於我們的小鎮上生老病死。這沒有什麼好奇怪的，這是一個必然的歷程。如果哪一天他們死了，他們仍然會活在愛著他們的人的心裡，被紀念，被回憶，或者被祭奠。等愛他們的人都消失了，他們才會在這個世界上澈底消失。可是，在這些樸素的生命沒有被消滅時，他們的身體是鮮活的、他們的眼神是靈動的，他們的內心世界和那些偉大的人一樣，有著波瀾壯闊的秘密和甜美的生存體驗。很多時候，這些小人物以他們的行為，在我眼中演繹著屬於他們自己的傳奇，儘管這傳奇對旁人來講是微不足道的。但是，我用我自己的方式和敏感捕捉到了他們的秘密。有時我會為自己悄悄地記載了他們的愛和仁慈、欲望與痛楚而感到有些不安。我喜歡將我的主人公拋入到平靜的暴力中，然後讓他們，體驗我幻想出來的秘密之旅。〈曲別針〉裡的志國，他最後好像是死了，死在道具手中，也許他沒有死，他活了，然後他繼續擺弄自己的曲別針，沒有辦法停止，他將延續自己的生活，無論生活是黑是白，同時延續著屬於他的秘密。

李雲雷｜〈櫻桃記〉與〈剎那記〉，是同樣以櫻桃為主人公的兩篇小說，這在你的小說中也是很少見的，為什麼會想到以這樣的方式寫作？「櫻桃」這個形象也是很特殊的，而她的特殊就在於她的「普通」，或者說她很少引起別人的關注，在現實中也是「被侮辱與被損害的」人物，你對這樣一個人物的關注讓人很感動，這兩篇小說在藝術上都達到了頗高的成就。

張楚｜「櫻桃」其實是我弟弟的一個小學同學。她是個棄嬰，被一個單身紡織女工抱養。她長得肥碩、臃腫、矮小。那時經常看到一幫男孩欺負她，他們已經把欺辱她當成一種娛樂遊戲。在我印象裡該是1986年

春天，下著小雨，一幫男孩子瘋狂追她，而她在一棵棵剛發芽的柳樹間奔跑。這個畫面我印象非常深刻。後來有一次問弟弟，這女孩現在如何了？弟弟說，她已經結婚了，嫁給了個老實巴交的農民。我那時很好奇，這個女孩的成長歷程是如何的呢？1999年我隨手寫了個片段，就是「櫻桃」看「羅小軍」演戲那段，後來就一直扔著，到了2002年覺得構思成熟了些，就打算把它寫成個中篇，還沒寫完，恰巧李雙麗老師約稿，於是就刪減了一些人物，弄成了短篇〈櫻桃記〉。當年這個小說獲了《中國作家》「大紅鷹」文學獎，很多朋友也喜歡，於是我琢磨她稍稍長大後的樣子。2007年冬天，下雪的一天，我去繳手機費，在大廳外面又遇到「櫻桃」，她穿著一件油脂麻花的軍大衣，一雙碩大的黑皮鞋，在漫天飛舞的雪花裡走來走去。她表情那麼蕭穆，臉龐由於寒冷而顯得格外紅潤。她可能沒有意識到另外一個人會在大廳裡觀察她足有半個小時，並且有些心酸地揣摩她如今的生活境遇。回家後我就繼續寫了「櫻桃的故事」，沒想到寫得很快，35000字只寫了十來天。後來在《收穫》上發表。2008年《人民文學》和《南方論壇》在鳳凰召開青年作家論壇，施戰軍老師說，〈剎那記〉是篇「可以留下來的小說」，讓我小小得意了一番。本來今年（2010年）有個打算，繼續寫寫櫻桃，連小說名字也想好了，但裡面很多細節還很模糊，於是還在等。我是個很有耐心的人。

李雲雷｜你的小說給我印象最深的是，你不憚於描寫最為黑暗的現實與最為絕望的心境，通過一些細節與氛圍的營造，可以給人造成一種逼面而來的壓迫感，但是另一方面，你的小說在敘述上又是最為講究的，精緻，細微，優雅，我想這樣的敘述方式與內容形成了一種微妙的反差，或者說是悖論，在這個意義上，我一直想用「黑暗中的舞者」來形容對你的理解，不知你如何看待這一問題？

張楚｜我個人特別喜歡《黑暗中的舞者》這部電影。1986年的時候，我從父親單位借了本張愛玲的小說集，那可能是大陸最早出版的張愛玲小說集。可以說我是在一個少年時代的懵懂時期碰到她的，當時太小，

看不懂她的小說，但是那種語感和精緻巧妙的細節給我留下了非常深刻的印象。上大學時候最喜歡的作家是余華、蘇童、鐵凝和格非。他們那種行雲流水般的敘事技巧和精美、優雅的語言讓我流連沉醉。這可能直接影響到我以後的小說敘述和語言。那個時期，我還閱讀了卡夫卡幾乎所有的小說，可能偉大的作家對讀者的影響是循序漸進的，我後來越來越喜歡卡夫卡的那種荒誕的迷人氣味。對這些作家的崇拜和摹寫可能導致了我小說現在的模樣：喜歡探尋人類內心深處的黑洞以及普通人在絕境時的下意識反應，同時為了襯托氛圍，我總是喜歡營造黑與白的色彩。

李雲雷｜你的小說另一個值得關注的地方是對「人性」豐富性的探討，如〈曲別針〉中的志國是個詩人、慈父，但同時也是個殺人犯，〈細嗓門〉中的林紅是個柔弱的女子，但正是她殺死了自己的丈夫，在對這些複雜的人物做深入的分析與描繪時，你在敘事中逐漸讓人看到了人物行為動機的合理性，於是將人物豐富性的揭示與社會複雜性的揭示結合在一起，這樣，你的小說便不僅僅是「個人」的故事或「社會」的故事，而成為了一種具有精神症候的「事件」，我想這與你對「人性」的理解有關，也與你對小說的認識有關，能否請你談一談？

張楚｜我剛進稅務局時管企業，印象最深刻的是到啤酒廠取稅款，都要拿條麻袋。他們的錢一沓一沓，全是五毛和一塊的。在工作中確實能遇到很多有意思的事。有個企業的會計講了個故事，說有個廠長去嫖娼，結果遇到了臥底的女員警，被抓進派出所，派出所所長恰好是他同學，就放了他。他回到工廠就給他女兒打了電話（他女兒有白血病），然後自殺了。我把這個故事講給朋友李修文，他說這就是小說嘛。我就等他寫，不過他很忙，最終也沒寫，於是我就寫了，這就是〈曲別針〉，發表在2003年的《收穫》上。〈細嗓門〉這篇小說起源於我的兩個高中女同學。其中一個離婚了，另外一個打電話給我，讓我安慰安慰她。女同學丈夫有外遇，她於是提出離婚，男人死活不肯，後來在她終於偃旗息鼓後，丈夫卻執意要求離婚。她只好淨身出戶，把房子留給丈夫，女兒也被判給

丈夫。她手裡捏著男人打的一張三萬塊錢的欠條，拎著個皮箱，獨自去汾陽繼續經營她的燈具用品。我想到了這兩個女人年輕時的樣子。那時她們的眼睛都很大，瞳孔裡滿是歡喜。她們非常要好，像〈細嗓門〉裡描寫的那樣，穿一樣的衣服，梳相同的髮式。到了課外活動，她們就買些零食，邊吃邊大聲朗讀張曉風的散文。多年後我還記得陽光安謐地照耀著她們脖頸上的細小汗毛的場景，也許，對於一個男孩來說，沒有什麼比這樣的場景更純淨。於是，我開始構思這篇小說，我打算讓一個女人去探望另外一個受傷害的女人。她想幫助朋友解決一些棘手的問題。在最初的打算中，我想把它寫成埃・薩瓦托《暗溝》那樣的心理小說，一點一點進入，用最緩慢的速度和最精確冷靜的語言，如剝繭絲。也許可以簡單地說，我在庸常生活中遇到的那些有些異類的事，讓我感覺到了生活的另外一種顏色，這種顏色不鮮豔、也不灰頹，它只是一種我們肉眼看不到的顏色。我並沒有刻意去寫具有精神症候的「事件」，我對人性的認知也始終遵行「人之初性本善」這句古語。我覺得，是我深陷其中的生活讓我捕捉到了這些「事件」，並且以我自己的理解方式書寫出來。

李雲雷｜「70年代作家」是當前文學界討論較多的一個話題，與「60年代作家」和「80後作家」相比，「70年代作家」可以說處於一種較為尷尬的位置，他們既不像「60後作家」那樣與傳統的文學體制有那麼密切的關係，也不像「80後作家」那樣，似乎與市場、網路、類型文學有一種天然的關係，你作為一個「70年代作家」，對這一現象有什麼想法或感觸，你是否會一直堅持自己的文學選擇，或者會做出適當的調整？

張楚｜有一次我跟作家魯敏聊天曾經談到過這個話題。我說，那些「60年代作家」，早在二三十歲時就寫出了屬於他們的名篇，比如蘇童二十多歲寫了《妻妾成群》，張煒二十多歲寫了《古船》，余華三十來歲寫了《在細雨中呼喊》和《活著》。可我們這些所謂「70年代作家」，大點的都四十歲了，好像還沒有形成「氣候」，似乎是種很奇怪的現象。其實，我覺得很多「70年代作家」寫得都非常好，有藝術感覺，又會講故

事，並不輸於前輩。問題就在於我們和前輩們所處的年代不同了，上個世紀八九十年代，娛樂節目和網路還不如現在這樣普及，讀書的人還是非常之多的。況且那個年代，作家的作品普遍有種混沌的迷人氣味——這可能和他們經歷的年代有關，這種獨特的氣味在我們這一代身上並沒有顯現出來。而且我們這代人的小說，大都發在純文學雜誌上，而純文學雜誌的式微，也間接影響到「70年代作家」的影響力。另外不知道雲雷有沒有發現這一點，「60年代作家」的成名，有些要歸結於中國第四、五代導演。很多轟動一時的電影都是根據小說改編的，比如《芙蓉鎮》、《紅高粱》、《霸王別姬》、《活著》、《大紅燈籠高高掛》。但現在情況不一樣了。中國第六代導演們突破了第四第五代導演的文學情結，有自己的獨特表達方式，上世紀八〇年代文學和電影所共同塑造的歷史隱喻式的中國鏡像場景：庭院、姬妾、黃土、霸王、土匪、紅燈不見了，基於青春往事中的瑣屑欲望和平靜生命中的迷惘與尋找，成了他們揮之不去的情結。賈樟柯不都是自己寫劇本嗎？而且現在那些票房過億的商業片，大都是先定個主題，然後編劇們去寫劇本。我好像還沒看到過哪個「70年代作家」的作品被改編成電影並獲得持久的影響力。

對於網路文學，不妨說句得罪人的話，無論穿越小說也好，盜墓小說也好，只是這個喧囂時代的一種文化泡沫，既然是泡沫，就總會有破滅的一天。劉震雲老師也曾這樣指出網路文學的不足：「我也經常看發表在網路上的作品，有的不僅文學性不強，錯別字也很多，一個首頁要沒有十多個錯字就不是首頁，還有的連句法也不通。從文字到文學，我覺得還差二、三公里。」

從內心裡說，我是個安靜且傳統的人。對於我個人而言，寫我自己喜歡的、崇尚的小說，是我自己的夢想。既然是夢想，或許就有不切實際和迂腐的地方。可我不在乎。如果這個世界需要最後一個堅持「純文學」的文字匠，那麼，我寧願當那一個最不合時宜的人。

原載於《北京青年報》2010年8月12日
【李雲雷，《文藝理論與批評》副主編】

記憶與歷史

——關於吳明益的《虎爺》及其他

李丹夢

九歌出版社

記憶是吳明益小說的關鍵字，這跟時下由現代進化、發展範式引發的普遍性的焦慮、挫敗，尤其是人們對於個體歷史座標的迷失有關。一種帶有自我拯救意味的本能回應：以記憶的出其不意的「收穫」與圓融活力來矯治、潤澤被現代性擠迫得單調、枯澀的心靈。記憶在此絕不止於回憶或「記住」某事，毋寧說它即是歷史的本體。過去現在未來三際在記憶中融合，牽一髮而動全身。

記憶的書寫於吳明益的《本日公休》（1997）裡已顯山露水，但真正形成自覺卻要待到他的中短篇集《虎爺》（2003）。這中間作者還經歷了為時不短的自然書寫實踐（以《迷蝶誌》（2000）為代表），關於記憶與自然或生態書寫的關係我們容後再述。《虎爺》顯然不是單純的中短篇自選集，它蓄含自我對話、梳理人生、探索小說可能性及彰顯寫作哲學的企圖，用作者的話說：這「或許只是某篇小說的『前奏』而已」，通過「零碎片段的『短篇記憶』，找到組構成一個較長人生的可能。」[1]就筆者的閱讀，吳明益在《虎爺》之後推出的作品

大都能在《虎爺》裡找到伏筆，這也是《虎爺》值得深入探討的原因。某種程度上，它就像吳明益創作的自我總結或「索引」，作者後來的幾乎所有變化都能在其間找到萌動的「種子」。

《虎爺》分三輯，輯三中收錄了與吳明益2011年長篇同名的中篇作品〈複眼人〉，雖然前後「複眼」的內涵不盡相同，但二者都是試圖掙脫現代常軌的另類「觀看」或「靈視」。至於輯二裡的四篇小說（〈午後Ⅰ〉、〈廁所的故事〉、〈午後Ⅱ〉與〈夏日將逝〉）豈非《天橋上的魔術師》（2011）的「前奏」或「序曲」？那裡停泊著「我」的童年與青春，氤氳遊蕩著已然從地平線上消失的「中華商場」的氣息。1961至1992年間，「中華商場」一度被視作台北地標，它不啻為「現代化進程中台北人青春期的象徵」[2]（張大春語）。於是，孤獨的個我與集體的記憶、歷史乃至台灣的主體訴求，相遇融通了。這在吳明益的長篇《睡眠的航線》（2007）裡體現得尤為明晰。按作者的講述，睡眠亦是記憶一種，在睡眠或夢境這種相對放鬆的狀態下，被遺忘的日據時代的父親／台灣的歷史覆蓋了「我」的身體。

某種程度上，可以說沒有《虎爺》的書寫探索，《睡眠的航線》將無從產生。但如果就此認為《虎爺》系出於寓言台灣或概括歷史的衝動，那可大錯特錯了。這裡自始至終都是「本分」的記憶。那些關乎歷史概括、反撥或寓言的感覺，都是不期而至的，類似「事後分析」或「二次辨認」的放大；在直截書寫或小說直感的層面斷不會如此連貫觸目鋒刃。它們宛若記憶之河中閃現的微瀾漣漪，是方是圓？像馬像牛？就看你的指認聯想了。這也是吳明益創作的魅力所在，他把記憶和歷史變成了一回事，一個詞。永遠在記述，以近乎「中性」的聲調持續。

對我來說，這些文字像是自己想進一步確認記憶所進行的自我測驗……我想確認自己在那件事裡的位置，就像確認自己在全然的黑暗中，是否踩在某個踏實的地方……記憶像水分一樣以看不見的形式存在身體裡。（〈想起那個六么拐〉）

　　它像一枚長在我記憶之樹身上
的樹瘤，割了又長，長了又割。有時
候我甚至弄不清楚，這瘤是我割出了
某個傷口才長出來的，還是長出了我
才想去割它……為了讓它再長出來。
（〈虎爺〉）

　　時間永遠不是直線向前蠕動，
而是蛇樣左右曲探……我不知道上帝
為什麼要讓印刷機停止運轉……為什
麼要讓我們在如火場廢墟的地方，翻
找一些記憶、本能以及時間的灰燼。
（〈想起那個么兩參〉）

　　以上是從《虎爺》集中摘錄的幾句
話，書裡隨處可見這類關於記憶與時間的
感喟。它們的最大功效就是對速度的調
控，均質向前的現代時間體制崩解了。我
們隨著記憶，一種緩慢魔力的逼視，游入
一個暗潮湧動的時空或歷史階段。那個後
來被稱為「時空魔術師」的吳明益於此蓄
勢待發。然而在《虎爺》中，這類不乏詩
性、帶有扣問自身存在意味的散文筆觸的

介入，可能並不討好。除了略嫌重複累贅
之外，一個最大的問題就是怎樣才能免去
讀者對於這種「記憶＝時空」隨意性的質
疑。依據常識經驗，現代語境下的記憶很
難跟欲望撇清干係；記憶策動的重點在於
求新，很容易陷入想像與虛構的耽溺。由
是牽帶出的時空至多算是個人史，如何與
集體的命運、歷史交織共在？吳明益顯然
也意識到這個問題，他明確表示，他的陳
述不願陷入「軟調抒情文學」的舊轍。但
事實上這種強大的書寫慣性與誘惑從未離
開過他，它與記憶如影隨行，猶如嗎啡似
的毒癮。它要把記憶的書寫者變成欲望的
活動道具或虛脫的俘虜，而吳明益卻要把
記憶盡力維持在智識的樣態，一個能引發
共鳴、人人可進入參與的歷史時空。創作
的張力由此產生，這也是《虎爺》最耐人
尋味和刺激的地方。

　　面對記憶書寫的難題，為掙得歷史
或公共的「同情」、影響，多數作者會本
能地倒向或求助於日常生活倫理，這在大
陸不乏其人，「新寫實小說」便是突出的
例證；或者索性像林白、徐小斌的早期作
品那樣，由記憶的鋪陳滑向神叨叨的陰性

空靈美幻的話語繁衍。相比之下，吳明益的解決之道宛若奇蹟。看似水波不驚，寧謐溫潤，其實卻是極度冒險、高度緊張自律的結果。時時要警醒虛構權力與欲望的膨脹，一個類似「去我」的修行。吳明益的作品中幾乎排除了性愛題材，恐怕與此有關。他筆下的「愛情」多為初戀、童真式的「吸引」，或是如追蝶人般超越人際、含死亡衝動的自然融匯之愛（中篇〈複眼人〉）。質言之，吳明益敘述或記憶的核心精神就是節制，其間棲居著一個苦行僧似的禁欲漂泊、孤獨悲憫的魂靈（這漂泊感大體是骨子裡帶來的，跟台灣孤零隔絕的海島地勢位置及戰亂歷史所形成的地方集體無意識有關）。他也尋找落定與家的感覺，但絕不黏滯。就像〈午後Ⅰ〉中記憶對中華商場裡手工鞋匠「傑作」的顯形描繪：「每一雙都像大理石雕成的一樣。客人總以為這鞋摸上去一定是硬的……但一摸，鞋面就像海綿似地陷了進去，穿上，就彷彿肌肉終於找到遺失的皮膚。」這究竟是在寫鞋的工藝，還是在寫對家或故鄉的渴望？然而，這怦然心動的溫暖僅維持了數秒，記憶又開始了下一

處的搜尋與記述。到處都是家，又都不是家；一切皆無常，卻又企盼它留下……

上述行文語感與周作人的晚期書話有異曲同工之處。周寫過一篇〈落花生〉，可與〈午後Ⅰ〉對照參看：「花生亦曰長生果，又名落花生，殆無名也，以其花落於地，一絲牽蒂落實土中，故曰落花生。曰花生減字呼之，曰長生以形名之……同是一瓜，在中國稱倭瓜，而日本則稱唐茄子……可以想見其原產地當在安南方面，先來中國，再轉至日本，花生的行程恐亦是如此，唯其來路在何處，乃不如南瓜之易於推測耳。」雖是常識羅列，卻不期讀出了身世、命運的渺不可測。此係指花生，還是人？何處是歸程，長亭更短亭。

《虎爺》集裡有不少類似〈落花生〉的知識段落，除了〈午後Ⅰ〉的皮鞋工藝外，〈想起那個么兩參〉中的印刷知識，〈虎爺〉裡的民俗記憶，〈複眼人〉中的鳳蝶遷徙，〈洞穴之蟾〉裡的蟾蜍生理等，均為例證。它們雖及不上周作人的平和天籟，卻也給小說這種本質上難免造作的東西增添了一種別樣切實的質感。明

眼人會說,吳明益把早期帶有科普性的生態書寫的路子引到小說裡來了。這固然不錯,但之所以呈現這種自覺的風格承續,還有更深層的理由:那就是防止記憶陷入「軟調抒情」、閉門造車的沼澤。記得日本女作家與謝野晶子曾建議女性多讀哲學、心理學、動植物學的書,她稱之為「硬性書籍」。她說「女人容易為低級的感情所支配,輕易的流淚,或無謂的生氣,現在憑了硬性的學問」,可使人理性明澈,「不至為卑近的感情所動。」[3]此原理亦可用來理解吳明益小說中的知識話語。換種說法,這類大膽嵌入的知識段落帶有精確、剛性及公共語言的特質,藉此,含私人意味的記憶書寫便能夠跟集體認同信仰的、帶有真實品性的歷史打成一片了。

一般認為,這種由生態書寫慣性而來的知識言說,係1980年代以來當代文學的特有現象,但在周作人的民俗整理與「文抄公體」的書話中已能見出類似知識話語的聲腔氣韻,文學史的聯絡、脈動於此顯露出來。就「文科男」出身的吳明益來說,對知識話語的掌握、書寫,實非易

事,它需要大量的閱讀補課。記憶經此從隸屬過去的構思範式中解脫出來,變成了一個進行時態的、與當下不斷發生資訊能量交換的、後現代式的開放場域與建構歷程。寫作在記憶裡獲得了持續的動力與韌性。除卻閱讀,吳明益還提到影像對於記憶的激發作用。《虎爺》集裡〈廁所的故事〉便是由一張中華商場廁所的老照片觸動而構思成形的。這也印證了作者的話:「記憶中的一些片段,加上後來補足的一些材料,就會慢慢形塑成一個特別的故事。」[4]以上所述對於自我放縱沉溺的虛構想像,不啻為有效的防範。一句話,知識話語的運用,旨在「克己」的抒寫。它讓吳明益在私人記憶與公共歷史間,趨向書寫的平衡與人格的「中庸」。感覺上,吳明益的風格介於周作人與川端康成之間,倘若去除其作品中知識話語的部分,他的小說很可能感傷失度、陰氣彌漫。

建基在二元思維上的現代書寫格局或範式在《虎爺》裡失效了,個與眾、私人與歷史、抒情與理性、美與科學、陰柔與陽剛這原本處於對立的兩極在記憶的河水裡基本實現了渾然一道。不僅如此,記

憶的運作，亦讓吳明益從時下逼促的身分建構與鄉土認同中解放出來。在記憶的召喚賦形裡，任何一處、任何他者都有可能讓人生發「那就是我」的親切共鳴。一個無與倫比的「大我」時空。這跟魯迅所說的──「無窮的遠方，無數的人們，都和我有關。我存在著⋯⋯我開始覺得自己更切實了，我有動作的欲望」──境界相類。不能說吳明益已放棄了對現代「個我」的追求，一個突出的證據就是他對於記憶深淵（一個富含危險奇觀夢魘的寶藏）那「玩火」似的迷戀與刺探。我們眼見他縱身躍入記憶的淵藪，卻不料他竟在這裡找到了一個心心相繫的「世界」。

以〈想起那個六么拐〉為例，這是《虎爺》輯一裡的首篇。題目中的「想起」暗示記憶的啟動，我們隨之來到了「我」從軍的歲月。記憶聚焦在一個腦筋有點「二」、綽號叫六么拐的士兵身上。他天生醜陋，淨幹蠢事，給時任班長的「我」惹了不少麻煩，大家都厭憎他。一次班上丟了枚空包彈，這屬於重大事故。「我」和班裡士兵深夜在草叢中排成一隊尋找，子彈找到了！它在大家手中默默地傳遞，唯一蒙在鼓裡的就是六么拐。一個心照不宣的惡作劇。我們把罪名推在六么拐身上，他懷著恐懼在草地裡摸索了一夜，幾乎把草拔光。恐懼快把六么拐擊碎了⋯⋯

作品揭示了人性惡的萌芽，它透露出吳明益的記憶「章法」與小說哲學。六么拐無疑是小說記憶運轉的傑出成果，一個被歧視侮辱的對象。他直指記憶的暗箱，一個在日常或現代時空中被篩落過濾遺忘以至不復存在的「角落」。這種記憶顯然帶有自省自審的況味，跟那類虛構自娛的記憶迥然不同。六么拐就像「我」身上惡的烙印，對他的呈現，勢必要經受由顏面自尊內心疼痛等帶來的重重阻力，這也是吳明益作品中記述緩慢的重要原因。他並不打算對自身過分追討，也不想對六么拐施以廉價的同情，這裡重點是要用記憶的光線去「照亮」一個事實：六么拐是「我」的一部分！無論「我」多麼想清洗他，他卻好像在肉體和靈魂裡扎了根。「我」在六么拐身上看到的不僅是讓人難堪的惡的標記，還有一種坦然溫暖、宛若「戀愛」的牽繫（跟吳明益在生態書寫中

體會到的人與自然的和諧融匯相似）。這不啻是對在記憶中徜徉漂泊、倍感孤獨的苦行僧之最大報償。

當旋繞繁複的記憶工程終於讓六么拐浮出水面時，嚴密均質進化的現代時空大廈出現了深深的裂隙。本來，六么拐的生存方式是無法記入現代歷史的，它被現代理所當然地放在了忽略不計或須加醫治淘汰的部分。換言之，六么拐的生存，指向彰顯了另一時空的消息（包括它的物質性、價值觀及運行速度等）。吳明益通過小說的記憶表明，類似六么拐這樣的時空是無法被汰除的，歷史在此出現了多維的路向與可能。這不僅是「我」存在的樣態，亦是歷史的真相。

實際上，當吳明益把記憶與歷史融為一體時，已然預示了歷史乃是這樣一個場域：它陌生不適、遍佈創傷。人必須經過與內心猶疑恐懼厭惡等諸多負面情緒的反覆較量，一種自我掙扎折磨及克服，方能抵達。吳明益對死亡的迷戀以及前世記憶的勘探，便是這種歷史邏輯衍生的必然結果。

吳明益曾說：「**故事**並不全然是記憶，記憶比較像是易碎品或某種該被依戀的東西，但**故事**不是……**故事**是黏土，是從記憶不在的地方長出來的……只有記憶聯合了失憶的部分，變身為**故事**才值得一說。」（〈雨豆樹下的魔術師〉）若把其間的「故事」換成「歷史」，這便是他的小說哲學自白了。

【李丹夢，華東師範大學中文系教授】

註

1　吳明益，〈自序〉，《虎爺》，（台北：九歌，2003年），頁5。

2　吳明益，〈序一〉，《天橋上的魔術師》，（台北：夏日，2011）。

3　轉引自周作人，《苦口甘口》，（石家莊：河北教育，2002），頁31-32。

4　吳明益，〈我的土地，我的寫作〉，參見http://www.douban.com/group/topic/23726736/

虛構的「故鄉」
及其精神隱秘
——從大陸看《複島》

李雲雷

聯合文學出版社

台灣文學對於我而言，印象最深刻的還是陳映真、黃春明、王文興、白先勇、張大春、駱以軍等老一代作家，對於青年一代的創作，雖然也很有興趣，但平常較少有機會閱讀。之所以對台灣青年作家的創作感興趣，其實也是想瞭解青年一代的情感結構與內心世界。可以說，陳映真等前輩作家雖然處在台灣，但他們的情感結構、問題意識、美學趣味與大陸作家並無太大的差異，台灣文學1960年代以降對西方現代主義極為推崇，大陸在1980年代以後也以相似的軌跡發展，台灣有關於鄉土文學的論爭，大陸也有關於尋根文學、新鄉土文學的討論。雖然這些文藝思潮在海峽兩岸有著不同的思想、社會語境，但相似的主題與「問題域」卻也顯示出兩岸文學的內在根脈相連之處，以及中華民族在現代化進程中所面臨的共同問題。但是對於青年一代作家而言，相互之間的精神交流卻變得愈發困難，一方面在大眾文化崛起的背景下，文學在海峽兩岸都已處在了較為邊緣的位置，已不再是精神生活的主要形式；另一方面，1990年代以後，台灣政治、思想領域的巨大變動也形塑了新一代青年複雜的自我意識與自我認同，對於這一時代變遷的隔膜，也讓大陸讀者很難切身體會到台灣青年作家

的內心世界。

在這種情況下讀到王聰威的《複島》，對我來說是一個難得的機遇，可以觸摸新一代台灣作家的情感褶皺，以及他們想像世界的方法。王聰威出生於1972年，他的《複島》、《濱線女兒》出版於2008年，一般被視為台灣「新鄉土派」的作品。此前他尚有《稍縱即逝的印象》、《中山北路行七擺》等作品，具有強烈的前衛風格，呈現出了不同的都市意象；此後在2012年，他則出版了長篇小說《師身》，以師生戀為題，探討都市男女複雜的情欲問題。可見，即使在王聰威個人的創作歷程中，《複島》、《濱線女兒》也具有特殊性，其特殊性有二，一是這兩部作品寫的都是「鄉土」，二是在寫法上作者並沒有過多採用先鋒性的現代派技巧，而更多的是平淡樸實的現實主義筆法。這與他此前此後的創作都頗為不同。在這兩部作品中，《複島》以四篇小說拼貼了對父系親人的記憶，而《濱線女兒》則「寫的是媽媽家鄉哈瑪星的故事，與寫爸爸家鄉旗後的《複島》算是連作。」[1] 在這裡，我想重點分析的是《複島》中的四篇小說。

《複島》由〈奔喪〉、〈淡季〉、〈渡島〉、〈返鄉〉四篇小說構成，除〈渡島〉篇幅較長外，〈奔喪〉等三篇小說篇幅皆較短，意蘊也較為單純，這四篇小說在人物、場景、情緒上相互交織但又各自獨立，共同構成了一幅對父親家鄉的整體想像。南方朔先生在推薦序中指稱此書為「地誌風土作品」[2]，強調該書的「地方」特色，郝譽翔女士的推薦序則以「夢境與現實的交相滲透」[3]為名，強調的是小說的寫作方法，而作者本人則更重視「家族」的視角，在後記〈家族境遇的形成〉中詳述了這一視角的「發現」。值得注意的是，作者在一個訪談中表示，「我沒有住過旗津一天，但我父親、祖父在這裡居住的痕跡，讓旗津的一切與我密不可分。」在這個意義上，確實如作者所說，「這是我用文學重新建造的港口，用文字親繪的地圖。」[4]在這裡，我們可以看到，作者的「鄉土」是虛構出來的，而值得追問的則是，作者虛構的是一個怎樣的「鄉土」，為什麼會虛構這樣的「鄉土」？

《複島》寫的是複島一個王氏家族幾代人的故事，第一代是日據時代的醫師（爺爺），他娶了兩房妻子，一房來自一戶有錢的大戶人家（奶奶，書中稱為大阿媽），二房原先是大戶人家的婢女，是奶奶的陪嫁，後來也嫁給了爺爺（書中稱為

小阿媽），書中主要寫三代人的故事。〈奔喪〉寫的是一個當兵的兒子（第二代）急急奔母喪的故事，故事在過去與現在之間穿插，將不同時空中的場景交織在一起，交錯出現，頗具張力。〈淡季〉則主要寫「我」（第三代）對「小阿媽」的記憶，那是小阿媽在家族中的清冷地位，也是我隨父親去看她時的淡季歲月，是海邊沙灘和侷促房間的模糊回憶。〈返鄉〉寫的則是，「我」在病危的奶奶（大阿媽）病床前的思緒，故事在往昔的熱鬧歲月與如今的人事凋零中交錯展開，在回憶中「我」看到了昔日健壯的大阿媽，也從「我」的想像中展開了大阿媽的情緒與意識流動，從不同角度再現了舊日的家庭場景，也讓我們感受到了時光流逝的滄桑與哀痛。

篇幅最長的〈渡島〉，在結構與意蘊上也更為複雜，既有歷史的興衰與時代的變遷，也有現在時的場景，還有虛構與想像的傳奇故事——祖父所經歷的拆船業的興旺與瓦解，大學生在海灘燒烤時遇到的事故，在海底複製一個島嶼的奇思妙想，一隊送葬隊伍的象徵性意蘊，種種線索交織在一起，構成了一個豐富複雜的文本。

如同我們所看到的，王聰威在《複島》所展現的是一個家族的片段歷史，也

是一個地方（旗津）的風俗誌，更是對童年與記憶的重構，是小說家的想像與虛構。在台灣文學的脈絡中，我們可以看到《複島》異於「鄉土文學」的元素，一是作者更注重「個人化」的視角，而較少從社會化的視角切入歷史與現實，比如相對於黃春明〈蘋果的滋味〉、〈兒子的大玩偶〉等鄉土文學經典作品，《複島》沒有直接介入社會問題的揭示與討論，而是試圖虛構一個地方性的家族故事，這或許顯示了作者在當代都市生活中的無根感，以及在精神上重新尋根的努力；二是作者所講述的方式並不是完全現實主義的，而是融入了現代主義的技巧與元素，這一方面顯示了作者藝術修養的多元，另一方面也可以讓我們看到作者的問題意識的複雜，而這種複雜的問題難以由一種「透明」的現實主義所展現，或許只有現代派技巧能充分展現出其內在的皺褶與情緒，經由暗示、象徵與時空交錯，我們才能更深刻地理解作者所要表達的情感與內心世界。

我們可以看到，作者所寫的雖然是「鄉土」，但其著重點並不在於現實鄉土問題的解析，而著重於以「鄉土」撫慰都市中孤單而破碎的「現代人」的靈魂。在這方面，我們可以做一個簡單的對比。當代台灣鄉村所遭遇到的最大問題，正如大

陸鄉村近些年來也遇到的一樣，也是資本下鄉所帶來的社會一生產關係的重組，傳統倫理一文明的解體，以及環境一生態問題等，在這方面，吳音寧所著的《江湖在哪裡？——台灣農業觀察》有著較為詳細的歷史梳理與現實剖析，林生祥及其「交工樂隊」也有著藝術與社會運動中的「反抗」，但是《複島》並沒有觸及現實中鄉土所存在的問題，「鄉土」在作者那裡是一種抽象的存在，那裡是他虛構中家族的血脈來源，也是他在都市生活中的「鄉愁」，是他精神上的一種回歸與超越。

我們還可以更詳細地分析一下作者鄉愁的指向。在小說中我們可以看到，作者鄉愁的寄託之處是旗津（以及《濱線女兒》中的哈瑪星），是高雄港附近的區域。如果我們以「鄉土」與「本土」的思維框架來考察，那麼可以看到，小說中的旗津所指代的無疑是「本土」——台灣本土的歷史、傳統與經驗，但我們同時也可以看到，這裡的「本土」並不是指與大陸所並立的「台灣」，而更多具有「鄉土」的本義——與都市經驗相對的鄉村經驗、情感與記憶。在這裡，我們可以看到，1970至80年代所對立的「鄉土」與「本土」論爭，在新一代作家筆下已經有了新的融合與生成，在他們這裡，鄉土經驗與本土記憶並不矛盾，而在新的問題結構中合二為一，成為對都市經驗的一種審美反抗。

在這意義上，新一代作家的「尋根」便具有與眾不同的意義。在這裡，作者尋找的不是固定在某一處的「根」，而是一種共通的前現代的經驗，一種歷史記憶與一種生活方式——大家族的聚合離散，人際關係中微妙的愛與疼痛，時光流轉中的滄桑巨變。在這裡，作者所面對和處理的不是台灣的「特殊經驗」，而是現代中國整體在現代化轉型中所存在的普遍問題。所謂台灣的「特殊經驗」是指大陸來台作家所寫的「尋根」作品，他們所尋的「根」在大陸，是在特殊歷史境遇中對故土的記憶與眷戀。老一代作家姑不論，即使張大春的《聆聽父親》、駱以軍的《遠方》等，所追尋的根脈仍然在大陸，他們的作品可以說是兩岸睽隔的歷史迴響。但是另一方面，大陸與台灣都處在同一個歷史進程之中，那就是從傳統中國到現代中國的巨大轉型。兩岸隔絕本身就是現代中國的痛苦經驗，也是這一巨大轉型中的後果之一。但相對於兩岸隔離，從傳統中國到現代中國的巨大跨越是一種更具普遍性的痛感經驗，這也是一個至今仍未完成的現代化過程。在這個過程中，傳統中國人的生活方式、情感結構與內心世界逐漸瓦

解，但一種新型的、屬於「現代中國人」的情感與價值觀念卻沒有建立起來。

在此種境遇下，對前現代中國鄉村的眷戀與批判，便成為了「鄉土文學」自誕生之初便具有的兩種互相矛盾的情感訴求。在魯迅的〈阿Q正傳〉、〈祝福〉、〈風波〉中，我們看到的是他「哀其不幸，怒其不爭」的批判鋒芒，而在〈故鄉〉以及《朝花夕拾》諸篇中，我們看到的則是他對故鄉人物與風土的溫情與繾綣。在沈從文、蕭紅的筆下，我們看到的也是他們對鄉村生活的留戀，以及對都市文明的譏諷。在現代中國文學中，傳統與現代的對立，是與鄉村和都市的對立同構的。在西學東漸的新文化視野中，鄉村遺留了更多「舊文明」與傳統文化。這種對立一直延續到當代文學。在當代大陸青年作家的筆下，我們也可以看到這樣的「對立」。但是與五四時期激烈地反傳統不同，在當代青年的作品中，傳統文化及其「載體」中國鄉村，較多地呈現出了其美好溫暖的一面。之所以如此，一方面與中國在世界體系中位置的巨大變化有關，在此種境遇下，中國傳統文化及其特殊性便得到了重新關注與審視；另一方面，也與現代社會中孤獨「個體」的生命體驗相關，最近三十年，是中國大陸發生天翻地覆巨變的三十年，社會的飛速發展與劇烈變化，讓置身其中的「個體」經驗處於不斷更新的狀態，在這樣一個時代，尤其是處於瞬息萬變的現代都市，一個人的生命體驗不斷「斷裂」，很難形成相對穩固的內在「自我」，所謂現代意義上的孤獨的「自我」處於一種不斷聚合的碎片狀態。在這樣的問題意識中，回到鄉村與傳統文化，尋找自我與家族的「根」，便成為現代中國人的內在訴求之一。

我們也可以在這樣的脈絡與問題意識中，來理解王聰威和他的《複島》。在《複島》中，我們可以看到侯孝賢《童年往事》中淡淡的回憶與哀愁，那是小阿媽屋頂上的天窗，「倘若沒有記錯的話，是斜開著的，用根木棍頂著一片以四五條木條拼成的天窗，好像是有三扇左右，在下雨的時候，才會關上。在門的旁邊，也有一扇相同的窗子，每一次敲門前，我總會習慣性地往窗子裡瞄一下。」（頁62）那是陪侍在大阿媽臨危的病床前，從她的角度回憶往事，「傑仔找到了一個稍大的沙馬洞，在沒被海水泡到的地方捉了把乾淨白沙，慢慢將白沙均勻地灑進洞裡。等到白沙滿出洞口，便往下挖，……『哇！』阿傑猛地跳起，一隻難得一見的紅黑混色粗壯沙馬突然衝出沙堆四處亂竄。阿傑嚇

得拼命往後退，嘩啦一聲跌到海裡去；我趕緊伸手拉他一把。」（頁252）正是在這些細節中，「我」與小阿媽、大阿媽建立起了聯繫，也與家族、歷史、地方建立起了聯繫，「我」不再是漂泊於都市中無根的「我」，而與這個世界建立起了穩固的血脈聯繫。

但值得注意的是，作者所建立的這種聯繫是一種虛構的關係。前文我們已引述了作者「從未在旗津住過一天」的表述，在小說中也有相似的表達，在〈淡季〉中，「我撥打了一通電話給南方的家，問了爸爸，『你記得小阿媽家嗎？在港的工作船維修站對面那裡？有一道白色石板階梯往下走？』『我不記得了。』他說，『我不記得他們曾經住過那個地方』，……我在電話的另一端，沒有提高聲調或顯露生氣的聲音，但幾幾乎快要哭出來了。畢竟那時候，爸爸是大人啊，我不過是個小孩，一定是記憶比較不好的，他這麼說，我是的確會懷疑自己難道從未去過那裡嗎？」（頁70-72）在這裡，我們可以看到，此處不確定的敘述完全推翻了此前作者以扎實的細節建構起來的回憶場景，那些台階、天窗、挖沙馬的遊戲成為了一種恍惚的記憶，甚至沙馬這種動物是否存在也是一個疑問，「是否有可能根

本沒有沙馬呢？倘若，那一整個淡季的存在都值得懷疑的話。或許確實如此，到目前為止我再也沒有在別的沙灘上挖過沙馬了。」（頁75）對沙馬的懷疑同樣否定了記憶的可靠性。在這裡，我們可以看到現代主義的敘述技巧，但更為重要的是，作者以這樣的敘述方式向我們揭示了「現代人」的心靈狀態——那種恍惚的、碎片的、不確定的精神世界。在這個意義上，我們可以說，《複島》的寫作正是克服這一精神狀態的努力，儘管作者所呈現的世界仍是恍惚的、不確定的，但至少那些細節已經落在了紙上，已經留在了我們的記憶中。即使故鄉是虛無的，我們仍然需要虛構出一個故鄉來——我想，這是「現代人」精神的一種歸宿，也是我們面對世界與自我的一種選擇。

【李雲雷，《文藝理論與批評》副主編】

註 ——————

1　王聰威，〈再記一頁女兒故事〉，《濱線女兒》，（台北：聯合文學，2008），頁301。

2　南方朔，〈一本不要輕估的地誌風土作品〉，《複島》，（台北：聯合文學，2008），頁4

3　郝譽翔，〈夢境與現實的交相滲透〉，《複島》，（台北：聯合文學，2008），頁10

4　丁文玲，〈王聰威《複島》家族史拼貼旗津風貌〉，《中國時報》，2008年3月21

大陸看台灣 ▬▬▬▬▬▬▬▬▬▬▬▬▬▬

人生與「迷藏」
──讀許榮哲小說

沈慶利

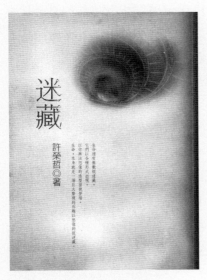

寶瓶文化出版社

「生命裡有無數捉迷藏。生命，本身就是一場繁複到你難以想像的捉迷藏。」許榮哲如是說。這一「生命迷藏論」雖然可視為「人生就像一場遊戲一場夢」的某個變種，卻將某些被我們忽視的生命本質活脫脫揭示了出來。

許榮哲的小說可視為他對這一獨特生命感悟的藝術演繹，而在這方面他又表現出超乎尋常的想像力。最值得一提的當然是他的短篇小說〈迷藏〉，作家將這篇小說放置在小說集《迷藏》的卷首，並以此作為整部小說集的名字，可見它在作家心中的分量。小說的主人公同時也是敘述者「我」（蕭國輝）小時候最愛與夥伴們玩捉迷藏的遊戲，他們常常把一根竹竿插在廣闊的金針花田裡，「當鬼的人攀爬上竹竿的頂端，心中默數至一百。然後其他人迅速倒臥在金針花田裡找掩護。數完數，當鬼的人可以先從高處往下眺望，然後再溜下竹竿找人。」這種別出心裁的「玩法」，其原型顯然來自台灣高山地區排灣族的竹竿祭。許榮哲通過這一構思，將兒童嬉戲歡鬧的輕鬆場面與帶有恐怖特質的宗教習俗融為了一體。小說的一個中心情節是蕭國輝反覆做著同一個夢境：少

年時期的他不幸被輪到「當鬼」，於是他被小夥伴們惡作劇地懸吊於竹竿高高在上的盡頭，最後「僵塑成突梯古怪、猴子攀爬大樹的怪異姿勢」，四周則是一望無際的金針花田。這實在是一個既唯美又冷酷、既驚悚又滑稽的畫面。作家讓這一畫面在小說中反覆出現並貫穿文本始終，只是被懸吊其上的人物時而是蕭國輝本人，時而變成了蕭國輝的童年夥伴沈再勇。而在這樣的轉換中，蕭國輝時而成為眾人施虐的對象，時而變成與大家一起對沈再勇施害的「兇手」或幫兇。其實，被懸吊於竹竿之上的究竟是誰已無關緊要，沈再勇就是蕭國輝，蕭國輝也正是沈再勇，兩者既互相映射又合二為一。作品一再暗示只有沈再勇能洞悉蕭國輝的一切，有些事情「甚至連我都不清楚」，沈再勇卻知道，「他什麼都知道。」可見「什麼都知道」的沈再勇更像是蕭國輝的另一個自我。而這一畫面究竟是「我」的記憶，還是「我」的夢境與幻覺，更顯得無關緊要了。至於整篇小說究竟是沈再勇在跟小夥伴們「捉迷藏」，還是蕭國輝的記憶在跟他「捉迷藏」，抑或是敘述者也即作者在跟讀者「捉迷藏」，當然也是無關緊要

的。唯一能確定的只是，作為讀者的我們已陷入到作家精心設置的「藏貓貓」的迷宮中。

讀許榮哲的小說就像在重溫青春期做過的一個個荒誕不羈的白日夢。青春是做夢的年紀，但許榮哲的夢幻裡很少有對未來美好的憧憬，卻總是充斥著荒誕不羈的死亡和形形色色的病態。他的「胡思亂想」往往離不開精神病態者的創傷記憶與幻覺，以及被壓抑著的火熱心靈的青春騷動，青春逆反期的叛逆反抗和惡作劇。與此相應，許榮哲的「白日夢」裡也很少有奧特曼、蝙蝠俠一類頂天立地、拯救人類的英雄形象，相反他筆下的主人公大多是一群難以融入主流社會，有著各種各樣心理問題的少男少女，像〈為什麼都沒有人相信〉中因學業和社會壓力而幾近精神崩潰的補習生，以及〈失控〉中那位因「粗心大意」或者說「失控」而在大學入學考試中得了「七個零分」的周月雅，〈泡在福馬林裡的時間〉裡那位住在台北市邊陲地帶，「好像也是整個中國、整個世界的邊陲」的憂鬱女孩，還有〈那年夏天〉中和據此擴張而成的長篇小說《寓言》中三位無所事事、喜歡跟大人「玩消失」的浪

遊少年。他們往往是被主流社會所拋棄、被學校老師所鄙視、甚至被父母等親人所忽視的「問題少年」。此外就是一些雖飽經滄桑卻最終被時代和社會所拋棄、變得一無所有的老人，如〈逃啊，趙甲〉中的趙甲；以及藏匿於深山老林、與主流社會和城市文明切斷了聯繫的山地族群，如《漂泊的湖》中那個被描繪為「世界邊緣」的崖中學及其山地社會。許榮哲筆下的一個突出意象是「邊緣」與「邊陲」，主要人物則是被社會嚴重忽視的以少年兒童、老人為主的社會邊緣者。他們與主流社會格格不入，似乎只有躲在人跡罕至的螢火蟲的世界裡玩些「捉迷藏」的惡作劇遊戲，在城市的大街小巷無所事事地遊蕩，在百無聊賴中打發空虛的時光，才能找到自己的「存在感」；或者回到自己用夢境、幻覺和記憶編織的帶有阿Q式的「心靈溫柔鄉」中，才能對抗冷酷無情、空虛無聊的生命現實。

　　許榮哲的小說相當敏銳且痛感地表現了台灣「後現代」社會中一部分都市少年的病態人生與病態心理。許多人往往想當然地認定當今社會的新一代年輕人成長於「蜜罐」中，充分享受著現代文明的各種便利，與他們飽經苦難、歷經動盪與滄桑的父輩及祖輩相比，理應要幸運和幸福許多。殊不知一代人有一代人的甘苦，正如物質生活的豐富不能導致心靈的富有一樣，衣食無憂的生活更不能體現新一代人的價值感和存在感。在作家筆下，生命的孤寂、空虛和被漠視，要比人生歷程中的苦難和不幸更可怕，其難以忍受的程度甚至已超過了生命的消失——死亡本身。〈失控〉中的周月雅發出這樣的見解：「我並不怕世界末日，如果可以選擇的話，我還比較喜歡世界末日，但是我怕一個人孤寂的死去。像上次大地震的時候，我一個人躲在桌子底下哭。地震停了，我還是沒能從桌子底下爬出來，我還是不停地哭，哭著哭著就在桌子底下睡著了。我其實並不怕被壓死，我怕的是一個人死在異鄉，沒有人知道這棟大樓底下死了一個我。」的確，無論生命多麼卑微都離不開呵護與關注，年輕的人生尤其需要關愛、鼓勵與喝彩。東西方作家都曾深邃細緻地渲染過「死無葬身之地」的人生大慟，但在許榮哲看來，比「死無葬身之地」更甚的，卻是死（消失）後仍無人關注的悲哀。人與人之間的冷漠無情，現代社會的

畸形變態皆可由此折射出來。他小說中的很多人物不惜以「玩消失」的極端方式，向周圍的人們宣示自己的存在，但往往仍是徒勞。〈泡在福馬林裡的時間〉中的那位女孩，被惡作劇的同學用膠帶和繩子捆綁後「關進教室後面的雜物櫃裡」，她「消失」後卻沒有引起任何反響。面對少了一個同學的課堂，老師只是「粗心」地把她當成了另一位經常蹺課的學生，輕輕地說了一句：「嗯，又沒來啊。」可見個體生命的卑微和被忽視已到了「令人髮指」的程度。許榮哲如果能沿著這一主題進一步深入開掘，相信一定會觸及台灣後現代社會的種種複雜面向，也可為台灣文學拓出一片新領地。

但令人遺憾的是，相對於對這些卑微者和邊緣者給予冷峻的剖析和深入的表現，許榮哲更喜歡跟讀者玩「捉迷藏」。他在講述一個個生命悲哀的故事時還刻意增加了一種貌似輕鬆的惡作劇式的調侃語氣。儘管由此造就了他那略帶嘲諷和玩世不恭意味的獨特敘述風格，卻無疑大大削弱了許榮哲小說的悲劇內蘊和社會批判力度。作家那玩世的「迷藏」哲學和「迷藏術」，以及由此導致的游移不定的「白日

夢」式的思維定勢和構思方式限定了他，常常使他難以真正「深刻」與「集中」起來。許榮哲本人或許發現了自己的這一困境，所以他多方努力並嘗試自我突圍。近年來他把更多精力轉向長篇小說創作，並在題材上有意識地向「重大題材」靠攏。在《寓言》中，他試圖把三個浪遊少年的浪遊經歷與體驗，與台灣歷史上的「美濃反水庫運動」等「重大」社會政治運動聯繫起來；而在另一本「台灣第一部描寫九二一大地震的長篇小說」《漂泊的湖》中，他甚至將這種戲謔式的「迷藏術」與大地震連接在一起。但作家顯然無法將自己「玩世」、「調侃」的藝術個性，與此類嚴肅的社會歷史事件、自然災難題材有機地融為一體。如果說在短篇小說〈逃吧，趙甲〉中，作家將趙甲似真似假的人生記憶和經歷，與七十年代的「保釣運動」、國民黨「反共復國」等歷史事件串聯起來，尚能揭示出台灣社會的風雲變幻和滑稽可笑的社會亂象，以及「所有的意義都在扭曲變形，變成另一種意義逃走」的人生荒誕感；《寓言》中三個浪遊少年無所事事的浪遊，也可反襯出大人世界一本正經的「美濃反水庫運動」的荒謬可

笑；那麼到了《漂泊的湖》中，這種刻薄的嘲諷和玩世哲學似乎與小說表現的災難背道而馳。驚天動地的大地震或許可以說是造物主跟人類玩了一場「捉迷藏」的小遊戲，然而「遊戲」背後卻是成千上萬的生命消失，成千上萬的家庭生離死別。其中的痛楚和悲哀，沒有身臨其境、感同身受的人無論如何是難以體諒的。指出人類社會的「遊戲」本質固然勇氣可嘉，但對人類災難的戲謔和調侃，卻很容易走向「玩笑過大」的反面。人類雖然常常身陷迷藏之中，卻應努力獲得穿透迷藏的力量，讓自己超越於迷藏本身。

捉迷藏的樂趣不僅在尋找與發現的過程，更在於通過「消失」和「出現」的轉換，使心智未開的兒童獲得一種「重整世界」的快樂。這樣一種快樂與青春期的白日夢，以及各種藝術虛構簡直如出一轍。但「生命裡有無數捉迷藏」與「敘述裡」有無數捉迷藏並非一回事，儘管兩者有時可以彼此融匯相得益彰。如敘述者的顛三倒四、真真假假可以讓讀者「感同身受」地體驗到「迷藏」的無所不在，從而在一次次「消失─尋找」以及「上當受騙」中充分領略敘述的魅力。不過這同時

也對作家的敘述創新提出了更高要求。因為對作家而言這無異於一場艱難的冒險遊戲。如果遊戲失敗或創新程度未能滿足讀者的期待，就如同只會重複「狼來了」的那個小孩子一樣，原本生動有趣的遊戲很容易變成被輕易識破且陳舊無奇的謊言。許榮哲小說〈為什麼都沒有人相信〉裡的周月娥，無論怎樣強調和埋怨「我說的都是真的，你們怎麼都不相信」，終究還是無法讓人相信她。事實上，在敘述者與讀者之間，以及作者和期待讀者之間，更應維繫一種牢固的信任關係，如同玩「捉迷藏」遊戲的小夥伴之間需維持信任關係一樣。

當然，對於「捉迷藏」最為喜歡和痴迷的還是涉世未深、童真無邪的少年兒童。我相信在深入走進兒童心靈世界，放下身段、設身處地為少年兒童「捉迷藏」這一領域，「許叔叔」尚有廣闊的施展空間。

【沈慶利，北京師範大學文學院教授】

幽靈海洋的塞壬之歌：讀郝譽翔小説

房偉

去年參加兩岸青年文學會議，偶然的機會，見到了郝譽翔教授。她介紹自己說：「我是山東人，祖籍山東平度。」作為土生土長的山東人，面對這個操持台灣國語的「山東女作家」，我有種「熟悉的陌生人」的感覺：從文化和種族而言，大家有共同的血脈，但分離太久，好奇中透著陌生，客氣中有著隔閡。後來，我隨中國作協代表團在台灣待了幾天，更強化了這種感覺。在二二八紀念館，細雨中的台北街頭，古樸大方的台灣大學，我時常陷入恍惚的歷史迷思——直到我有幸讀到郝譽翔的長篇小說《逆旅》。這本小說在九〇年代末出版，又在2010年再版，在台灣有廣泛影響，但在大陸卻「名氣不顯」。作家以四〇年代末，父輩千里流亡、扎根台灣的家族史為藍本，描述了「第二代外省台灣人」在懷鄉與失落，歷史與現實，意識形態與人性尊嚴之間的反抗與沉思。小說語言紋理細膩，真誠動人，卻又尖銳大膽，描寫欲望毫不掩飾，富於極強節奏感、變幻莫測的視角與色彩隱喻性，形成了多聲部的，充滿魅惑的「塞壬之歌」。

聯合文學出版社

一

閱讀《逆旅》，最初的感覺是「疼痛」。但疼痛卻透著抑鬱的自嘲，寬容的和解，以至慢慢地滲透出了「甜味」。這甜味並不是「幸福」，而是「誘惑」的味道，是「歷史空缺」而引發的誘惑。「疼痛」源於創傷。這種真實的疼感，既是家族血脈的疼惜，又是疾風驟雨的歷史狂潮中人性扭曲的惋惜，更有著獨特「女性氣息」與「青春氣質」。郝譽翔非常大膽地以「澎湖慘案」為參照，以文學化的手法，表現了國民黨退守台灣，殘害山東流亡學生的史實。然而，這些政治創傷感，沒有意識形態的對立，著重對歷史的個人

化再想像，描寫父親從熱血青年到被政治利用、威逼與拋棄的過程。這裡對於政治的解構，則聯繫著個人化的戀父情結與肉身的覺醒。作者以「少年體驗」的想像，再現了父親從山東老家的逃亡，在湖南的流亡生活，台灣國民黨當局對青年學生迫害的種種經歷。這些「大歷史」的存在，都化為了後輩女孩細緻入微的想像。這些想像也絲毫不迴避欲望，無論生存的欲望，還是食欲和性欲，都共同構成了對「大歷史」的質疑。〈春之夢〉章節有個細節，作家模仿父親的敘事視角，並設計了第二人稱的「你」的對立角色（軍方代表），以此想像軍方對父親郝福楨的審問。誰料，審問竟淪為審訊者與被審訊者之間的「無聊遊戲」。審訊者要求被審訊者講述「黃色故事」，並夾雜對被審問者的虐待，以滿足「手淫」的需要。「歷史始於莊嚴的承諾，而終結於無聊」。郝譽翔對「大歷史」的反思無疑尖銳且有力。

然而，更深刻的是，這種反思沒有變成簡單的「控訴」和「思鄉」，而是遊蕩於不斷的自我消解與悖論辯白，顯露那些背叛和自虐的家族故事，在歸鄉與無鄉之間的荒誕，從而展現出人性傷口的「無法治癒」。父親定居台灣後的生活，也是小說著重描寫的部分。父親拈花惹草，不負責任，沒有家庭愛心，他奔波在大陸和台灣，不斷地結婚、離婚，似乎變成了一個恬不知恥的「道德墮落者」。然而，作者看透了父親其實渴望「漂泊」，拒絕「安定」，因為只有不斷的遷徙、偶遇、挫敗，父親才能找回青年時代的感受，才能搭上幻想中的「青春電梯」：「趕去購買他的愛情，一張青春生命的入場券。」他人生最慘烈的痛，青春的夢，都留在了漂泊歲月，而當歷史將他拋棄，他卻拒絕遺忘，拒絕回到現實，他渴望再次漂泊──儘管，那部「青春電梯」從沒有真正來過，留下的只是恐懼與欲望。就這樣，父親的形象不斷凝聚，又不斷被打碎：他是慈愛的父親，又是道德敗壞的父親；他是渴望歸鄉的父親，又是討厭歸鄉的父親；他是才華卓越的父親，又是貧乏無聊的父親；他是曾經的話劇明星，俊美少年，又是大腹便便，老態龍鍾的縱欲者；他是沉默的歷史記憶，又是喋喋不休的廢話機器。由此，在戀父與審父的情結之

間，父親以及與父親有關的歷史，便成了刻骨銘心卻又難以言明的「家國意象」。〈情人們〉一章，作家甚至不惜在幻想中以「父親撫弄流產的女兒」的亂倫想像，鋒利地隱喻了二代外省台灣人的內心創傷與迷思。小說結尾，作家更以極具現代主義的隱喻暗示，為我們描述了一個「幽靈般」的父親形象，也暗示了父輩與後代無法割斷的歷史繼承性：「黑色肉蟲從他的鼻孔爬行，變黃的襯衫扭出一個潮濕的冬季，膝關節貼著大陸買來的膏藥，手裡握著過期的機票，在不甘心的鼠蹊當中卻挺立出一具年輕的女體。」[1]

那些槍林彈雨的革命歲月已隨風而逝，那些慘烈荒誕、又激動無比的故事已被熱鬧的現代景觀遺棄，那些當事人當年為之斷頭流血的符號概念、宣傳口號，也變成了史書中的考據和傳奇。吉本在《羅馬帝國衰亡史》開篇寫道：「歷史是人類的愚蠢、罪行與不幸的記錄。」[2]無論當年激情赴死的「赤匪」，還是不甘命運，千里流亡的「黨國青年」，枉死他鄉的澎湖孤魂，都已變為歷史的幽靈，無邊地飄蕩在暗藍色的海洋。由此，郝譽翔以獨特

的文學化筆法，表現出對歷史獨特的理解。對歷史的發現，不是「翻螯子」，非此即彼，而是在理解和同情的基礎上，找到人性的反省和自尊。她拆散那些因果關係，破壞那些固定的偏見，將時間拉扯成片藕斷絲連、卻又混亂變幻的片斷，從而成功地將「家國大歷史」與「個人化小歷史」，化為一個個清晰特異的「瞬間畫面」。時間的主題總開始於遺忘，接踵而來的就是「恐懼」，彷彿死神的鐮刀，在收割前總閃爍著迷人光芒，時間以其「空缺」的焦慮成為誘惑。郝譽翔將時間定格為瞬間，然後，又將這些靜默畫面匯成交響的河流，奔湧而去。

台灣學者陳建忠在〈君父的城邦衰頹之後〉中，對郝譽翔的《逆旅》這樣評價：「君父的城邦已經衰頹，而它的女兒猶必須辛勞地補綴身世之網。」[3]當大歷史過去之後，我們如何去面對自己的來處？如何理解父輩的努力和執著？如何去構建人性的感動，開創未來的歷史？作為二代「外省台灣人」，郝譽翔的歷史體驗，少了那「濃得化不開」的鄉愁，多了個人化與家族化的理解，多了那份寬容。

小說以「取名」開始，無疑具有象徵性，「命名」即歷史的判斷，然而，從「郝蘊懿」到「郝譽翔」，既包含了外省台灣人的孤獨感，也蘊含了他們對命運「厄水」般的宿命恐懼。「我」是一個「不祥之女」，導致了父母離婚，然而，更深層次而言，這也隱喻了外省人尷尬命運的追尋。正如作家所說：「那統一和諧的希臘黃金時代一去不返，我們勢必要因無家可歸的靈魂而受苦。因此，寫小說就是要透過某種形式，給予這座廢墟一種秩序，以為他們立下安息的墓碑，以之安定流浪的靈魂。」[4]

二

郝譽翔坦言：「寫作最大的樂趣在於觀看生命的自由姿態，為人生尋求解釋」。郝譽翔「自由地」穿梭在歷史的塵埃中，不斷變換身分和立場，整個文本彷彿一艘建構複雜精密，造型獨特的「幽靈船」，漂浮在歷史幽暗海洋。無論官方的，野史的，還是個人化的，這些時空經緯如幽藍之海上縱橫的閃電與風暴，裸露著白骨般冷峻的事實與礁石般的頑固。作者彷彿自由的精靈，穿梭在不同人物的內心，徜徉在歷史的不同觀照之中，整個章節結構呈現出散文式的鬆散結合，但細細考量，卻精妙非常，全書分為十一章，長短不一，有的很長，如〈冬之旅〉，而有的很短，如最後一章〈晚禱〉，好似一段感悟性文字。第一、二章「取名1、取名2」，以第一人稱追述了「我」的名字的來歷，〈誕生一九六九〉則想像了自己誕生的時刻，〈島與島〉記述了作者在青島的旅程，想像父親出走故鄉的故事；〈搖籃曲〉講述了我的童年對父親的複雜感情；〈冬之旅〉是小說的主體部分，分為晚安等九個小節，以不同視角，想像了父親在1947年流亡大半個中國，繼而流落澎湖，直到扎根台灣的家族往事。〈餓〉、〈情人們〉、〈午後電話〉等章節，對當下落寞的母親和私生活混亂的父親進行了描述。

同時，小說文本存在大量「互文」現象，故事線索和角度繁複，父親在山東青島的鄉村生活的記憶，父親經歷的澎湖慘案的記憶，父親在台灣參軍後生活，父親當下在台灣和大陸間奔波的生活，我的童

年記憶，我在山東的旅行生活，現實中我和父親母親的交往，這些不同的「時空故事」，都在第二、第一、第三人稱不斷變幻下，成為交織變幻的「夢幻之旅」。作家自由地穿梭在不同的時空，不斷地進入不同人物的靈魂，特別是父親，作家的描述甚至同時包含了三種人稱敘事，作家努力從不同角度理解歷史。而大量「副文本」出現，也饒有趣味。每個章節的序語部分，用不同字體介紹了台灣、山東的地理，風土人情，及諸如澎湖事件等歷史問題，而介紹用的奏摺、旅遊指南、回憶錄、官方檔等諸多文體，也形成對正文的「互相指涉」，甚至是顛覆性反思。比如，在一些章節中出現的乾隆奏摺、地方誌中對青島的描述。〈回首〉一章，作家通過史料描述當年澎湖慘案的學生身患的各種疾病，如「繞球風」。有的章節開始的序言，還利用詩歌形式，如〈晚安〉一章，「當我經過時，我將／在你的門上，寫下：晚安／或許，這樣你就會知道／我對你的思念」，表達作者幽暗難明的情緒。作者還利用不同記憶版本，對正文形成顛覆，比如，〈餓〉這一章節，作者甚至花費大量筆墨，描寫父親在電視節目上，對山東福山拉麵和大柳麵的介紹，及細緻入微的做法的考究。這些類似文化人類學的絮語，我們感受到的是難以言傳的「故鄉味道」。而〈餓〉的序言卻說明記憶中父親很少做麵條，而且「都煮糊了。」不僅大歷史被不斷顛覆，且個人史與家族史也被不斷懷疑。又比如，父親寫在牆頭小詩，最後被作者顛覆掉，說明是父親抄襲杜牧而來。歷史不斷地在自我懷疑、自我修復、自我辯解中被不斷瓦解，再重塑，如海浪般湧起、破碎再凝聚、碎裂。歷史不再是一個「旗幟鮮明」的書寫，而譁變成了一個眾語喧嘩，爭吵不休的「幽靈海洋」。這裡有虛假虛偽，美好的記憶，甜蜜的感傷，也有真誠的痛，滿腔的控訴，恐懼，更有無法直面的內心創傷。

另外，我對郝譽翔的大陸九○年代初鄉村的描寫也很感興趣。陳建忠教授認為，郝譽翔之所以書寫這段親歷的山東探親過程，乃是為尋求情感的「彌補和了斷」，而對我而言，這恰恰構成了另一種參照。九○年代初的中國鄉村，在大陸作家筆下，是在市場經濟陣痛下走向現代化

的「打工文學」、「新鄉土寫作」，無疑更為宏大與政治化，而這些東西都已寫在了我們的文學史教科書中。看看那些「分享艱難」式的豪言壯語，「學習微笑」的苦中作樂，我常常會陷入莫名恐慌，這就是我們留給後代的文學記憶嗎？歷史依然在塵埃與迷霧中，它們被裝扮得煥然一新，甚至塗抹得滑稽可笑，它好似那些已死去的亡靈，無論如何變幻身分和打扮，無論為它們賦予怎麼的光環，扣上怎麼的帽子，都無法阻止它們腐爛的牙齦，噴射出的腐朽衰敗的氣息，都無法阻止人們對它們的厭惡和冷漠。九〇年代的文學記憶如此，更不要說至今尚在流行的抗戰神劇、國共間諜廝殺的解放神劇了。在郝譽翔的文字裡，那些沒有養成洗澡習慣的農民，在貧困和無知中絕望服毒的村婦，那些破敗的村辦企業與荒漠般的精神世界，那些無助的出走與無奈的回歸，都異常猙獰、醜陋、粗野、悲哀，卻又「真實地」讓人不敢逼視。通常而言，那個年代的「鄉土苦難」，是由一群社會學家、法學家等社科學者，以「三農問題」系列報告，及紀實文學等方式表達出來的。郝譽翔從一個「歸鄉者」角度，尷尬地揭開了那些被我們遮遮掩掩的貧瘠與苦難。而這些東西，直到新世紀文學後，才隨著梁鴻的《中國在梁庄》等非虛構寫作的興起，被逐漸承認並熟悉。

三

歸根結底，郝譽翔的歷史態度是抒情的。她的批判解構，欲望迷思，都建立在抒情的基礎上。抒情就是對歷史的原諒和寬容，就是對人性的讚美。郝譽翔說：「這本小說是建立在以下幾個詞彙之上的，同情，青春，宿命，時間，道德，背叛，自虐，我多希望可以通過小說，把這些迷人的東西再說得清楚一些，一種虛構相生的分裂辯證的方式，但是我終究不能，唯一可差告慰的，是這些文字底下所含藏的信息：它們確然是誠懇而真實的，那是一種或可稱之為抒情時代的，即將消失的產物。」抒情的姿態，讓她軟化了那些堅硬銳利的大歷史，避免了閻連科式的寓言化抽象歷史觀，卻造成了另一種現代主義的女性歷史意識。寓言化歷史寫作，在1990年代至今的大陸文壇非常流行，

也形成了突出的問題,即「如果寓言化以喪失對歷史和現實的複雜性真實為前提,歷史和現實就會被抽象為不可知的虛無」[5],而郝譽翔從女性視角出發的抒情化寫作,卻擁有著個人化的情緒真實,交織著疼痛與溫情的歷史想像,複雜化的歷史觀和現實觀,顯然比很多大陸女作家要勝出一籌。

當然,十幾年過去了,台灣和大陸都發生了巨大變化。台灣的族群和政黨政治的激烈矛盾,大陸在高度發展過程中的物質迷思,兩岸都有共同面對的歷史和文化血緣,又有著不同的現實問題,而這些顯然是《逆旅》沒有涉及到的東西。但《逆旅》無疑提供了某種「雙向理解」的契機。閱讀這本小說,對我來說,也是一個「逆旅」的過程:以此來反思我們的歷史觀,以及面對現實的文學方式,特別是那些意識形態敏感的歷史。所謂「逆旅」,就是一種「背對時間遺忘」,「逆向逼問自我」的姿態。於是,「逆旅」就變成了幽靈海洋的塞壬之歌,它在無家的漂泊中「誘惑」著我們,蠱惑著所有無法安睡的活人和死者。它的曼妙歌聲,讓那些在澎湖被「丟包」的青年學生,爬出歷史的骯髒麻袋,顯露他們或多或少的存在;它讓湖南那個沉於水底的湘夫人,穿著濕漉漉的衣服,走進少年的春夢;它讓奔波在兩岸始終無法尋找到「青春電梯」的老年浪子,在「斷鴻驚愁眠」的詩句中,陶醉於旅途的誘惑。淺淺的海峽,無盡的思緒,歷史由勝利者的紅色之筆書寫,留給失敗者的只有淪陷的苦澀。然而,無論激動人心的「革命風暴」,還是悲切愁苦的「反攻之歌」,如今都已成為景觀化的意識形態標本,而那些在江山巨變、風雲變幻的大歷史「夾層」中,被淩辱、欺騙,甚至折磨、碾壓的普通人,則被遺忘在幽靈的海洋,等待著「塞壬之歌」的呼喚。

【房偉,山東師範大學文學院副教授】

註

1 郝譽翔,〈序言〉,《逆旅》,(台北:聯合文學,2010),頁185。

2 黃宜思,黃雨石譯,(英)吉本,《羅馬帝國衰亡史》,(北京:商務印書館,1996),頁2。

3 陳建忠,〈君父的城邦衰頹之後〉,《逆旅》,頁191。

4 郝譽翔,〈序言〉,頁2。

5 趙啟鵬,〈文學的歷史和面相〉,《山東師範大學學報》,2007年6期。

沉浸夢境與選擇清醒
——對伊格言小說《噬夢人》的一種解讀

郝敬波

聯合文學出版社

一

　　若干年後，地球上不僅有人類，還有生化人。二者體貌無異，只有利用專門的技術如「水蛭試劑法」鑑別血液才能甄別屬類。生化人是人類用「夢境植入」的方式生產而成的，按照設定的夢境體式誕生與成長。他們發展成相互對峙的狀態，你趕我殺，諜影幢幢。生化人解放組織（小說中簡稱「生解」）在人類生產生化人的過程中，用「原始者佛洛伊德」的方法替換了既定的夢境，成功地生成了「第三種人」，也就是我們的主人公K。K從此遊走於人類與生化人之間，糾葛於情感、身分、倫理、記憶、遺忘、死亡等諸多矛盾的纏繞之中。而這一切，都是以夢境為核心展開的。這便是伊格言的長篇小說《噬夢人》。這樣的敘述只是為了討論的方便，面對豐富複雜、波詭雲譎的小說世界，我發現嘗試一次較為精準、全面的複述變得非常困難。實際上，閱讀《噬夢人》本身也是一個充滿挑戰的困難過程。這種困難不僅來自作者想像和敘事的跳躍

性，更來自於小說中龐雜而陌生的知識介入。或者更進一步說，閱讀小說就步入了伊格言給「植入」的一個夢境，我們被它的詭異和奇幻吸引前行，也不時被各種迴轉和延宕所阻塞，從而與伊格言一起分享了對人與非人、生與死、夢境與現實、未來與歷史進行反思的艱難和迷茫。在我看來，這便是伊格言的高明之處。

這裡，我們不能不注意到《噬夢人》的「科幻」特點。從小說題材來說，《噬夢人》顯然屬於科幻小說，寫的未來時空，不存在的「生化人」，以及形形色色的超技術。但在閱讀過程中，我們卻能感受到它與一般科幻小說的明顯不同。科幻小說重在對人類經驗之外的認知探索，一般以神秘的異類、超技術來抵達遙遠的宇宙和未來（或者古代）的時空，在表現對地球、人類及個人的觀照時，小說家也往往採取站在星空眺望的書寫姿勢，正像科幻小說家劉慈欣認為的那樣：「科幻急遽擴大了文學的描寫空間，使得我們有可能從對整個宇宙的描寫中更生動地更深刻地表現地球，表現在主流文學存在了幾千年的傳統世界，從仙座星雲中拿一個望遠鏡看地球上羅密歐在茱麗葉的窗下吹口哨，肯定比從不遠處的樹叢中看更有趣。」[1]伊格言顯然對太空穿梭沒有太多興趣，但他卻試圖走得更遠。如果說一般的科幻小說藉神秘異類和超技術向「周邊」拓展的話，那麼《噬夢人》則是以生化人和超技術向「內裡」滲透，從而在精神世界裡探尋生命的起點，或者說從最隱蔽的路徑上關注人的精神起點。伊格言選擇了「夢境」作為小說想像敘事的入口。

從某種程度上來說，伊格言選擇夢境敘事應該是冒險的。這也顯示了他的勇氣和信心。在《噬夢人》中，夢境似乎成為最重要的敘事動力，整部小說瀰漫著夢的幽暗和奇幻氛圍。那麼，在這樣的敘事基調中該如何展開對夢的訴說？且不說佛洛伊德那關於夢的經典解析，就是相關主題的流行藝術作品（如電影《盜夢空間》，又譯《全面啟動》），也必定會造成互文的解讀，從而給小說的藝術個性帶來被遮蔽的風險。那麼，伊格言為什麼還似乎「時尚性」地選擇夢境的小說敘事呢？我覺得理解這一點也是理解《噬夢人》的一個重要起點。除卻心理學、醫學

的知識背景外，對夢的敏感和理解，以及夢境在其精神世界中的積澱和影響，應該是伊格言創作該小說的重要原因和動機。關於這一點，我們可以在伊格言與駱以軍就該小說創作的對話中發現線索：「但我至今仍清楚記得幾個在我童年時期幽靈般纏祟著我的夢境。在其中一個夢中，我的阿嬤（我自小由他帶大）帶著我步下一段昏暗的階梯，來到一扇門前，門楣上寫著數字「7」。我們或許正意圖進入那扇門，但始終並未這樣做。另一個夢裡，我單獨來到一個豪門的，空無一人的大廳，光度黝暗，占據大廳中央的是一座巨大的旋轉梯。我感到自己身處於地下，然而不清楚向上的旋轉梯究竟通向何方……」[2]伊格言自己的這種夢境記憶與小說中的夢境敘事極為相似，充滿了種種神秘的暗示和玄機。進入夢境的內部，找尋夢境的所有通道，就成為伊格言長期的精神欲望，如他自己所說：「許多年來，這幾個神秘的夢境重複不斷地造訪我，帶著一種『前世』或『另一個人』的強烈暗示。這令我非常著迷。我能窺見什麼？我能體會什麼？作為一個小說寫作者，我的工作之一，就是進入小說角色的內在，試著揣摩他、『變成他』，甚至『潛入他的夢境』。」[3]從這個角度出發，或許我們就不難理解《噬夢人》的「科幻形式」。在我看來，正是這種「科幻形式」才能滿足伊格言「潛入他的夢境」的精神要求。因此，與其說是伊格言對科幻形式的選擇，不如說他自己在夢境的場域中天然具有的一種「科幻性」的個性思維和想像。正因為這一點，在閱讀小說的過程中，我們在很大程度上會忽略科幻的形式而自然走進敘事的核心，去領略小說的自然精緻、幽深厚重的敘事風貌。

二

伊格言想進入某種夢境，並利用小說的形式來實現它，是一個「醒著做夢的人」。而對於小說中的生化人而言，或者說對於人類來講，進入一個夢境就是一個具體的現實存在，就如同我們誕生在一個村莊或一座城市。而當這種「進入夢境」變成可以選擇或者能夠修改的時候，情況就變得格外複雜，耐人尋味。小說沒有從夢與存在關係的哲學層面出發——像許多

科幻小說及影視作品那樣，也沒有更多地從自我身分認同、倫理道德衝突等傳統主題的方向上導入——儘管也多處涉及，而是站在夢境的邊緣，站在「入夢」與「出夢」的叉路口上張望，凝視時間與空間的變化，反思時間變化的可能以及存在方式的變化和差異性。當然，所有這些，主要是通過對人物的書寫來實施的。

K是一個生化人，潛伏在人類中，而且官至國家情報總署（簡稱第七封印，隸屬國家安全部）下的技術標準局局長。K的最初潛伏不是間諜的滲透，他只是隱藏了身分，隱匿於人類之中，他的「意志身分」是人類、分子生物學學者、第七封印技術標準局局長，當然他知道自己本是個「被遺棄的生化人」。K並不糾結於自己偽造的身世，一步一步按照人類的身分和規則發展，只有在孤獨旅行的安靜時候，他才思索自己的身分、工作和未來。事情的轉變來源於技術標準局的一次清查——用一種特殊驗血的方法清洗可能混入的間諜，K開始正視自己的身分，並在一次對生化人的審訊後開始以雙面間諜的身分出現：「K開始主動將某些重要情報提供給生化人解放組織。一段時日之後，在K（以自身為試驗品）破解『夢的邏輯方程』篩檢法之後，K也逐步斷續地、技巧性地向生化人陣營部分透露了此一破解法的片段內容。為了避免生解之疑慮，K也收下了來自對方的巨額金錢報酬。透過化名，K以不出面、不透露身分的方式，向一位代號為M的中介聯絡人執行情報之傳遞；而對於情報的內容與順序，K也特意安排搭配，務使生解無從藉此判斷情報來源之身分或位階。」小說中的M是一個特殊的身分，是生產K所用「夢境」的製造者，也是K的命名者，可以說是K的「母親」（M稱K為「子嗣」）。小說到這裡，似乎故事線條可能會變得非常清晰：K認同自己的身分，回歸生解組織，仍潛伏於局長之位，與人類進行著間諜式的生死戰鬥，卻又具有了人類的情感，穿梭在身分與情感之間，穿插著與「母親」M的邂逅細節……故事這樣發展，似乎更符合讀者對這類作品的閱讀期待。當然，伊格言沒有這麼做。他要做的只是讓敘事的迷霧從這裡泛起，讓關於夢境的思考從這裡開始。

作為生化人，K知道自己是由「夢境植入」而生，而他卻走向人類，背叛身分和「族群」，成為「同族」的敵人。在這裡，K實際上逃離了誕生他的「夢境」，卻「如夢一般」進入了人類組織，夢裡夢外，很難分得清楚，入夢與清醒的邊界也因此變得非常模糊。如果我們說K從人類回到生化人是一種身分的自我認同，是一種選擇清醒的自覺過程，那麼這個過程的結束則給K帶來了更多的「夢境」疑問。自以為從夢中清醒的K，經過種種艱難的尋找和查證，最後卻發現自己似乎仍在夢中，竟對自己的身世也知之甚少。K的誕生竟是源自生解的一個「實驗夢境」，是通過在生化人製造工廠掉包人類的制式夢境來實現的。當M告知K的這些身世時，K似乎如夢方醒，這或許是K從人類回歸生化人以來一個重要的清醒時刻。其實，事情遠沒有結束。最不可思議的是，K曾經被植入了十三個夢境，植入了十三個彼此相異的人生，又被以「模擬死亡法」分割，死過十二次。此時的K儼然已被各種夢境分割開來，他不知道應該保持什麼樣的生命記憶，也不知道如何

沉浸在夢境之中，或者以何種方式保持一種清醒，他只有茫然的無奈和在夢境中漂泊的感覺：「K閉上眼睛。冰冷的血液擂擊著他的太陽穴。他突然想起曾數次造訪他的那個神秘夢境。在那個夢境裡，他只是靜靜地坐在一個廣度晦暗的斗室中，讓自己莫名所以地聽見一個遙遠房間裡的動靜……」在這裡，伊格言把主人公K的生命樣態寫到一個令人瞠目結舌的地步，也把對各種夢境的描寫推到了極致。可以說，伊格言構建了一個極其自由的空間，並以自己奇特的想像方式完成了對生命存在方式的深度追問，以及對人生可能性的反覆審視。K作為一個生命個體，擁有高智商和優秀的生存能力，他盡力地辨識夢境和現實，尋找屬於自己身分的人生方向，而他卻永遠介於夢境和清醒之間，自己的生命中只能留下凌亂的記憶碎片。在後現代的語境中，人物K的豐富性和真實性能輕易擊碎科幻形式的人物代碼，從而被賦予了更多的時代性和現實感。當然我們注意到，伊格言的敘述也帶些許悲觀的宿命色彩，有時會在敘事的進程中加一個注腳，比如，Cassandrad的感歎：「生

命本身已經困頓，而記憶卻比生命更艱難……」或如M的反思：「在那個年代，我和Cassandrad都太年輕；年輕得不足以理解生命的徒勞，年輕得不足以理解歷史原本只是夢境、只是空無」這種歎息式的述說，卻能與小說人物的生命際遇渾然一體，在幽暗的夢境中猶如沉悶的鐘鳴，混響在小說對生命存在的聲聲拷問中。

三

　　更值得注意的是，在小說廣闊的敘事空間中，「夢」顯然具有指向多種暗示的可能，譬如「政治」、「暴亂」、「獨裁」、「科技」、「虛擬」等等。這樣一來，小說就從對個人、群類的書寫指向對社會、世界、精神和歷史的整體觀照，從而為我們提供了一個後人類史中令人驚悚的社會景觀。伊格言為我們提供的這個社會景觀，無疑是小說人物（如K）生命結構的延伸和擴展。在這個想像的未來圖景中，我們都能找到當下社會中的結構力量和組成要素，伊格言把它們重置和轉換，形成了一種寓言般的控制力量，從而實施了對當下社會現實的巨大反諷。

　　伊格言能意識到這種反諷式寫作的難度，但他的優勢在於能把讀者的目光有效吸引到想像的場域和人物上面。在小說中，政治的存在猶如一個巨大的黑色天幕，控制著整個社會圖像的變化和個體生命的存在方式。人類與生化人的對峙與衝突，充滿了控制、奴役、滲透、審訊、流放、行刑的恐怖與血腥，第七封印、技術標準局、生解組織等更是政治的明顯標記，也是人物活動的主要空間。不僅如此，小說中的「夢境」也是政治構成的最為重要的因素。夢在本質上是屬於個體的，是個性的、情感的和隱蔽的。而小說中的夢境卻是制式的、整體的和工具化的，並成為社會存在和運轉的重要形式。夢境的製作和植入成為人類最高的機密，人類設計夢境，淨化夢境，並把它們變成靈魂植入生化人體內，從此這個夢境就成為生化人的現實記憶，成為他們生成主體意識的全部基礎。在夢境的政治化中，經驗和現實是缺席的，記憶和意識是虛擬的，這是一個多麼可怕的社會圖景。人類與生化人既衝突又交融，甚至共同繁衍後代，那麼在這樣的社會面

相中,該如何審視自我和歷史?小說並沒有給我們答案,只是讓人物在這樣的生存背景中完成自己渾噩、殘缺的生命歷程。K的誕生來源於一場政治行動,始於一個代號為「原創者佛洛伊德」的間諜計畫。對於生解組織而言,K本身就是一個前途未卜的「實驗主題」,正如M所說:「我們的主題不是我。是關於你。K。你是我的主題。事實上,你不僅僅是我的主題。對於某些特定的少數人來說,你可能還是他們生命中最重要的主題。……而我現在所必須告知你的,正是我與我的摯友、我的同志Cassandrad所進行的計畫。你的身世。我們的主題。」更為可怕的是,K自誕生之日起,就一直處於生解組織的監視之中。在這樣的敘述中,政治與夢境一樣強大、堅硬和冰冷,它們完全可以無視個體、生命和歷史中的任何東西,所有的這些都是政治用來製造、修改夢境的元素,如同工廠肆意散落的材料一樣。在這樣的境況中,幾乎所有的生存者都要面對和融入如此宏大的機制,不允許也不可能擁有自覺的個體意識,否則就會像工廠裡的廢品被銷毀,不會留下一丁點兒殘夢。

Cassandrad就是一個例子。當他想中止生產K的「原創者佛洛伊德」計畫的時候,實際上只是剛剛萌生這個念頭,竟然就莫名其妙地死於非命。因此,這樣的幻世書寫具有了強烈的隱喻特徵,也必然通向對現實世界的審視路徑。伊格言天馬行空的想像此時具有了回顧和沉思的努力,或許這也是小說敘事的內在指向,指向現實生活的荒謬,指向人類精神坍塌的可能亂相。從這個意義上說,伊格言是熱情的,甚至是抒情的,他沒有嘗試救贖,卻顯示出擊碎「夢境」的不懈努力。

小說中的注釋顯然是一個不可忽視的特徵。這樣的注釋對於伊格言和《噬夢人》來說具有特別的重要意義。我們打開這些注釋,彷彿走進一部科技名詞字典:夢境植入法、水蛭試劑法、演化發生學、超擬像、類神經元素包裹、夢境培養載體、夢的構圖、眼球植入式相機、生物式播放機……名詞陌生新奇,解釋簡明嚴謹。我們可以暫時把故事停下來,去閱讀一條條注釋,當然也可以跳過去繼續追蹤故事的線索,但無論怎樣,都無法迴避這些注釋對閱讀的影響,因為,此時的我們

已經進入了伊格言精心構建的「偽知識系統」。可以看出，伊格言對這個「偽知識系統」的構建努力一點不遜於對小說故事的經營，那種耐心、嚴密的字典式編寫的姿態簡直讓人驚訝。伊格言就像戴了一個「科學」的面具，嚴肅而縝密地給我們解釋未來社會的各種知識和技術，就像巫師在進行一個莊嚴的儀式。當然，我們知道這些知識和技術都是虛假的。此刻，我不知道面具下的伊格言是否會有狡猾的一笑。但是，這個偽知識系統的意義在於，它有力而「真實」地支撐了伊格言的想像世界，組成了小說敘事嚴密、精緻的邏輯環節，從而在藝術視角中建構了一個令人信服的、自足的小說世界。而這，足以成為我們當下小說創作的啟示——有時聰明的想像也不可能完全彌補經驗的缺失，創作也需要理性的藝術思維和耐心的藝術態度。同時，偽知識系統也打開了讀者對科技和人文的審視空間，並與政治的反諷一起構成了對社會現實的某種強大的穿透力量。

在《甕中人》那本小說集的後面，伊格言這樣寫道：「那段時光已然逝去。而它們靜靜地留在那裡，從未被我完成。」[4]《噬夢人》一如既往地顯示了伊格言對時間的敏感以及在這方面的敘事優勢。在伊格言設計的奇異之旅中，過去、現在和未來在時間的隧道中穿梭，也把我們帶進了夢境。在恍惚的不安中，哪裡是真實哪裡是夢幻，從哪裡來到哪裡去，誰又能分辨得清楚？或許正如小說中M所說：「我忽然明瞭，這是夢啊。是夢的緣故。在夢的透鏡中，本來是沒有什麼不可能的，沒有什麼是不可見的……」。這就是伊格言的魔法，也是《噬夢人》的魅力。

【郝敬波，江蘇師範大學文學院副教授】

註

1　劉慈欣，《劉慈欣談科幻》，（武漢：湖北科學技術，2014），頁49。
2　伊格言、駱以軍，〈夢的奧斯維辛——伊格言對談駱以軍〉，《噬夢人》，（台北：聯合文學2010），頁465。
3　同上
4　伊格言，〈那些未完成的〉，《甕中人》，（台北：印刻，2003），頁233。

塵世的記憶與哀歌
——論高翊峰的小說

張立群

爾雅出版社

自 1998年通過短篇〈走道〉登臨文界，高翊峰就將以往的生活當成一塊「巨大的畫布」，進而整合零散的片段。從一個點開始，潤開多顏色的油料，高翊峰渴望畫出他所理解的塵世。也許，在行筆的過程中，高翊峰會感受到一絲茫然，無法完全把握小說下一步的走勢。但這似乎也沒什麼，正如生活的本身是不可預知的，小說畫面的偶一「晃動」又能看到不一樣的風景。為此，高翊峰必將在創作道路上不斷前行。他承認自己「還在練習。練習如何用文字抓住某些畫面。希望是一些安靜的畫面。」[1]在某種程度上表明其創作首先要實現一種內心的安穩，這種與眾不同的態度自然決定了他寫作的獨特性。

一、「家的誘惑」

出於對創作的理解，高翊峰曾集中書寫「家」的故事。從處女作〈走道〉到小說集《家，這個牢籠》中的七個故事，高翊峰通過自己最熟悉的生活開啟寫作之門，嘗試母語的敘述風格。他講究故事的「貼近」，因為「家」的故事往往是親歷或是親耳聽到過的。「孕生於家的子宮，你我也都附屬於某個被稱為家的空殼，

不論悲喜。」[2]近乎於錢鍾書先生筆下的《圍城》，家的「誘惑」直至稱之為「牢籠」，是因為「家」是每個人都無法走出的居所，是與生俱來的寄居地。每個人都有回家的渴望，這一過程既含有親情、記憶和成長的履痕，又潛藏著故園的空間文化內涵。通過昔日再現，高翊峰盡其所能地撰寫了各種「家」的故事：或是如〈阿立和他弟弟〉、〈少年小羽〉般的「童年視角」，或是如〈走道〉、〈石塌媽媽〉探究家庭關係和親情倫理……而在這些故事的講述中，最為引人注目之處是高翊峰為其執著地加上了「特有的外衣」。「我有意無意選了絕大部分人都不熟悉的文字來包裝這些故事。艱澀的文字與單調的感動，這樣的組合，好比鐵皮屋裡住著一個會打老婆和小孩的流浪漢……」[3]了然於閱讀可能產生的障礙，高翊峰依然樂此不疲，一方面可以凸顯其出生地苗栗頭份客家小鎮的生活背景，一方面則形成其個性化的敘事特徵，並以方言、習俗等元素凸顯了其「家」之故事的格調。以〈好轉屋家哩！〉為例，主人公阿章伯以賣糖為

業，時至年關，他兩個兒子都因為忙於生計而無法回家幫忙，因而只能自己忙碌。他與隔壁女鞋店老闆阿火閒聊中想起來自己六歲早夭的女兒。午後，一個來買沙士糖的女孩引起了他的注意：小女孩衣著單薄、陳舊，手拿一枚早年發行的一圓老式硬幣（和當下發行的十元硬幣差不多）。他對這個窮苦甚至帶有騙糖之嫌的小女孩心生憐意，為其秤十元沙士糖，然而，當其轉身時，小女孩已不知去向……之後的第二次，小女孩也只是付錢而不拿糖；最後一次，阿章伯想送給這個讓人憐愛的小女孩過年的紅包，但小女孩依然神秘得不知去向；當阿章伯問旁邊的店客時，得到的回答只是「哪有小妹妹，誰知你跟誰講話！自家講，自家聽。」應當說，對於日漸蒼老、兒子常常不在身邊的阿章伯而言，這個神秘的小女孩是否有無似乎也並不重要，重要的是她可以喚起過去的記憶，生成「回家」的誘惑、完成一種情感的補償。與故事本身的玲瓏剔透相比，小說的語言使用客家方言也是一大特色。小說通篇出現的「妹兒」，時而指代小女

孩，時而指向自己的女兒，不僅增添了故事的親和力，還為情節的有序展開營造了良好的契機。

顯然，方言的使用會在凸顯人物生動鮮活的同時，為故事注入特有的傳統文化和地域文化意識。〈好轉屋家哩！〉結尾處寫阿章伯要去「廟巷」拜「妹兒」（此處指自己的女兒），念叨著「妹兒，好轉屋家哩！好轉屋家哩！」就是一例。〈石塌媽媽〉通過回憶阿爸的解釋，即「算命介先生講，妳阿姨介命底太輕，還有二兩重，妳咧細人兒介命又太重，喊伊做媽媽，細人兒難養。妳咧細人兒改喊阿姨，作不得喊媽媽。廟公昧有講，驚細人兒冇媽媽，就帶去伯公廟拜石塌做媽媽。俺細人兒就不會冇媽媽⋯⋯」也充分顯示了客家文化習俗。通過地域、方言、習俗的呈現，高翊峰在書寫平民百姓日常生活的過程中，拉近讀者和「家」的距離，營造獨特的情景氛圍。生活的奔波、勞頓，家庭的不完整，主人公的不幸、「十事九不周」，「家」的故事在感染著讀者的同時，也感染著作者本人。像一個「局外人」，高翊峰冷靜、客觀、不動聲色地講述，但那種與生俱來的文化氣息早已融入他的血液與文字之中。從這個意義上說，「家的誘惑」是雙重的，高翊峰以此為文字的底色，而其小說的整體格局、介入方式在一定程度上也與此有關。

二、人生的圍困

對比《家，這個牢籠》，出版於2004年的小說集《肉身蛾》標誌著高翊峰進入了一個新的創作階段。帶著「那個藏在文字裡的自己，到底想要捕捉什麼？」[4]的疑問，高翊峰顯然將目光投向了更為廣闊的社會生活。閱讀《肉身蛾》，可以清晰地感受到高翊峰渴望突破自己的創作理念。從「家的誘惑」到當下的現實生活，高翊峰一直追求著那種特立獨行的風格。求新、求變，說出不一樣的故事，為此，在冷靜的表像之下，高翊峰極力挖掘能夠引人深思以及產生感官刺激的畫面。從一個調酒師、爵士舞教授者，轉型為今日的小說家、文字編輯，生活時尚的高翊峰必然要經歷一次生活的蛻變。

即使沒有對高翊峰做更多的知人論世式的
考證，筆者仍堅信高翊峰的故事源自感性
的判定、理性的表達。像一個孤獨的游曳
者，高翊峰在《肉身蛾》〈自序〉中揭示
的「我的模糊」，已表明他是一個人生存
疑式的作家。沒有宏大的敘事，沒有透明
的故事，高翊峰喜歡在人們習慣暗夜前行
時突然打開一盞燈，然後讓我們看到自
身，看到一種限度、一種圍困。在其細膩
入微的筆觸下，人們可以讀解靈魂，體味
「人生的圍困」。

〈肉身蛾〉講述了法警調查兇殺案
時拍照屍體的特別故事：前輩華叔、當值
三年的阿榮以及新來的小寶，在拍照時擁
有不同的態度、感受以及時刻為流傳的說
法包圍。「第一次看見幾雙從紙錢灰燼裡
躍身出來的黑砂飛蛾，一雙雙鴿子大小，
拍揚著兩片鑲著巨大眼珠的翅膀，風曬風
曬，往棚架上的女學生飛去。」這樣的感
覺來自經驗的言傳，增加著內心的恐懼與
不安。也許，那些飛蛾並不存在，但這不
影響每次重複時意識的強化。任何職業都
有自己的職業疾病，並在言傳的過程中實

現著自身的延續。華叔、阿榮、小寶三個
人三種態度，正揭示著職業同時又是心理
疾病的三種表徵。境由心生，象徵肉身的
黑色飛蛾已經萌生，而如何克服它，則
始終是個難以解決的問題。對比〈肉身
蛾〉，〈人形籠〉是一次帶有傳統文化色
彩的肉體盛宴。古老的飲食習慣隱含著欣
賞和消費的過程：處女梅子洗乾淨之後赤
身裸體，被光良師傅打扮一番，身體不同
部位擺上具有不同象徵喻意的生魚，然後
上桌請客人品嘗。在此過程中梅子需要一
動不動，需要忍受客人語言和筷子的「入
侵」。並在此過程中，不斷經受嚴格的身
體訓練，保證處女之身、壓制身體欲望。
這當然不是一個色情故事，但其中關於身
體、性政治、飲食文化以及生存等問題的
探討，確實像「人形籠」一樣困擾著當代
女性。新來的女孩妮妮渴望像梅子一樣從
事這項古老的職業，不僅說明生活的無奈
和生存的競爭，還說明人形的牢籠一直控
制著女性。及至〈班哥〉，這篇通過獄警
班哥與死刑犯人慶仔之間的關係，揭示兩
種心態、兩種人生的故事。班哥有同情

心，但也同樣承受著來自身體和法律本身的壓力：無法改判的慶仔要求班哥負責執行槍決，並會因此在器官捐贈書上簽字，其實表達了犯人對於看守者的信任；但一直莫名腹瀉的班哥卻為慶仔的愛人沒有到場、衣裳過於寒酸而唱歉。他希望延期執行，好讓慶仔能夠舉行婚禮、等到家裡人送來體面的衣服，但無濟於事。人性、職業、道德、法律在這裡呈現出糾結的狀態。「一度，我深深相信，每當那個我想捕捉的事物愈清楚，不安與恐懼就愈龐大。」[5]由於角度的獨特和現實的必然，高翊峰需要面對一種困惑，一種矛盾。生活需要深入，但一旦深入生活或者事物的表象之後，問題卻變得更加複雜了，內心原本存在的那幅畫面也會變得搖晃不定。逐漸在生活與創作之路上成長的高翊峰開始習慣講述人生的危機與危機中的人和事，但是生活的非正常化、甚至人格的分裂卻是由生存環境造成的。值得關注的是，高翊峰在上述過程中從未忽視人性的渴望和欲念。他只是通過這些形象為讀者開啟了一個特定的視角，由此看去，

我們會發現「我們」的世界始終有黑暗的一面，「我們」從來就沒有獲得過真正的自由！

三、鏡像的殘缺及其他

為了能夠更加凸顯生活的困境以及生命的不完整性，高翊峰習慣在小說中建構一種「殘缺的鏡像」。如〈走道〉中的「他」與殘疾的妹妹、〈少年小羽〉中的小羽和殘障的姐姐、〈班哥〉中的班哥與慶仔、〈洋娃娃天堂〉中的馨香與洋娃娃……高翊峰常常通過獨特的「他者」形象樹立一面鏡子來解構小說的主人公，進而深度呈現主人公的靈魂世界。為了能夠實現一種對比，高翊峰習慣讓鏡像一方或是殘缺，或是處於一個對立的位置，而他的〈在鏡子前闔上眼睛的阿彩〉，更是直接以相同的形象推動故事：阿彩一直在尋找第三個和自己形象一樣的女人，因為她聽說過「每個人在這個世界上都會有另外兩個和自己長得一模一樣的人。」第二個和自己長得一模一樣的人阿彩已經見過了，她就是自己的雙胞胎姐姐阿虹。阿虹

天生聾啞，這個世界只留給她顏色和觸感。阿彩需要照顧姐姐，但她常常不願面對阿虹，因為後者是「一面不會說話的鏡子」。為了維繫生計，阿彩出賣自己的肉體，每當此時，阿虹總要藏在屋子裡的日式壁櫥裡。一次，阿彩在交易中發現壁櫥的木門緩緩地露出一絲縫隙，這讓她頓生羞恥感；阿虹從壁櫥中爬出後，模仿阿彩剛才的動作，使阿彩對這面鏡子的戲謔怒火中燒。然而，在隨即的樓房失火中，阿彩又極力地渴望營救姐姐，此時阿彩突然發現人群中走過的另外一個和自己相像的人並不是第三個自己。阿虹因躲避於壁櫥中倖免遇難，阿彩看著救護車上的姐姐淚流滿面……這樣的結局真讓人無限感慨：阿彩希望第三個自己出現替代聾啞姐姐的形象，但替代顯然是不可靠的。她討厭自己的姐姐，但又不希望真正失去她。這裡，人性的弱點、底層生活的無可奈何，鏡像的殘缺和不可或缺共同交織在故事裡。故事裡的人對抗著生理的缺陷和現實的圍困，他們的欲念和掙扎往往是微不足道的。

由「殘缺的鏡像」看待高翊峰小說中的人物形象，殘疾者、兩個形象之間的權利身分的非對等性、人格的殘缺等等，都可以得到進一步合理的解釋。也許，高翊峰要告訴我們的是：「他者」的不完整，只是為了側證主人公乃至整個世界的不完整。為此，高翊峰需要在小說中嵌入象徵與隱喻的結構。在〈癬〉中，除哥哥與弟弟之間的對應關係之外，主人公一身又刺又癢的體癬也成為他生活中必不可少的一個事物：傳染、成片繁殖、因氣候原因很難根治，都使他在發作時十分苦惱；但在另一時刻，它們又會安靜地存在，促成他搔抓時的片刻舒爽，它們是「一朵一朵暈開來的圓環的圖騰。」由於比喻的奇異與鮮活，高翊峰常常可以通過結構與語言的匠心獨運而給讀者帶來陌生化的感受。他的小說敘事也因此時而凌厲、怪誕，時而哀婉、淒涼，以至於人們在閱讀後會產生某種虛無與幻滅。

由於鏡像的殘缺是為了凸顯特殊的人群和特定的人生狀態，高翊峰的小說就其氛圍而言，色調慘澹、陰鬱，常常帶有

十分精彩的心理描寫和行為描寫。像〈肉身蛾〉、〈人形籠〉、〈三六鳳年華〉、〈洋娃娃天堂〉等,也許就是一個簡單的瞬間,高翊峰就將小說主人公特定的心理狀態甚或病態人格呈現在讀者的面前。恐懼的誘惑、內心的秘密以及外在的行為,高翊峰以其罕見的陰柔筆法捕捉人們心靈深處的迷茫與困惑。透過那些由簡單語句、華麗畫面編織而成的故事,人們會輕而易舉地感受到一首首感傷的詩,平靜、內斂、細膩、哀愁,令人同情但又無法解脫……高翊峰小說如一柄冰冷的手術刀,解剖了小說人物的內心,同時也解剖了讀者自身。

從家的誘惑到人生的圍困,高翊峰始終將筆觸指向一群受困的人。從少年、青年至老年,塵世的哀歌只有道路的不同,但卻沒有本質的差異。相信高翊峰在提供這些文字的時候,也同樣承受了心靈的衝突、成長的蛻變。這群人在現實世界之所以無法找到出口,追本溯源反映的是高翊峰的人生態度。一面是外在的時尚生活,一面是華麗、哀愁的文字,高翊峰生活與創作之間的「縫隙」在一定程度上反映了社會、時代、文化與特定代際作家之間的「裂痕」。高翊峰於2013年完成的首部長篇《幻艙》之所以被稱之為「令人坐立難安的小說」,不過只是延續了他一貫的風格。他是一位將成長的經歷、生存的感受和生命的焦慮直接轉化為故事的小說家,並以此緩解了內心的不安甚或恐懼,他理當矢志不渝地吟唱著塵世的記憶與哀歌並由此走向幽暗、神秘的世界,而風格與道路的轉變對於他而言,必將是驚濤拍岸、痛徹骨髓的!

【張立群,遼寧大學文學院教授】

註

1　高翊峰,〈我的模糊〉,《肉身蛾》,(台北:寶瓶文化,2004),頁7。

2　高翊峰,〈自序〉,《家,這個牢籠》,(台北:爾雅,2002),頁1。

3　同上,頁1-2。

4　高翊峰,〈我的模糊〉,頁6。

5　同上

而故事是唯一的足跡
——讀甘耀明《殺鬼》、《喪禮上的故事》

張莉

寶瓶文化出版社

在城市裡，建築、秘密、政治終
將會淪為塵土，只有傳奇還活著。
　　　　　　——甘耀明：《殺鬼》

一、對歷史與傳奇的「穿越性書寫」

甘耀明是台灣六年級生作家中的代
表人物，他以擅寫鄉野傳奇故事而聞名。
《殺鬼》是這位作家重要的代表作。此書
簡體版腰封上被介紹為「與張愛玲《小團
圓》同獲台北國際書展年度之書、與畢飛
宇《推拿》、蘇童《河岸》同為《中國時
報》開卷十大好書。與龍應台《大江大
海：一九四九》同列台北國際書展小說類
排行榜前十名。」《殺鬼》是不是甘耀明
在內地出版的第一個長篇小說？我並不清
楚，但是，我以為，由這本小說始，甘耀
明顯示了他作為台灣新銳代表作家的不凡
氣象。

《殺鬼》的主人公「帕」是具有魔幻色彩的人物。雖然是小學生，但他身高將近六尺，「力量大，跑得快而沒有影子，光是這兩項就可稱為『超弩級人』。」這個超人，他被父母丟棄，力大無窮，他被日本人收為義子，並取名為「鹿野千拔」，他眼見著台灣土地上發生的一切，日據時期，日本戰敗後，二二八事件……這是一個台灣歷史的親歷者，同時，這個人物也可以把殺人的大鐵獸（火車）攔住，也可以與地下的「鬼王」交流。某種意義上，甘耀明在文本中創造了具有「穿越氣質」的人物，他不只見證歷史，並且也可以游走於日本人、客家人、原住民、內地人之間，也游走於人、鬼、神之間。

帕的所有經歷使人意識到，這位小說家不僅僅是在塑造帕這個人物，他也在以帕的視角重寫新的台灣偏遠之地的歷史。帕是沒有被現代國族意識啟蒙的人，在他的經驗中，似乎更看重的是感受、體會。因而，無論是關於日本人還是客家人，他都沒有那麼清晰的意識。這是一個理性意識並不強大的人物，也並非現代民族國家背景下成長起來的人。

在大歷史面前，這位鄉野巨人沒有強烈的國族感，他靠人的本能跌跌撞撞向前走。在這部小說中，讀者當然會意識到國族，但是，那種國族意識不是簡單的，單線條的，它們是複雜的，曖昧的，多義的。人物常常要溢出他的國族身分。小說家似乎並不拘泥於一時一地，也並不糾結於「現實」與「真實」。某種程度上，帕是一位懵懂少年與力大無窮巨人的合體。他的懵懂性是極有意味的。——這一人物的塑造表明，新一代作家對歷史、國族身分的擱置。

某種意義上，在大歷史與鄉野傳奇之間，甘耀明實現了一次重要的亦真亦幻的穿越。對於這位小說家而言，「穿越」或者「跨越」是必要的和必須的。當那個被視為殺人怪獸的火車轟隆隆而來到關牛窩時，那是侵略者對台灣的入侵，是現代工具對鄉野的侵佔，而帕對這一怪物的試圖抵抗便顯得尤為意味深長。但結果是，帕並沒有真的顯示自己的力量，儘管看起來是他的力量阻止了他。在日本另一種方式的入侵中，他輕而易舉地「被成為」日本人。帕的這種被動性是作家有意識賦予的還是無意識？這並不重要，重要的是，他在著意將帕塑造成一個並不覺悟的人——小說家試圖用一個新鮮人物來重新書

寫他所理解的「歷史」。

正如本文所引，對於這位作家而言，建築、秘密、政治都沒有那麼重要，重要的是傳奇，與人有關的傳奇。這使人不得不想到，《殺鬼》所尋求的是「去歷史化」、是將歷史傳奇化的寫作；是在強烈的歷史標識下重述歷史、從歷史中剝離出個人傳奇的寫作嘗試。這是作家別尋異路的的嘗試。可是，坦率地說，讀完《殺鬼》，沒有強烈國族意識的主人公帕的確讓人迷惑，他讓人想到那種空有力量、有勇無謀的空心人。——為什麼這個有著那麼強大穿越能量的人，最終沒有能在文本中成為「英雄」，而只成為一個穿越者，為什麼帕的主體性如此匱乏以至於沒有形成人物本該有的征服力？

二、作為講故事人的老阿婆

如果說帕代表了甘耀明將歷史還原為傳奇的一種努力方向，那麼老阿婆這一人物表明，甘耀明對講故事——這個最古老表達方式的一種執迷。「死亡不過如此，重要的是活過時代，而故事是唯一的足跡。一個人活過，必然有故事。」這是小說《喪禮上的故事》「永眠時刻」中的話，它讓人不由得想到那篇著名論文〈講故事的人〉，在那個文章裡，本雅明認為，講故事者是具有回溯整個人生稟賦的人，其獨特之處在於鋪陳自我生命。某種意義上，甘耀明筆下的那位老阿婆便是那類的講故事者。

老阿婆幼年時因故事而得救，又因有講故事的才能而度過人生的許多劫難，即便是臨終時分，這位講故事者也盡了她的本份——她希望兒孫們在她的喪禮上講述故事，實在是故事是這位老人一生的關鍵字。那些詭異的、魔幻的、曲曲折折而令人又不得不微笑的故事構成了這位老人的一生，她不僅以故事拯救自己，也使那些故事以另一種方式延續，從一種死亡處開始，她使生命變得有生氣。阿婆這一人物的設置是整部小說最重要的線索，整部小說因她的存在而具有了象徵意味。

小說中，阿婆將她的故事，將那些她人生中所親見的一切都比喻為「白雲電影」。這個有現代意義的比喻令人印象深刻。「阿婆躺在籐椅上，看著白雲在藍天這大舞臺上的演出，幻化無窮，多點詭麗的異想，絕對是免費又好看的電影。」那是阿婆親見的世間萬象，「在風停時刻，『白雲電影』下檔，她閉上眼休息，手中抱著阿公生前留下的臉盆，臉盆裡躺著

貓。她對貓說故事，正是剛剛『白雲電影』演的，情節是一匹日本時代的戰馬渡過家門前的小河時，遭河蚌夾了兩個月，最後力竭死亡。」老阿婆是「白雲電影」的編劇，參演者，也是觀眾。「她說完這故事，歎了一聲：『這時候變成白雲，飄到高處，就能看到更多故事。』接著她放慢呼吸，直到懶得呼吸，就此離開世界沒有再回來。」這便是阿婆永眠時刻的「白雲電影」，它定格在喪禮。從死亡開始，小說中的兒孫們將遵從她的囑託，講述一個個屬於他們的「白雲電影」，喪禮變成故事的狂歡，那無異於一種故事、一種生命、一種傳統的延續，阿婆，這位熱衷講故事者，借由那些千奇百怪的故事而重回大地。

以「白雲電影」喻比人生故事新鮮而貼切。白雲是如此多變，有如我們的人生軌跡，前一天豔陽高懸，後一刻便有可能烏雲密佈；白雲如此高遠，沒有誰比它看到的更多、更遼闊。當然，這個比喻裡另一個詞語是電影，——我們長長一生中所經歷的人生故事難道不是電影？正如阿婆深信天上白雲變化就像三寮坑人世的倒影，作為其喪禮故事集錦，《喪禮上的故事》毫無疑問是一部人與和諧混雜相處、魔幻與幽默氣息並重的文藝片。

電影發生在三寮坑，「村子像早期台灣大部分的地方，生產稻米、地瓜，水牛到處走動，白鷺鷥點綴天空，淳樸安靜，充滿了悲歡離合。」三寮坑是奇異故事的發生地，它讓人想到諸多中國現代以來作家們的故鄉：莫言的高密東北鄉，蕭紅的呼蘭，沈從文的鳳凰。在那些文學版圖裡，人與大自然融為一體，神秘，瑰麗，奇幻。而在「這一個」三寮坑裡，人們說著我們聽不懂的客家話，「那裡的人文歷史多半是客家人與原住民的衝突」，有微笑的老牛，有面盆與麵線的幽默比附，有一家人為吃到豬肉的綿長渴望⋯⋯

甘耀明說三寮坑是他家鄉的縮影（在《殺鬼》中，家鄉被喚作關牛窩）。三寮坑的故事，來源於這位當年少年的所見，以及其父母的講述。「我生於苗栗獅潭鄉，那裡的山脈青壯，草木在陽光下閃著明亮的色調，河流貫穿縱谷，裡面游著魚蝦，以及古怪的傳說。」故事深植在內心深處，有待某一天被講述，被傾聽。——甘耀明何嘗不是一位講故事的人？「一切講故事的人的共同之處是他們都能自由地在自身經驗的層次中上下移動，猶如在階梯上起落升降。」甘耀明的三寮坑

已然是漢語文學版圖中獨特所在。只是，不同的是，於甘耀明而言，鄉土只是他的故事發生地和棲息地，他與它並非血肉相聯的關係。「以前的鄉土主義，作者可能實際在田裡從事過勞動，與土地的關係密切。現在的『新鄉土』，作者沒有從事過勞動，現代化過程中，農村與都市的差異愈來愈小。我只是借著『鄉土』完成自己的創作。」（〈『六年級生』甘耀明開始新尋根〉，《東方早報》，2010年7月2日）

《喪禮上的故事》中，甘耀明也在以另一種眼光看鄉土，寫鄉土。人與自然、人與動物的關係變得緊密，和諧。年紀小小的阿婆，「她走過牛棚，拿草逗弄牛，以示友好。她走上田埂，張開手，讓隨風搖擺的稻尖搔弄掌心窩。」而年老的阿婆呢，則把衰老受傷的老牛當作親人和朋友，她喚它為「火金姑」，她脫下自己的上衣，只為給老牛覆蓋下身。「我這麼說了，阿婆沒有衣服遮蔽上半身了，露出皺褶皮膚與快鬆弛到肚臍的乳房——這是養活家族的偉大功臣——阿婆這樣做，是將這輩子修來功德與老牛分享，把它視為家人看待。」人與牛的親密讓人動容。

〈嚙鬼〉中那種關於飢餓的書寫，大陸讀者其實並不陌生。張賢亮《男人的一半是女人》中的飢餓與性、與信仰有關；莫言〈透明的紅蘿蔔〉中，飢餓的黑孩令人動容；余華的《許三觀賣血記》中，許三觀用嘴巴為全家人炒菜的段落寫出了人在絕境下的苦中作樂。這三部作品中的「飢餓」各有不同，但是，小說人物幾乎都有著共同的生存年代，即文革時期。因而，這些作品在書寫飢餓時便有了另一種政治含義。相比之下，甘耀明筆下的「飢餓」似乎更純粹，〈嚙鬼〉中與飢餓的糾纏只提到了一句背景，即二戰時期。人物們不斷追逐食物只是為了在極端環境下活下去。小說無意糾纏飢餓的政治背景，在這位小說家的筆下，飢餓就是飢餓，而不是別的什麼。與飢餓進行搏鬥，被他視為人的本能，本性，是與「鬼的尾巴搏鬥」。這與作家在《殺鬼》中的追求相近，也與當代大陸七〇年代作家創作中淡化歷史意識的寫作追求極為相近。卸下歷史包袱是否是兩岸七〇年代出生作家的共同追求？這是很有意思的話題。

阿婆的故事也具有魔幻色彩，她因講故事而「起死回生」，她以故事的方式使曾祖父的生命重演，那些故事像夢一樣虛幻而又充滿力量；她以一種女人的毅力和愛情，引領阿公戰勝七十五歲，打破那

道難纏的咒語；她和古墓裡的人聊天。
——「她常對墓裡的人說話，好得到回應。最常得到的回應，不是沉默，是路人驚訝地說：『你們聊，我先走了。』」和古墓裡的人聊是恐怖的，其中也摻雜了一種現代人的幽默和詼諧。

　　某種意義上，作為新的一代作家，甘耀明似乎對宏大主題並不感興趣，而對另一些我們並不刻意或者忽略的事情，他談得津津道來。這些故事中，我尤其中意〈麵線婆的電影院〉、〈微笑的老妞〉、〈囓鬼〉以及〈面盆裝麵線〉。它們閃耀著新鮮而明亮的光澤，但是，也並不是陌生的，相反，他們讓讀者覺得親切而熟悉——儘管風土人情、客家話語是陌生——但傳達的情感卻是熟悉的。

　　必須要提到的是，甘耀明小說中特有一種雜糅性，這似乎與他所處的多元的台灣文化相匹配。在小說中，甘耀明也常常以客家話、台語、國語、日文及英文入文，這也是混搭和雜糅的另一種體現。——語言的選擇並不只是語言方式的選擇，還代表了一種多元文化的追求。甘耀明的寫作因此變得開闊。某種意義上，對於這位新銳小說家而言，重要的是人本身，重要的是人的有趣，人身上的複雜而

魔幻的生存經驗。——關注人性、關注人身上的有趣、魔幻、幽默色彩，追求一種現代主義氣息的鄉土書寫，是甘耀明重要的個人標識，這恐怕也是他成為台灣六年級生代表作家的重要原因。

　　我喜歡《喪禮上的故事》，原因在於它引領讀者從文本重新發現陌生而熟悉的老阿婆——那位屬於民間／邊地的講故事者——的意義。她的天資是不僅能敘述她的一生，她的獨特之處還在於能鋪陳她的整個生命溫暖讀者。——這位因故事而生又在故事講述中而永眠的老人使人意識到講故事的魅力，講故事者的生生不息。「講故事者是一個讓其生命之燈芯由他的故事的柔和燭光徐徐燃盡的人。」透過她的講述，讀者將照見肉眼所不能抵達的遠方。作為敘述人的甘耀明與老阿婆的意義相近——《殺鬼》、《喪禮上的故事》都是別具新鮮經驗的寫作，它使人重新認識遠方的客家文化和客家生活，也重新理解人的情感，人與生命，人與自然，人與時間、與死亡如何相處。

【張莉，天津師範大學文學院副教授】

「辯證的抵抗」
——由胡淑雯兼及一種美學反思

楊慶祥

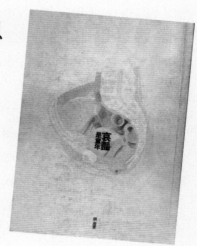

印刻出版社

我第一次讀胡淑雯的作品，是在2009年。那是發表在張悅然主編的主題書《鯉・孤獨》中的短篇小說〈浮血貓〉，這個作品特別的氣息讓我稍感陌生，同時也對胡淑雯這個作家發生了很大的興趣。這期間陸續想找一些相關的作品和資料來閱讀，但可惜一直沒有找到太多，2013年去台灣地區參加「兩岸青年文學會議」，我本來以為可以見到她本人，但遺憾的是還是沒有見到。所以直到目前，我讀過的胡淑雯的作品僅僅只有兩篇短篇〈浮血貓〉和〈不曾發生的事〉，後者同樣發表在《鯉》的另外一期上，還有一篇《前進》文學雜誌的人物專訪，一篇駱以軍和胡淑雯關於〈太陽的血是黑的〉的對談，後兩篇是我在豆瓣上閱讀到的。如果要做一個作家全面的研究，這些閱讀肯定是遠遠不夠的，好在胡淑雯很年輕（網路資訊顯示其生於1970年），文學史式的全景研究未來可期。我在接下來的文章中，僅僅想談談我對其兩個短篇小說——尤其是〈浮血貓〉的感受，鑒於我對作家、背景和社會環境完全「無知」的前提，這一閱讀也許正好符合「新批評」的要義。

一

〈不曾發生的事〉以第一人稱自述的方式講述「我」的辦公室遭遇——她遇到了一個患有妄想症的上司，執著地認為「我」愛上了他。為此「我」想盡一切辦法來證明這是一件子虛烏有之事，但不過是一次次加深彼此的誤會。如果沒有一個隱藏的前提，我們也許可以將這個故事理解為一般流行意義上的都市戀愛劇，在輕度的喜劇和諧謔色彩中達到某種戲劇性的效果。但胡淑雯顯然志不在此。在這個故事開始的「前故事」中她有所交待：原來敘述者「我」也曾經是一個妄想症的「精神疾患」。那麼，當一個妄想症患者指認另外一個人是妄想症患者，我們究竟應該相信誰？「我」顯然既不能取信於他者，也無法取信於自我，她不得不求助於書寫，並通過講述的方式來達到治癒的目的——「於是我到了這裡。在書寫當中向你現身，與你相聚」。

這個故事在表面上有一定的諷喻色彩，有一種卡夫卡式的情緒，它可以被解讀為一則現代人生存的簡短寓言，「我」不過是另外一個測量員，永遠無法抵達那座叫做「真相」的城堡。但同時，這個故事也呈現為一種心理的結構，我們可以視整個故事為「獨白式」的自我陳述，好像是精神患者在面對醫生——在故事中被指認為一個毫無來頭的李教授——在講述自我的創傷性經歷。小說在這裡試圖回答某種起源性的問題，即認為人類從一開始就已經被異化，而語言，因為與起源的相關而具有某種神秘的療癒功能。「卡夫卡的人猿猴，以人類的語言追憶過去、身為猿猴的感受。但是他說自己再也回不去了，再也無法重探猿猴的精神狀態」。這一分析顯然帶有濃郁的精神分析和存在主義的色彩。「他人即地獄」也許就是一個妄想症患者最真實的存在狀態。

胡淑雯告訴我們這些都是「不曾發生之事」，以語言和講述之「有」來描述不曾發生之「無」。這是胡淑雯刻意向我們玩弄的解構主義的故事遊戲。這讓我想起羅伯·格里耶的電影小說《去年在馬里安巴》，作品中的女主角同樣遭遇到了一個妄想症患者，但不同的是，在妄想症患者的反覆陳述中，女主角相信了一切，包括一場根本就沒有發生過的愛情。胡淑雯或許從這個作品中得到了靈感，他們同樣

處理了語言、講述和內在自我的關係等同樣的命題。但需要指出的是，至少在胡淑雯的這樣的一次講述中，我們除了得到一些精神分析式的片段印象之外，好像並不能加強對自我和世界的認知。即使在最低的限度上，也不能抵禦如布魯姆所謂的個人的孤獨。既然如此，文學何為？據我了解，不僅僅是胡淑雯，一些其他的台灣青年作家，比如伊格言的一些作品，也有這種將社會歷史澈底個人化、碎片化或者精神分析化的傾向。出現這種美學傾向的歷史背景是什麼？其文學史譜系和現實針對性為何？會不會造成一種寫作上的單一性？這是我在閱讀這些作品時感到比較困惑的地方。

二

相對於〈不曾發生的事〉幾乎以內在化的「我」為視角進行敘述，〈浮血貓〉採用的是第三人稱的視角，雖然敘述者在某種程度上還被隱在的「我」所影響，但是已經在很大程度上試圖擺脫過於「內在化」帶來的侷限，而將視野擴展到了社會層面的書寫。這兩者的重疊在某種程度上結構了故事的多個層面。在第一個

層面上，這個故事起源於一種童年的創傷經驗以及對這一經驗的治療。五歲的女孩殊殊在與鄰居小男孩性遊戲時被男孩的父親撞見，缺乏同情心和理解力的父親（代表了某種愚昧的權威？）對男孩實施了直接的懲罰，為了讓這種懲罰更加有力，父親更是殘忍地將剛剛出生的小貓──還浸在胎血中的幼貓──摔死：一隻、二隻、三隻。在女孩後來的回憶和追敘中，這一段經歷不過是自我「清純的冒險」，但為何卻不能為世俗的世界所接受？因此她常常回到這一關節性的事件，在所有的成長小說中，關節性的事件總是構成了意義的要點，推動著人物的成長和故事的演進。但這僅僅是故事的第一個層面，雖然胡淑雯將這一層面視作她故事的詩眼──她以浮血貓命名這個故事正是提示我們這一點。萬幸，故事還有另外一個層面，那就是女孩殊殊和鰥居老人的故事。在這個故事裡，同樣懵懂無知的女孩遭遇到了老人的性騷擾，關鍵問題是，在女孩的意識裡，這並非是一件不道德的事情，她幾乎是心平氣和地接受了老人的騷擾。最後之所以「東窗事發」，並非女孩為了揭露老人的「罪行」，「她只是嫌他煩，嫌他煩

而已」。這裡的潛臺詞非常有意思──因為這種「煩」可能是暫時的，也許過了幾天，在幾張漂亮的糖果紙的誘惑下，女孩又會樂意接受老人的騷擾。這種「道德中立」或者懸置「道德審判」的書寫態度非常有意思，她超越了簡單的女權主義的「控訴」和「審判」模式，在那種簡單的控訴和審判模式中，女性被設定為「受害者」和「弱者」的角色，用口誅筆伐的方式對男權世界進行批判。但殊不知正是在這種自我角色的設定中，反而是更深地落入了男權社會的邏輯：──原來你（女性）果然就是一個弱者，一個需要被男性或者更高的權威保護的人群。在這個意義上，〈浮血貓〉最精彩的部分並非女孩因虐殺幼貓而產生的心理陰影，這不過是一個精神分析的並不罕見的案例，它充其量能構成一個如〈不曾發生的事〉那樣的小說；它最精彩的部分在於小說中的女孩最後長大成人，在公車上偶遇當年騷擾她的老人，她居然主動──請注意，是「主動」──找上門去，為這個「猥瑣不堪」的老人洗澡、甚至手淫。我摘錄小說中的幾處描寫如下：

「這裡也要，」他指指胯下，說，「這裡，這裡也要洗」

　……

殊殊看得懂他的詭詐，然而那詭詐不關她的事，她只管把自己該還的那一點東西還給他。她用厚厚的肥皂對付那截肉莖，製造一堆泡沫掩藏自己的手，卻由於肥皂的潤澤，在那支肉莖上製造了誇張的甦醒。

老人要求躺上床去，殊殊不理。

他繼續要求，殊殊還是不理。

他接著哀哀嗚嗚亂叫亂踢，簡直是在哭了，滿口說我給你錢，我給你錢。

她罵了兩句，教訓孩子似的用毛巾打他幾下，再擦乾他的身體，幫助他在床上躺下。

這裡有非常細膩的動作描寫和心理活動，最有意思的地方莫過於「攻受」方的顛倒，男性作為常見的「攻」方在此變成了「受方」。而常常被書寫為弱者的女性成為了具有強大心理動能的「攻方」。不管是處於何種動機，角色位置的變動暗

示了一種新的對女性主義的認知。我曾經在人民大學本科生的課堂上請一位女生講解這篇小說，那位出生於1990年的女生高度評價了胡淑雯的這種顛倒，認為這才是女性寫作真正要走的道路。胡淑雯在一篇訪談中曾經談到：「我關注的的確比較是各種『性的受控』。被控制、被侵害的經驗。我關注的是如何看待被侵害的辨證，我認為我筆下的角色，即使她們的性經驗並不美，許多都是不請自來，以至於她必須去抵抗……但我覺得這些角色是非常有力量的。我覺得去談抵抗，抵抗的辯證，辯證的抵抗，對我來說是有趣的事情」（《前進》文學雜誌第六期胡淑雯專訪）。

我當然也同意從女性主義的角度去肯定這樣一種寫作的傾向，但是這裡其實依然隱藏著需要特別小心翼翼的陷阱，殊殊作為一個成年女性對這個老男人所做的一切，似乎超越了性別的生理性，存在著某種將（女性）自我去性化的傾向？聯繫到小說中提到的「童年陰影」以及對「血」的反覆描述，這裡面是否有某種自我厭惡的傾向？或者說是一種現代社會的女性厭女症？對這種非正常的兩性關係的處理固然揭示了現代社會性別關係的隱秘畸形，並在一定程度上折射出了社會的病象，但僅僅通過「語言的複述和回憶的重返」是否就可以獲得一個獲救式的成長？胡淑雯的小說充滿了對「親密關係」的不信任感和畏懼感，人與人之間充滿了敵意和恐怖——這種恐怖，不是集中營的恐怖，而是日常生活的恐怖，是人本能的動物性間歇性地發作，那麼，在這種情況下，我們如何想像或者書寫一種正常的、美好的人性？胡淑雯在小說中解決這個問題的方式隱秘地指向宗教——我不清楚胡淑雯是否是基督教徒，但小說中卻出現了這樣的描寫：

　　她張開雙手，洗滌這副久違的身體，勤快如社工，如看護，如僕役，而且沒戴手套，赤手抹除了他們之間的界線——施與受，施洗與受洗的界線。

　　她想清洗乾淨的，除了他或許還有自己。十二年前在他身上降下的那場刑罰，不是六歲的她同意的，或者說，她未曾抗辯就同意了，所以她自

認虧負於他，負他一份跟那場刑罰等量的東西。

在這裡，「施」與「受」、「罪」與「罰」構成了宗教的隱喻，暗示了最後的拯救似乎必然在教義的指導下才能完成。由此，女性主義的自救和宗教的他救被整合在一起，構成了一個似乎看起來有效的「療傷」系統。至少在小說裡面是這麼暗示的：女孩從童年的噩夢中恢復為正常的（甚至更堅強）的有人格力量的個體；而那個生命已經接近衰亡的老男人又奇蹟般地恢復了對生活的信心和希望，「他艱難地活起來，洗澡，剃頭，剪指甲，去市場買東西，還為女孩挑了份禮物……他好像變了個人，這令他有點怕。」

三

借助宗教的隱喻意義，以「和解」和「長大成人」的故事結局來治癒個人曾經遭遇的侵犯和創傷。這一故事結構於是又將行為主體封閉在個人經驗的時間之環中，讓個體在有限的生命經驗和短促的社會經驗中完成敘述行為。我非常驚訝地發現，在胡淑雯的小說中，除了時間在進行某種單一的線性流動之外，其他的似乎都處於某種停滯之中，在時間的流逝和空間的停滯之間，某種類似於現代性的個人經驗被建立起來了。這似乎在台灣的青年作家中成為一種審美上的慣性，駱以軍在〈借來的時光〉一文中曾借用黃錦樹的話如此評價伊格言的短篇小說〈虛構作者的回函〉：

原來事物的本身並不屬於我——原來我是個「他者」與「附魔」，一種與齊克果《誘惑者的日記》（瘋子般的詩人掌控美的倫理之詮釋權柄）和法國新小說家們將敘事擊碎成全然客物皆僅一牆之隔的，「對於意識主體瀕臨消亡的哀悼」：「……一個攝取物象光影的目光（如照相機），一介於沉默呢喃之際的聲音，介於分裂的主體，許多篇章的敘事總是從一個地方出走，到介於熟悉與陌生之間的他方（散步到他方），然而所到達的他方並非目的地——因為目的地實際上並不存在（沒有外在的、客觀的指涉），一如夢境（和現實生活恆處於一種複雜的象徵隱喻關係），因而出

走本身即是目的，它沒有外在──一切
都是內在，內部的風景。」

作為一篇序言，駱以軍是以讚賞的
態度來肯定伊格言的寫作的，在這篇序言
中，他羅列了包括塔可夫斯基、川端康成
等在內的眾多現代藝術高峰期的經典作家
來為伊格言的寫作提供理論上的支援。似
乎在這樣一種具有世界化的寫作譜系中，
台灣地區的作家──尤其是青年作家寫作
的合法性就被建立起來了。一方面我讚歎
駱以軍的分析和建構能力，但另一方面，
我卻對其判斷保持懷疑和警惕的態度。
「沒有外在──一切都是內在，內部的風
景」，我想追問的一個問題是，如果沒有
外在，何來內在？這個「內在」是建立在
何種基礎之上的？單原子的、封閉的個人
是否可以構成一個足夠有效的「風景」世
界，來完成語言更新和人的更新這樣一個
文學的本質要務？

我在〈虛構作者的回函〉和〈不曾
發生的事〉裡面看不到這種希望，「主體
意識」的滅絕固然可以造就一種高峰現代
主義的經驗體和生命體，但是同時也放棄
了更多的風景──不僅是外部的風景，同
時也是內部的風景。在任何一種意義上，
人都不僅僅是一個隔絕者和孤獨者，也不
僅僅是一個精神分析意義上的單原子的個
人──人首先是一種社會和歷史意義上的
人，這一基本的認識論，往往被現代主義
的修辭學所拋棄，因此，回到這種基本的
關於人的認識論上來，或許是台灣青年作
家需要走出的第一步。

在這個意義上，胡淑雯的〈浮血
貓〉似乎還有一些欲說還休之處。正如前
文我已經提到過的，胡淑雯在這篇小說中
呈現了某種社會化的景觀，並在一定程度
上對內在敘事之環進行了突破。這其中尤
其表現在對於具體的生活環境的描寫，其
中有一段寫老人在博愛院裡的住所：

　　那人的房間，是由一間房剁成
兩半，再剁成兩半的。長寬都只剩一
半。侷促間，彷彿連天花板也被拉得
矮了一截。小小一格窗，擋去了大片
的陽光。鐵架上搭了木板就算一張
床，像是給犯人睡的，潦草地把房間
變成一格囚室，拘留著一個被歷史綁
架的人。

這種描寫讓我想起巴爾扎克筆下巴黎貧民窟的場景，雖然時空已經不同，但社會結構似乎並沒有發生根本性的變化，關鍵問題是，在這種不變的結構中，是人性的原地踏步：

> 那人住的地方圍著高牆，栓著鐵門，名為「博愛院」，其實也兼做教養院，收容獨生老兵，也管訓太妹。太妹吸膠、吸安、吸男人，送進博愛院管訓，繼續吸膠、吸安、吸更老的男人。或者翻出牆外，穿越永遠在等待修治的破馬路，溜進對面的貧民窟，吸更窮的男人。

> 殊殊她媽不喜歡把博愛院稱作教養院……在她戰戰兢兢的腦袋裡，窮人是一種有限的配額，假如有人需要這個位置，她是很樂意出讓的。彷彿只要指著遠處說「不在這，在貧民窟那邊」，自己就可以拾階而上，升格為有錢人。

這些表面平靜的敘述暗藏機鋒，並流露出一種簡單的「階級意識」。這讓我

們在進入殊殊的特殊遭遇之時，已經明白了一種具體的社會語境，這是一個發生在貧民窟或者毗鄰貧民窟的那些社會底層的故事，我們無法想像那個老男人會出現在一個高檔的社區進行他的性騷擾。這就是我們生活其中的社會，一些階層被刻意保護起來，他們不需要承擔太多的風險；而另外一些階層，則被最大限度地拋棄，無時無刻不面臨著各種風險：失業、飢餓、暴力和侵犯。這是胡淑雯在其故事中不經意間披露出來的，但正是這些不經意的東西，拯救了這個故事，讓這個故事不止於一個單一的女性主義的自我經驗的呈現，而是和社會、歷史有了一定程度的對接。

更有意思的是那個老男人，在故事的表層敘述中，他僅僅是一個對象性的人物，用以完成女主角的救贖敘述。但是到了小說的結尾，他居然復活了，成為了一個試圖重新發聲的主體性人物。也許我們可以大膽地揣測這個老人的身分，從小說的種種陳述來看，他或許可以是一個老兵——他住在收養了很多老兵的博愛院，他有某種殘缺，或許是戰爭的後遺症——且不管這麼多吧，最有意思的是，這麼一個老人，沒有任何的來歷，沒有來路也沒有

去路，好像是一個被歷史遺棄的孤兒。是的，這個老人是一個典型的孤兒形象。這一孤兒形象讓我不由自主地想起台灣經典作家吳濁流的《亞細亞的孤兒》——我們可以想像胡太明最後變成了一個住在博愛院裡的垂垂老朽嗎？胡太明在不同的空間中（中國台灣、日本、大陸）流浪，為的是尋求到一個真正的文化位置和文化身分，如果胡太明最後不過是一個被「歷史綁架」並在歷史中忘卻自我的人，這難道不是一種最尖銳的諷刺和批判？這難道不比一個簡單的孤獨主題更能體現所謂的辯證的抵抗？

也許這正是胡淑雯們需要去仔細梳理和思考的東西，在具體的歷史語境中回到更具體的人和事，而不僅僅是執念於現代的「幻景」。我非常敬仰的中國作家陳映真曾經在〈尋找一個失去的視野〉中尖銳地批評中國大陸知識份子在所謂的普世性的話語中失去了歷史性的世界觀和方法論，他同時也開宗明義地指出：

整個亞洲之中，各民族各國有它們不同的歷史和文化。然而，今日亞洲各族人民所面對的各種嚴重問題，卻有高度的共同性，那就是被外國獨占資本和與之相結合的國內支配階級的掠奪所產生的貧困和不發展（Underdevelopment）。從十九世紀的舊殖民地時代以後，貧困在古老的亞洲大地上一貫地再生產著。幾百年來，貧困的差距、窮人的數量，在廣闊而古老的亞洲只有愈加惡化的傾向。

這才是真正普世性的命題。窮人們——在今天壟斷的經濟和政治結構中所有普通人的代名詞——如何抵抗？或者說，有沒有一種抵抗的美學不僅僅是在個體的內部發生，同時也勾連著他者和更廣闊的人群？如果我們的作家（不僅僅是中國台灣地區的作家）不僅僅想做一個美文家，他們就應該真正思考抵抗的「辯證法」：不是作為一種抽象的人對一種抽象的觀念、症候的抵抗，也不是虛構出一個完全自足的主體，在內封閉之環裡完成有限的人生。而更應該在具體的經濟政治語境中理解個體、語言、自我和他者（歷史、社會、精神疾患）之間的辯證關係，將經驗的抵抗昇華為美學的抵抗，將社會問題和精神困境轉化為美學形式，如此，他才可以稱得上聽到了「文學的召喚」。

【楊慶祥，中國人民大學文學院副教授】

大陸看台灣

月球・西夏：
「異托邦」敘事與「游牧」美學
——解讀駱以軍

歐陽月姣&邵燕君

印刻出版社

從處女作《紅字團》（1993）開始，駱以軍的小說總是令評論界非常興奮，他是如此的後設、如此的後現代、如此的反映了我們這個時代的種種症候。在「歷史的終結」之後的九〇年代，台灣這座島嶼的文化生態也發生巨大轉型，曾經的宏大敘事幾乎澈底失效，與之相應的則是各種小敘事的暗流浮出、眾聲喧嘩，紛紛參與到重建歷史記憶的博弈中來。線性

的時間被解構，空間被不同的記憶所重塑。當駱以軍把這種拼貼、遊戲、片斷式的時間和碎片化的空間運用到家族史講述中，就誕生了風格獨異的《月球姓氏》（2000），直到《遣悲懷》（2001）、《遠方》（2002）、再到被評論界公認為集大成之作的《西夏旅館》（2008），駱以軍終於完成了對記憶、文化、族群、乃至國族想像的拆解和追述。他的小說逐漸

形成了一種獨特的游牧美學，在他之前，還未曾有人可以將遷徙族群的生存經驗上升到一種審美的、哲學思辨的層次，這是駱以軍的「文學幻術」，而他的「魔法」就是時空錯置的異托邦敘事。

一、當歷史變成地理：異托邦敘事

異托邦（heterotopias），也翻譯為「差異地點」，是福柯在《不同空間的正文與上下文》（1984）裡提出的一個概念，它與想像的虛構地點「烏托邦」（utopia）不同，是真實存在於每一文化、文明中，有效虛構的「對立基地」（counter-sites），它們交互重疊、再現、對立與倒轉，「這些差異地點之間，可能存在著某種混合的、交匯的經驗，可以作為一面鏡子，⋯⋯當我凝視鏡中的我時，那瞬間，它使我所在之處成為絕對真實，並且和周遭所有空間相連」。[1]異托邦概念的形成實際上來自於福柯自六〇年代開始的地理學轉向，他認為十九世紀最重要的「著魔」（obsession）是歷史，而二十世紀應是空間的紀元，「我們身處同時性的時代（epoch of simultaneity）中，處

在一個並置的年代，這是遠近的年代、比肩的年代、星羅散佈的年代。我確信，我們處在這麼一刻，其中由時間發展出來的世界經驗，遠少於連繫著不同點與點之間的混亂網路所形成的世界經驗。」[2]

如果我們回到福柯在《規訓與懲罰》（1975）中所談論的「圓形監獄」（panopticon）[3]，就會看到他對於空間宰制在現代社會中所佔據的根本性地位的思考有其脈絡可循。空間不只是一個「容器」，而是直接作為現代性實踐的一個機制，意識形態在空間中的運作和散布便是「空間政治學」的顯現。幾乎與此同時，列斐伏爾也正在從空間的角度重新思考著現代資本主義社會組織結構與社會再生產，他由「空間中的生產」（production in space）推進到「空間的生產」（production of space），明確地將自然空間的社會化看作資本主義的空間政治學[4]。但是，福柯的後結構主義式的思考顯然更著重於空間權力的解構可能，注意到權力在空間中的碎片化以及在運作過程中產生的變異，使其不可能形成一個穩定的、單一的、嚴密的結構。資本

主義現代性進程的歷史表象下，散布的是並置的、網路化的異托邦，也正是在這種對立和互現中，我們通過看見他者而意識到自身的存在。

福柯的異托邦理論與德勒茲以「塊莖」（rhizome）替代「樹狀」邏輯異曲同工，即去中心、去蹤跡、去譜系，以繪製地圖的方式打開所有的維度，進行自由的結域或解域。[5]這種破除中心和線性敘述的網路化思維，以及對共時存在的異托邦的追認，釋放了後現代美學最為核心的空間意識。

正是在於對空間的敏銳觸覺和自覺地結域與解域，駱以軍的小說可以被視為異托邦敘事，他不是單純地去創造或遁入一個異托邦，而是將異托邦本身作為結構／解構小說的形式。在《月球姓氏》（原名《家族遊戲》）中，這種形式已經初步成型：整本書既可以看作一個短篇小說合集、每一篇獨立成文，也可以看作一個完整的長篇、每一篇都是這整個故事的一個章節。一本講述「家族史」的小說，卻沒有一個「史」的脈絡，呈現的是地圖式的漫遊。每一章的標題都是一個都市空間：

火葬場、辦公室、超級市場、動物園、廢墟、醫院、中正紀念堂……它們是台北城裡的異域，也是福柯意義上的異托邦。

用第一人稱「我」來指代的敘事人是如此自覺地以「空間」來銘刻記憶的節點：「我總會被畫面裡某一種突然失去時間重力，一切靜止懸浮的慢速狀態所蠱惑」。[6]於是時間凝固後的空間斷面漸漸浮現出來，碎片化的短期記憶也因此得以重現，無意識、無意義的喃喃自語就占據了很大的敘述篇幅。駱以軍的敘事人總是無法從頭至尾地講清楚一個故事，總是不斷地旁支斜溢，被「感覺」所牽引，任憑色彩、味道、觸感蔓延在敘述中。他是真正的「漫遊者」，穿梭於時空錯置的都市異托邦。顯然，這些異托邦並不形成根－樹－枝－葉的樹狀邏輯，它們是相互纏繞的塊莖。

在異托邦敘事的共時、逆時甚至時間凝固的立體地圖上，記憶也就因為時間的錯亂而變得如此的不可靠。在《月球姓氏》裡，時間可以靜止、回溯、暫停、快進、顛倒、倒流、傾斜，一切都因為那個原點的失落（1949），現實反而變成了

夢境。對父親那一代遷台外省人而言，他們的真實人生存在於那「渾噩如夢的大變動大離別大遷徙」之前，至於來台以後歧出的新的敘事，倒像不在他們的命數裡，「我父親的這一生，從那時起，便搭上了一隻壞掉的鐘，他永遠活在一則錯誤的時間計量裡。」（頁198）

逃離大陸故鄉江心洲是一只鐘、和「我」母親的戀情是一只鐘、在大陸的「大媽」改嫁是一只鐘，只要按下按鈕，父親的記憶和生活狀態就切換在不同的時空模式裡。在這樣的頻繁切換中，父親的自我意識不可避免地產生分裂，因為時間銘刻在我們身體上的記憶和遺忘恰恰是主體性形成的過程。於是父親坐在客廳不停地講述著遙遠的甚至有些魔幻色彩的「家族史」，遠遠超出了「我」所能理解的範疇。相對於「我」的妻子的澎湖家族那龐大的世系和祖先供奉牌，「我」的家族史完全只靠錯亂的記憶來維繫，記憶與歷史的關係就顯得如此不堪深究，父親的一廂情願往往與真實情況相差甚遠（「大媽」若珊在他逃難的當年就改嫁），再往上追溯的祖母逃難故事（〈黑色大鳥〉）更是

近乎神話，外省第二代的家族史真是難以追溯、錯漏百出。

到了《西夏旅館》，歷史的地理化和異托邦敘事更加明顯，凝結出一個無處可尋又無處不在的具象化的節點空間——旅館，人行人往，並置多個異托邦的異托邦。旅館是一個連續不斷的塊莖集合體：打開一個房間，就進入一個故事；從不同房間走出的兩個人，相遇為一個故事。駱以軍這樣解釋「旅館」意象：

「旅館」很適合讓我在小說裡表現外省人的概念。大陸人的原鄉是完整的，而台灣人則有非常複雜的後殖民身分認同。……我這一輩，從小聽故事的源頭只有父親那一代，家裡沒有其他長輩，所以我的寫作很容易進入現代主義，進入到馬奎斯（馬爾克斯）的《百年孤寂》（《百年孤獨》）。「旅館」就像我構造出來的烏有之邦，我要復原父輩們的故事，我的空間劇場不是馬孔多（《百年孤獨》中的小鎮）也不是高密東北鄉，而是「旅館」，漂泊的異化的空間。[7]

「漂泊的異化的空間」，就是駱以軍的原鄉。駱以軍為書寫這樣的原鄉經驗創造了異托邦的敘事形式，去保存那些遷徙、捨棄、漫遊、漂泊的軌跡，也因此形成了游牧的美學。

二、空間逃逸與歷史傷逝：
游牧美學

黃錦樹和王德威都曾經用「棄」的美學來綜括駱以軍的敘事風格，黃錦樹認為駱以軍的書寫來自一種「本源的棄」，王德威將其延異為「歷史的棄」，而「時間成為棄與被棄的見證，書寫正是棄與被棄的軌跡」。[8]然而王德威也意識到，不同於朱天心對時間的不可逆性常懷憂思，對隨之而來的價值崩毀怨懟悲涼，駱以軍從一開始就要毀壞時間與意義，時空錯亂一向是他敘事的典型風格。如此說來，所謂「時間的遺民」其實很難涵蓋駱以軍的寫作內質，他的書寫軌跡不如說是遊走的地圖，是空間的位移。

對於《月球姓氏》裡的「我」、「我哥」、「我姐」這些外省第二代來說，「我們是那樣被設定了身世」（頁52），毫無懷疑地生活在口述家族史的「虛擬之城」裡，必須「假裝是在這島上出生，但其實本來就是出生於此」（頁17）。生存彷彿是杜撰出來的、一個錯誤的時空設定，這就是王德威所說的「歷史的棄」，造就了「我」的「廢墟人」意識，莫可名狀的被「棄」感。當「我們」被設定的虛擬之城崩解以後，「我們」的意義也變得不確定起來，被迫重新審視自身與這座父輩流亡之島的關係。這同樣是朱天心在《古都》裡耿耿於懷的命題，《古都》的主人公「你」在記憶失落的台北城拿著一張「島都」時期的台北殖民地圖，按圖索驥地閱讀這座自己生長於斯的城市，用一個混雜的多重視角去撕開台北複雜身世的多重地質，可是卻越行走越迷茫，「這是哪裡？……你放聲大哭」[9]，人到中年反倒成了流離失所的棄兒。

相對於朱天心的「你」因為「機緣巧合」直面了身邊的異托邦──那些真實存在卻從來不曾意識到的歷史地層，駱以軍的「我」早已知曉自己處於必須被迫在異托邦裡面穿梭的處境。時間和記憶的不可靠不是「機緣巧合」的「發現」，而是

命定的劫數。「我」必須在空間中找到存在的憑據，像一個跑錯照片的幽靈，「分明正在這個空間裡，腦海裡卻模模糊糊地知道：下一個空間裡亦正在發生著什麼……」（頁327-328），「我」就這樣被迫漫遊，往下一個地點出發，每一個地點似乎都存在一些蛛絲馬跡。與朱天心在《古都》裡的溫情懷想不同，「我」沒有一個完整浪漫的少年時代的舊台北，它面貌模糊、破碎、而且猙獰。朱天心筆下的「你」在中年以後「迷路」，駱以軍筆下的「我」則是從來就沒找著過路。當「我」回想自己年少時的一次迷路經歷，才猛然醒悟：「這是一個弄錯地圖的故事。」（頁122）而迷路的「我」，正站在中正紀念堂建造的工地上──空曠無邊的一處巨大陌生的迷陣。這是德勒茲意義上的「解域」，曾經被一種權力所銘印的「條紋空間」分解坍塌為一個「平滑空間」[10]，「我」回到了「我」的歷史的虛無的原點上。在不同空間之中來回奔走、在條紋化與平滑化之間游離，意義也就不再具備穩固不變的形式或者有跡可循的蹤跡，只能是不斷地逃逸，在漂泊的異化的

空間之間，這是游牧民族的美學。

到了《西夏旅館》，「游牧」甚至從敘事形式浮上了形象層面，具象化為游牧民族的歷史書寫，那個神秘古怪的短暫的西夏王朝正是北方的游牧民族──黨項族所創造的歷史，曾經輝煌一時，又即刻離散到記憶的域外。這些「遺民」飄落何方？他們對於父祖之國又是抱著怎樣的懷想？《月球姓氏》裡的「我」化身為《西夏旅館》裡胡人後代的「圖尼克」，試圖從「家族史」回溯到「國族史」。圖尼克從父親遺留的手稿裡發現西夏，在一股腐臭味裡領悟到「包括他在內的他們這整個族，將難逃被血洗滅族的命運，……這樣一支有自己文字、瓷窯，在馬騎虐殺和權謀合縱間，如肺葉之鼓搏瞬息變換著疆域和糧食動線的游牧帝國。……他不過是他某一個祖先在孤寂游牧時光作的一個幻變遊戲之夢。」[11]

圖尼克所追懷的游牧民族是一個矛盾的結合體，不僅僅如同德勒茲所描述的那樣具有自由和解域的特徵，而且因為與移民和遺民的身分相結合，就不得不陷入對歷史的傷逝，也是對命運的自傷。駱以

軍著墨最多的是西夏王朝傷痛的滅國逃亡史，黨項人最終被更強盛的游牧民族蒙古人所驅散。國族歷史的消解造成了圖尼克謎一般的身世和原初的創傷，甚至殺妻的罪行和欲望也來自於西夏國君李元昊的基因遺傳所攜帶來的殘忍的原罪。這使得駱以軍筆下的游牧民族看上去如此頹廢而詭異，如此接近於死亡和腐爛。

「對立於記憶的並非遺忘，而是遺忘的遺忘，它將我們解體於域外且構成死亡。」[12]在一個個旅館房間的跳躍和切換中，西夏的歷史記憶被驅散至域外。駱以軍一向執著於對死亡的迷戀，《月球姓氏》裡每一個異托邦都彌散著死亡的陰霾：火葬場充滿骨灰浮塵的空氣，堆滿動物屍體的圓山動物園，醫院裡殘兵敗將的枯萎老人，在斷宇殘垣的廢墟裡搜尋廢棄物的小孩，還有台北城裡更大的廢墟——中正紀念堂……「我」生長於茲的台北城竟時時透露出腐化的氣息。《西夏旅館》裡「城破之日」一章，更是對死亡與虐殺進行了慢鏡頭式的特寫，都城像一條垂死巨鯨，被蒙古騎兵所捕殺，「鐃鈎、繩索、箭簇、鏢槍、網罟從四面八方刺進它

體內，拉扯，切割，耐性宰殺它，只等那崩毀之瞬終於來到，這座魔城從裂開的各角度泄出強光，所有蒙古人和西夏人皆以為自己幻錯地聽見那城發出一聲巨大恐怖之哀鳴，而後城牆終於崩毀。」（頁135）興慶府成了一個永遠被封印在毀滅之中的空間，而「我」和「圖尼克」，是時間的遺民，更是空間的亡靈。

駱以軍筆下的主人公總是在時空錯亂的迷陣裡游牧，消解意義卻又追尋意義。圖尼克最後以文字畫出迷宮般的記憶路線，那是無限個通向失落之夢的入口。通過後現代的空間敘事的不斷逃逸和遊戲，卻又賦予一種悲劇性的、向死的傷逝內核，駱以軍也因此並不「荒誕」、並不玩世不恭，他的小說是自曝其傷的深沉的悲劇。「棄與被棄」既帶來離開的自由，也攜帶難以歸來的傷痛，這正是游牧美學的張力。

結語

「漂泊的異化的空間」，就是駱以軍的原鄉。逃逸和傷逝，是游牧民族永恆的姿態。因此，是否以西夏歷史來隱喻

一九四九大遷徙，還是以外省第二代的離散經驗去理解和講述西夏王朝曾經的輝煌與迅速的滅亡，都不重要。駱以軍已經通過寫作，通過文學的方式，去保存了這樣一種曾經存在過但是終將會消逝於記憶域外的流動的文明，並使之成為一種游牧的美學。書寫，正是保存遷徙、捨棄、漫遊、漂泊的軌跡，而駱以軍更是一個出色的地圖繪製者，他始終以比時間更深沉的空間性來思考歷史。

當我們從《西夏旅館》回望《月球姓氏》，就會發現駱以軍從《月球姓氏》所開啟的大規模的異托邦敘事，並不單純是後現代的策略形式，它的蹤跡本身即構成了一幅游牧的地形圖。

【歐陽月姣，北京大學中文系當代文學專業台灣文學方向碩士研究生／邵燕君，北京大學中文系當代文學專業副教授】

註

1　福柯，〈不同空間的正文與上下文〉，包亞明主編，《後現代性與地理學的政治》，（上海：上海教育，2001），頁22。

2　福柯，〈不同空間的正文與上下文〉，頁18。

3　福柯將現代社會比喻為邊沁（Jeremy Bentham）於1787年設計的「圓形監獄」，監獄的中庭建有用於監視的高塔，周圍環繞著一系列被分割為不同樓層與牢房的建築物，被監禁者無法知道監視者是否在高塔上，因而必須隨時進行自我監視，圓形監獄的完美在於即使監視者缺席，但監視的位置仍然在場，這個權力機器在任何時候都可以有效運作，這便是現代社會尤其是都市空間管理的絕佳模型。參考福柯，《規訓與懲罰》，劉北成、楊遠嬰譯，（北京：三聯書店，2007），頁135。

4　列斐伏爾在1974年出版《空間的生產》一書，被看做馬克思主義空間理論的濫觴。參考列斐伏爾，〈空間：社會產物與使用價值〉，選自包亞明主編：《現代性與空間的生產》，（上海：上海教育，2002年）。

5　德勒茲、加塔利，〈導論：根莖〉，也譯作「塊莖」，姜宇輝譯，《資本主義與精神分裂卷2：千高原》，（上海：上海書店，2010），頁6。

6　駱以軍，《月球姓氏》，（台北：聯合文學，2000年），頁17。

7　丁楊，〈駱以軍：裝在旅館裡的文學幻術〉，《中華讀書報》，2010年12月15日第9版。

8　王德威，《後遺民寫作》，（台北：麥田出版，2007），頁59。

9　朱天心，《古都》，（上海：上海譯文，2012），頁205。

10　參考德勒茲，〈論遊牧學：戰爭機器〉，平滑空間是沒有導體或管道的一個場，與一種非常特殊的多元性相結合：非長度的，無中心的，塊狀的多元性。當平滑空間被速度和力的關係所佔據和生產，就產生了被官方規範化了的條紋空間。游牧民族不固定路線、不生產律法來使空間條紋化，游牧空間是平滑的。《資本主義與精神分裂卷2 千高原》，頁549-552。

11　駱以軍，《西夏旅館》，（中和：印刻文學，2008），頁46-47。

12　德勒茲，〈皺褶作用或思想之域內〉，《德勒茲論福柯》，（南京：江蘇教育，2006），頁112。

在路上
——論許正平的短篇小說創作

陳豔

聯合文學出版社

作為台灣「70後」作家中頗受矚目的一位，許正平的小說創作顯得成熟而富有個性。這是一位非常有主見的年輕作家，以荒誕而真切的狂想，大膽、嫻熟地創造屬於自己的小說世界。這個世界的通道藏在現實社會之中，卻又與現實世界的成規格格不入。正如小說中所說：「在真實的台北城之外，還有另一個隱遁不得見的城市存在其中，你時常費力漫遊逡巡於夾縫褶頁裡，試圖發現那些通道出口的所在。你相信，——通過那些位於交接點的路口，你就可以發現並窺見另一個世界完整的全貌。」[1]因此，作家的小說作品幾乎都在重複同一個主題：「尋找」。小說的主人公不管是少年還是中年，都一直在路上或想望著上路。

一

　　許正平在小說中毫不掩飾義大利電影大師費里尼的電影作品對他的深刻影響。他尤其鍾愛1957年獲奧斯卡最佳外語片的《大路》（The Road），甚至以此為主題，創作了同名小說。《大路》被譽為「公路電影」（road movie）的經典之作，儘管公路片成為一種電影類型發生在二十世紀六〇年代以後的美國。所謂「公路電影」通常指電影的敘事發展以一段旅程為背景，其標準故事模式多半是主角在經歷生活上的挫折後，選擇自我放逐的生活方式，在這種逃離中，旅程本身就是目的。費里尼的《大路》就是以這樣一段旅程為線索，呈現了莽漢藏巴諾與貧家女傑爾索米娜結伴跑江湖賣藝的流浪生活。公路電影的產生及其敘事模式與西方文學史上源遠流長的「流浪漢小說」密切相關。流浪漢小說發軔於十六世紀的西班牙，以佚名作家創作的《小癩子》為鼻祖，隨後逐漸在歐洲其他國家得以廣泛流行。直到十九世紀初期，流浪漢小說才對拉美文學

產生重大影響，湧現了一系列重要文本。而中國真正意義上的流浪漢小說出現在五四以後，郁達夫的「零餘人」系列小說和艾蕪的《南行記》是其中的代表作。新時期以來，張承志、張賢亮、紅柯等西部作家創作了大量流浪漢小說，塑造了獨特的「硬漢」形象。[2]中外的流浪漢小說均表現出「追尋」的共同母題，為二十世紀中後期於歐美興起的公路電影所繼承和發揚。上世紀八〇年代起，台灣也出現了公路片的風潮。導演何平的《國道封閉》和李志薔的《單車上路》是其中的優秀之作。許正平的創作無疑與「公路片」精神相通。小說的主人公和電影主角最大的共同點在於，他們都「在路上」（On the Road）。美國作家傑克‧凱魯亞克（Jack Kerouac）的小說《在路上》被視為「垮掉的一代」的精神宣言，更為後世留下了一個永遠具有誘惑性的字眼。

　　無論電影還是小說，「路」都充滿隱喻和象徵，人們無一例外都在追尋著一些東西，那無疑是內心最真實、自然，最深刻的渴望。小說〈大路〉講述了小鎮圖

書館員在重溫費里尼的電影之後，帶剛高中畢業、參加完聯考的女孩騎著摩托車私奔，自比為藏巴諾和傑爾索米娜的故事。這是一次自覺模仿的行為。男孩想像著他就是導演，機車的方向桿就是移動的攝影機，而小說的場景也如電影的分鏡頭，不斷推進、變換。機車在沒有盡頭的開闊大路上飆行，人物和風景連成一片，這是典型的公路電影的片段。男孩為什麼要離家出走？不是粉絲對偶像的簡單模仿，而是源於內心的長久衝動，為了尋找「一直想望的、真正的、自由的生活」。男孩讀完大學，當了兵，在台北找不到工作，只能回到家鄉小鎮，做著父親托關係找來的圖書館員兼工友。日復一日，死氣沉沉。在爸爸眼中，他是不安分不著調的「敗家子」。但這背後有著深刻的社會背景。上世紀九〇年代以來台灣經濟不景氣，導致失業率急遽增加，而七〇年代中後期出生的年輕人首當其衝。男孩的心理創傷隨著故事的進展逐漸被層層剝開，在溫和節制的敘事背後是鮮血淋漓。支撐男孩對抗枯燥無聊得讓人發瘋的小鎮生活的，是「費里尼式的狂想」。電影的重溫猶如打開了一個缺口，推動著狂想變為現實：私奔，上路，流浪……但與電影《大路》不知所終、隨意而行的旅程不一樣的是，男孩和女孩有一個共同的目的地：台北。

「帶我去台北吧！」女孩對男孩說。在女孩看來，台北是她急切逃往的所在，是聯考的目標，新生活的象徵。而男孩懷想著在台北的舊時光，那兒燃燒過他的青春歲月，是「大學時代我將費里尼式的狂想建立於其上的大城」（頁57-58）。在許正平的小說中，「小鎮」和「大城」的意象經常出現，相互對應。〈大路〉裡，男孩、女孩逃離小鎮，奔向台北。〈夜間遷移〉中，「我」在台北上學，週末和假期回台南小鎮，兩地之間不斷遷移。一如〈小鎮的海〉，帶著女友從城裡回到小鎮的「我」。這暗合著許正平本人的經歷。他出生於台南縣新化鎮，中山大學中文系畢業後到台北藝術大學戲劇研究所念碩士，對於小鎮與城市，都有自己深刻的理解。小鎮在小說中的面目單調而靜止：「場景也跟著從公路來到了一幢

荒涼老舊的兩層樓建築前。某鎮鎮立圖書館，那鎮名聽起來就是個極僻遠無聞的地方。暑假剛剛開始的生猛時節，蟬聲，強烈的日光，然而，除了蟬聲與強烈的日光，所有的景物卻像是隨著長鏡頭曠時廢日的注視而整個停頓靜止了一般，靜止的畫面，靜止的時間，沒有人的圖書館，讓人忍不住要呵起欠來。這是小鎮一貫給你的感覺，日子漫長而重複，薛西佛斯推石上山，又滾下來。」（頁51-52）這裡也許有費里尼電影的影響，故鄉小鎮裡米尼是激發費里尼創作靈感和想像空間的重要源頭，經常出現在他的電影背景中。但與費里尼對故鄉的回望和懷念不同，許正平更多表現出一種逃離的姿態，雖然其中未必沒有或濃或淡的鄉愁。這或許也因為許正平還年輕，費里尼晚期的作品明顯比早期的更多關於故鄉和少年時代的回憶，一如他的片名《我記得，想當年》。

與小說中荒涼沉悶的小鎮相比，台北就是「另一個世界」，至少，也藏著另一個世界的出口和通道。它光鮮亮麗、活力四射：新光三越摩天大樓上有萬千燈火；SOGO百貨的小玩偶們整點會出來演奏〈小小世界真奇妙〉；電影院燈光熄滅螢幕亮起前的剎那，安全門上亮著「出口」指示牌；西門町的圓形廣場上，異國來的流浪藝人在表演吞火和踩單輪車……這明亮的蘊藏著無限可能的世界，叫人心醉神迷的台北！然而，對於這座浸潤著青春夢想的大城，作者的態度無疑又是矛盾的。在光鮮背後，還有一個藏汙納垢的台北。〈大路〉對台北夢幻般的描述結束後，男孩和女孩不得不面對台北的另一面，也是他們必須面對的窘迫現實。錢快用光了，他們只能在城市的邊緣，租一間發霉骯髒的套房。從繁華到陰暗之間，是皮條客、妓女，甚至老鼠的地盤。懷孕的女孩情緒日漸怪異，在男孩的手足無措中，「在路上」的狂想不得不偃旗息鼓。「我們將不能再去到更多地方了。」與公路電影片段般昂揚的開頭相比，小說的結尾顯得悲傷而無奈。整個敘事也從男孩自認為導演的掌控一切，轉為失去對生活和情節進展的控制。這也是費里尼愛講述的故事，在電影的結尾，藏巴諾遺棄了因深

受刺激而精神失常的傑爾索米娜，獨自離去。傑爾索米娜在路邊孤獨地死去。路無盡頭，人卻有自己的終點。這是無法改變的命運，甚至因為「在路上」而更慘痛的結局。小說〈地下道〉裡也有這樣一個台北，光亮與陰影並存，一半堂而皇之在地上，一半隱藏在地下。地下是屬於流浪漢、無人問津的擺書攤老人、低等算命師、鬱鬱不得志的街頭畫家、乞丐、走唱藝人等邊緣人群的世界，他們被無視被忽略，對於這個城市而言「沒意義」也「無所謂」。小鎮長大的作者和他筆下的人物，毫不意外地處於這樣的悖論之中：他們回不去故鄉，也似乎融不進城市。就像〈小鎮的海〉裡的小鎮青年和城市女友，相互隔膜，無法和解。但同樣他也回不去了，小鎮不再是記憶中的模樣。回憶美好，現實殘酷。或許因為如此，城市的召喚依然有效，〈大路〉的結尾，情節在絕望中有一絲逆轉，女孩竟然如願考上了台北的學校，男孩激動萬分：很快地，她就可以離開，真正的生活就要到來。這是屬於三十歲的許正平的鄉愁——「真實的土地，牧歌般的孩童時光，漸漸向都市化、工業化、現代化傾斜的現實與價值觀以及必須離鄉才可能實現的未來。」[3]

二

正如凱魯亞克小說《在路上》的主人公介乎流氓與聖徒、浪蕩子與朝聖者之間，「在路上」意味著既是反叛又是頹廢，既生氣勃勃又渾渾噩噩。這在許正平的部分小說人物身上體現得相當明顯。〈大路〉裡男孩沉迷於尋找另一個世界何嘗不是吊兒郎當、不學無術？〈地下道〉的流浪漢一面與父親、城市所隱喻的強權暴力、世俗規範對抗，一面心安理得地刷爸爸定期存進錢的卡，與賣彩券和口香糖的殘疾女孩做愛，偷她的錢。〈少女之夜〉的「死老猴」想借助與少女的秘密約會，重返熱血沸騰的青春，難道不是中年男人一次有意識的豔遇？其中，小丑和流浪漢，是許正平塑造的最具象徵意味的兩類形象。流浪漢是城市裡的「浪蕩兒」。馬戲團要在鄉鎮、城市邊緣來回演出，作為流浪藝人的小丑，本質上也是「浪蕩

兒」。許正平喜歡刻畫這類人物，與他小說「在路上」的主題不謀而合。這毫無疑問再次與費里尼相遇。「費里尼來了。帶著童年的馬戲團、哭著臉逗人笑的小丑、不知打哪來又不知往哪裡去的神秘流浪漢、記憶中的小鎮，與城市的召喚，費里尼來了……」（頁50）這是許正平理解的費里尼，也是他自己呈現出的小說景觀。馬戲團和小丑是費里尼非常鍾愛的表現對象。《大路》裡的傑爾索米娜在馬戲團就擅長扮演小丑，他甚至拍過一部叫《小丑》的紀錄片，描寫了他從小對小丑的迷戀，片中穿插著對曾經廣受歡迎的小丑的介紹及訪談。費里尼認為：「小丑賦予幻想人物以個性，表現出人類非理性、本能的一面，以及我們每個人心中對於上級命令的反抗與否定。」費里尼的電影暗藏著某種無所不為的小丑精神。許正平對這種「小丑精神」顯然惺惺相惜。小說〈大路〉裡的男孩、女孩雖然與傑爾索米娜心靈相通，女孩考上台北學校的事實卻終結了他們當流浪藝人的可能。但這是一個開放性的結局，〈夜間遷移〉像是作者的續

寫，男孩在回鄉途中，搭上馬戲團的便車，莫名其妙又自然而然地成了小丑藝人，還娶了一位小丑妻子。剛上馬戲團拖車時，他無意中拿到前一個小丑男人的行頭戴上，逗笑了女孩，彷彿天生就應該是一個小丑。在不斷流浪的賣藝過程中，他和女孩盡職盡責地扮演著小丑，「我們是笨的，蠢的，歪來扭去的。他們看著我那張塗得好白好白的臉，紅鼻子，星星眼睛，那上面沒有疤痕沒有皺紋，沒有時間。在沒有時間的臉上，我們畫了大大一張笑開的嘴，和一顆撒了銀粉亮藍色的眼淚」。[4]男孩從循規蹈矩的學生變成小丑，本身就是對常規生活的反叛。小丑的臉上「沒有疤痕沒有皺紋，沒有時間」，能抵抗不斷流逝、讓我們變老變醜變臃腫變俗氣的時間，永遠保留著童年與天真，愛和悲傷。在蠢笨、逗人發笑的表演背後，小丑不被理解，或許也不需要理解。作者一再描寫「一種小丑式的哭法」，彷彿在哭，表情卻像笑著。用喜劇的形式表現悲劇的內涵，這正是許正平小說的整體氣質，含蓄蘊藉，情感內斂，行文節制，

完全沒有台灣「70後」的張揚、時尚，被台灣作家郝譽翔稱之為「擬中年」。

流浪漢是許正平小說中經常出現的另一類具有象徵性的人物形象。在作者的筆下，流浪漢的生活是與成規相悖的一種選擇，意味著要放棄與現實秩序的聯繫，也可以說他們是被現實秩序放棄的一些人，完全邊緣化地生存。他們和小丑本質上是一樣的，居無定所，自由而孤獨。〈地下道〉就是以城市流浪漢為主人公，與許正平其他帶有更多幻想性情節的小說相比，這篇小說更接近寫實，主人公也有具體的名字和年齡：陳信宏，二十八歲。而不像其他小說喜歡用「我」、「你」、「死老猴」等虛指代稱。這個年輕的流浪漢，絕大多數時間待在台北街市的地下通道裡，與擺書攤老人、算命師、街頭畫家、乞丐、走唱人為伍。他們各自為政，互不干擾。在這個人來人往的地下道裡，陳信宏整天一動不動，「他的眼前有一道牆，隔著牆，那些人因為快速移動而變成一抹抹虛晃的影子，但他們的聲音傳到他腦中卻又異常緩慢而鈍重。一切都失去了

形體，與關聯，……他並不確切明白生活究竟在何時自他的身體剝離遠去，就這樣被隔離開了，失去溝通並且賦予事物意義的能力」。[5]他自覺隔離於人群，乃至正常生活。偶爾上街碰到昔日的同學，假裝完全不認識。他們的生活——工作、娶妻、生子——對他來說毫無意義。許正平對流浪漢生活的細緻觀察和描寫，與他對城市邊緣人群的關注有關，這位希望「在場」的「70後」作家，有為一切沒有話語權的邊緣、底層人群發言的內在衝動。但流浪漢的氣質明顯與他的創作主題契合，費里尼也拍過名叫《流浪漢》的電影，甚至他作品中的男主角都可以視為「流浪漢」，他們往往無恥又天真，無畏而疏離。作者還隱隱揭示了一種可能：我們這些衣冠楚楚的城市人，都有可能成為「流浪兒」，或者說是社會的「棄兒」。〈嶄新的一天〉裡，失業在家無所事事的主人公覺得毫無自我和存在感，報紙社會版上的殺戮和暴力讓他生出自己可能會殺死妻兒四處流浪的錯覺。對於流浪漢，主人公既百般抗拒又莫名嚮往。這是狂想，

也是現實。即便是流浪漢，事實上也身處於現實社會之中，他們因為經歷了重大的打擊，帶著沉痛的心理創傷，才選擇了與之對抗、拒絕和解。

許正平筆下的現實總是令人悵惘，「大路」通常會把他的小說主人公帶到空無一物之處（nowhere），因此他們才要不顧一切地追尋「neverland」（《彼得‧潘》裡的永無鄉），那是已經過期、永不復返的好時光，是青春年少的理想和熱情。在他的小說裡，回憶與現實，青春與中年，形成了鮮明的對比。〈少女之夜〉和〈嶄新的一天〉的主人公都是「五年級」（民國五十年代出生的人，即「60後」）的中年人，小說以回憶和現實交織的形式展現了這一代台灣人的青春時光（「台北學運」）與中年危機（性無能、失業）。1990年的「台北學運」是台灣歷史上的大事件，直接推動了台灣的民主化進入新階段，也成為「五年級」身上的深刻印記。青春越熱血沸騰，越生氣勃勃，人到中年後的慘澹、庸俗、沉悶才越叫人難以接受。人到中年的「死老猴」

想從網名叫「艾美達拉皇后」的少女身上找回逝去的青春。然而，這已不是當年的少女，她們哪懂得什麼「學運」、革命，「校園封神榜」這樣的日本綜藝才是她們的嘉年華。青春永不復返，什麼也阻止不了他們的「發霉」和「日漸腐爛」。正如小說的結尾，「死老猴」在高潮後發現，沒有什麼少女，「艾美達拉皇后」竟然是一個機器人，他們的交往如同幻夢一場。許正平以極度反諷的形式結束了這篇小說，荒誕而真切，這正是許正平小說的魅力。

【陳豔，中國現代文學館副研究員】

註 ——————

1　許正平，〈大路〉，《少女之夜》，（台北：聯合文學，2005），頁56。

2　參見楊經建，〈西方流浪漢小說與中國當代流浪漢小說之比較〉，《社會科學》2004年第5期；李志斌〈論流浪漢小說的演化、發展趨勢和文學地位〉，《長江大學學報》（社科版）2010年第6期。

3　王楊，〈讓文學以「在場」姿態與時代相遇〉，《文藝報》2014年4月25日。

4　許正平，〈夜間遷移〉，《少女之夜》，頁75。

5　許正平，〈地下道〉，《少女之夜》，頁78-79。

台灣看大陸

超脫而冷峭的日常敘事
——讀東紫小說

石曉楓

山東文藝出版社

二十一世紀出版社

一

　　東紫（本名戚慧貞，1970－）在中國當代文學譜系裡誼屬「70後」作家群，但創作起步相對稍晚，她曾自述真正決定「執著」於文學、開始認真看待創作一事，已在時年三十的2000年前後。[1]廿一世紀起，東紫陸續獲得人民文學獎、中國作家獎等獎項，作品也愈受矚目。其創作短篇、長篇小說[2]固然都有，但以中篇為數較多，本文的討論亦以《被複習的愛情》、《白貓》兩部中篇小說集為主。

　　東紫稍早的作品如〈我被大鳥綁架〉、〈飢荒年間的肉〉等，都有學步先鋒小說之跡。以〈飢荒年間的肉〉而言，「吃人」的主題遠承魯迅〈狂人日記〉，近則有余華的〈古典愛情〉，東紫以桃花源意象進行偽烏托邦／反烏托邦書寫，衣食豐足的桃花源原是吃人世界，主角「飽兒」的命名也反向寓示了飢荒千古無已，拐賣、吃人行為等層出不窮的慘況。小說裡舉凡對「畜生」定義的翻轉、以死亡展現生命的尊嚴，以及桃源村民搬演正直戲碼，以合理化自我行為等橋段，諷喻均

十分明顯。而東紫寫食人者有「華麗的後背」、對割肉行為的殘酷描寫，及自殺場景的詭麗描寫等，更明顯有先鋒小說的影子，只是這筆法不免是一種延遲的模仿了。

稍後，或為順應市場機制、或是基於創作的自覺[3]，東紫進行了自我調整，也形成其小說目前可見的主要風格。這批作品初讀之下，頗類新寫實小說筆路，日常化的敘事、庸常生活的瑣碎，加上女性特有的敏銳與纖細描寫，形成東紫小說極鮮明的特色；而在此之外，作家對於生活的反思以及精神品質的意圖提昇，則形成其作品裡最動人的部分。

二

東紫多數小說以知識分子為描寫對象，〈白貓〉、〈被複習的愛情〉、〈春茶〉、〈穿堂風〉、〈顯微鏡〉等可為代表，其中〈白貓〉與〈春茶〉二見於選本，顯為其得意之作，閱之確實也頗令人驚艷。〈白貓〉裡的敘事者「我」是學院副教授，前妻則為醫學博士，兒子八歲前與我相依為命，八至十八歲期間則與前妻過活。小說起始於前妻將履行承諾，讓兒子在十八歲後與「我」相聚的期待裡，東紫以細膩的感知寫這對父子的外顯行為與心理狀態，善感的敘事者在機場見到闊別十年的兒子：

　　我已是兒子的陌生人。兒子在機場見了我連激動的情緒都沒有。我孤獨地激動著，心酸著。我緊緊抱住他，他推我，沒推開。從機場回到家，他主動說的第一句話是——能上網嗎？[4]

自此兒子一連三天坐在電腦前，將背影對著老子。他不喜歡聽到小時候愛吃菜、愛淋雨的回憶，進入青春期後不免耍酷，卻又無意間流露出稚氣，就這一點兒稚氣，已讓眼巴巴盼著交流的父親充滿了欣喜若狂的感動：

　　爸！它能聽懂你的話呢！我兒子八歲前的語調像強電流擊中我。我的腳步不由得停頓了一下。我不敢回頭看他，生怕一眼又把他看回了十八歲。我的兒子在我腳步短暫的停頓裡

一步跨過了十年，甩動著長長的胳膊表情冷漠地越過我，給白貓當嚮導。（頁9）

　　儘管走路的步態、見到流浪貓心生憐憫的善良秉性與小時候如出一轍，但闊別十年的兒子，畢竟已成為熟悉的陌生人。〈白貓〉裡寫父子互動的篇幅不算多，但描述父親對兒子期待又戒慎恐懼的情感絲絲入扣，細膩卻不煽情。

　　來去如風的兒子數日後便喜孜孜飛回母親身邊，臨走前卻希望父親好好照顧白貓，這份叮嚀代替兒子陪伴了五十知天命，「能夠看見生命的底」的我。小說意在藉由白貓展現中年人對於生命的回顧與體悟，白貓為枯寂的生活帶來改變，包括我與小區鄰居的感情交流、與女友們的情感抉擇，以及對於父親的教導、母親生命垂危之際的回憶。敘事上則雙線進行，一方面寫白貓的愛與死，一方面寫我在生活裡的瑣碎情事，由此帶出「我」如何在長年的孤寂冷漠裡甦醒，體會到愛是「相互尊重」的真意，無論是我對白貓或者白貓待我，推及我對兒子、對父母、對前妻、

對女友的態度，這是關於三代情感表達的反省歷程，也是親情／愛情，物／我對待的全面盤點，生命因陪伴而完整，也因反省而得到契機。

　　〈白貓〉其實已具體而微地展現了東紫主要的創作基調，包括知識分子的取材、日常事件的著墨、多線進行的敘事以及輕巧冷峭的底色等。可與之並提的作品尚包括〈被複習的愛情〉及〈春茶〉，這兩個中篇都寫婚姻中的困境。〈被複習的愛情〉裡除了主角梁紫月外，尚側寫其姊妹淘蕭音、辛如、張燕的情感生活，幾名四十靠邊的昔日同學，或下定決心不嫁、或成為老男人的再婚對象、或當了有婦之夫的小三，聚會談心時彼此之間的對話，簡直可視之為〈海濱故人〉當代版。而梁紫月與陳海洋之間，則具體呈現了中年夫妻婚姻裡的倦怠與恐慌，在對生活問題的「複習」「求解」後，梁紫月決定尋回她與牛扶的初戀，但牛扶更重視的，是社會關係的疏通與幫襯。在主動追求中終於與牛扶發生性關係的梁紫月，希冀藉由有愛的性「灸療你對這個世界的失望」[5]，然而這樣的願望終究在男人的現實與軟弱裡

全面潰決。在愛情與欲望書寫之外，小說家更在意的，恐怕是對庸常生活失卻救贖的無力與絕望了。

同樣地，2009年獲得人民文學獎的〈春茶〉，表面似乎亦在寫中年女性對婚外情的回味與對青春的自傷，內裡呈現的卻是生活之於女性的禁錮：

> 一葉一芽。
>
> 女人和茶葉最好的時期。
>
> 她看著那個無法伸展成葉片的芽苞，那樹林一樣擁擠著拼命消散自身的色彩博取別人一聲喝采的短暫，想到那其實就是一個個生活裡的女人，在人生的舞臺上沒有兩隻水袖的女人。或許水袖是有兩隻的，但舞動的只能是一隻。另一隻必須是緊握著的，是永遠不能順應生命和情感的需要拋撒舞動的。[6]

不獨感情生活必須自我約束，職場生涯裡的梅雲，亦始終被定型為溫和沉穩的大姊。然而，一場內部送禮風波暴露了人性的脆弱、人際關係的不堪一擊；而被外遇男人寄回的春茶，則殘酷揭示出春夢了無痕背後的權力、地位與利益考量。

東紫在創作談裡曾指出〈春茶〉最初想寫的，「只有演鬧出送禮荒誕劇的部分」，後感於好友「對生活對消亡的愛情對自身沉睡的激情」充滿憤怒，乃決定「用一個女人內心裡最隱秘的情感鉤拽出被權力和欲望奴役著的人的形象。」[7]換言之，除了對職場裡人性「惡」的種子之揭發外，東紫更藉由婚外情裡男人是「領導」的身分，雙寫了男性對於權力的戀棧以及女性希冀藉由愛情救贖生活的徒勞。

三

權力、名位與愛情誠然是知識分子圈裡無法迴避的問題，但東紫並不以揭露中產階級的精神困頓為唯一指向，她也寫俗民生活。例如〈在樓群中歌唱〉裡的小區垃圾工（清潔工）李守志，以略帶土氣的主題曲「我在馬路邊撿到一分錢，把它交到警察叔叔手裡邊」出場，垃圾堆裡無意間撿到的十萬元，為小區也為他的生活帶來諸多波瀾。這篇小說寫消失中的德行、寫安於本分的快樂，一如主角「守

志」的命名：若能守志，則生活得俯仰無愧、無入而不自得，便能完成他在為兒女命名裡所寄託的願望：「歡喜」，「歌唱」。〈幸福的生活〉則同樣表達了小人物的單純與善良，小說寫開摩（摩托車）的賈幸福孜孜矻矻節省度日，但求改善生活、達成願望，寫一場意外的車禍又如何取消了一切願望，而日子仍然得過。又如〈不會吐痰〉寫有變裝癖的老四過活的辛酸，以及女人默默的同情等，凡此俱顯現了作家意圖拓展題材的努力。

值得注意的是，在寫中下階層的生活困境時，東紫筆下的批判性絲毫不減，例如〈北京來人了〉藉由嗜讀福爾摩斯探案的李正確，在往北京途中巧合破案，又遭警察誤解為偷兒的一連串烏龍事件，側面反映上訪等社會問題，也微諷了老革命作派的愚忠。〈幸福的生活〉裡賈幸福與妻子張臘梅對於日常生活的辛苦算計，本身就與小說篇名「幸福的生活」形成反諷，情節推展中也暗含了對於節育政策、醫院送禮文化等社會問題的暴露。〈在樓群中歌唱〉同樣揭露中國社會習見的送禮文化，而寫小區裡盤根錯節的利益糾葛也

別有用心。然而東紫特出之處，在於她能夠以輕鬆幽默的筆調，以及略帶巧合的喜劇化色彩，沖淡了問題本身的尖銳性，也使小說更具親和力與可讀性。

可讀性強是東紫小說最擅勝場之處，在敘事技巧的掌握上，一方面她能讓情節多線進展，彼此卻嚴絲合縫、毫不紊亂，甚且展露出從容不迫的氣度；另一方面，她也擅用懸疑筆法把小說寫得迷局重重、跌宕生姿。例如〈穿堂風〉裡玩命名遊戲，以略帶懸疑的筆法，暗示王子丹父親與同性好友間隱約曖昧的情愫，這段不得出櫃的戀情，為母親及王子丹的生活蒙上一層迷霧，最終即使撥雲見日、真相大白，王子丹終究走上與父親相同的自死之路。其他如〈顯微鏡〉裡憑空而來的孩子、〈春茶〉裡空盪的茶葉盒之謎，也都有一條或隱或顯的「探案」線索。

能夠將準偵探小說式的佈局，安排於嚴肅文學裡，是東紫大膽之處。雖然其中亦不乏諸多巧合的安排，例如〈穿堂風〉裡王子丹與小王子丹相同的命名與相似的身世，以及老花匠、苟曉燕的伏筆與現身；再有如〈春茶〉裡為傳送愛意所訂

購的茶葉，後來在單位裡所引發的驚人發展，都充滿不可思議性。但正如同前文所言，東紫駕馭多條線索的筆法如此純熟，因而使這些無法預測的神來之筆，都能夠入於情理，並不致如傳統佳構劇般落入灑狗血窠臼，這就是高明的說故事手法了。

四

無論由題材的拓寬、議題的提出、關注對象的多元或是筆法的雅俗兼顧等層面觀察，都可以看出東紫在其創作版圖裡的用心與努力。除了寫作者身分之外，東紫在現實生活裡的專業其實是藥劑師，而醫院經歷的專業以及與人群的面對，很可能對其創作資源產生廣泛影響。在某些小說篇章如〈顯微鏡〉、〈白貓〉裡，其醫學背景都有或多或少的閃現，而〈幸福的生活〉裡寫賈幸福在醫院裡接受截指手術的部分尤其活靈活現，有如在面前的恐怖畫面感。除此之外，東紫曾經自陳：

在醫院工作，雖然很忙碌，但它畢竟是一個救治生命的場所，把身心健康和不健康的人集合到同一個空間裡，使得我有了更豐富的觀察和體驗。這也是我的作品能夠有「小切口，大疼痛」（李掖平老師評語）的一個重要原因吧。[8]

對於人情百態的敏銳觀察，或許是東紫能夠出入各階層小說人物，將其心理狀態與生活窘境摹寫得絲絲入扣的原因。然而一如冰心對五四時期的「問題小說」寫作曾意圖提出解決方法般，東紫在醫病之外，亦試圖對人心提出療救之方。在某些篇章裡，她將人性的希望與救贖放在「愛」與「孩子」身上，〈白貓〉固是一例，〈顯微鏡〉裡素來冷靜理性的印小青，竟因為一名沒有手臂的孩子，突然爆發出強烈的母性，而〈樂樂〉裡武立國、牟琴夫妻和兒子武強，對於毫無血緣關係的樂樂最終不顧一切的爭取，也寫得太過用力。有訪談紀錄曾經提到，一旦筆觸涉及到了孩子，她就柔軟得一塌糊塗。[9]儘管如此，在東紫大部分作品中，日常化敘事最終總能帶出一定的哲學深度，引領讀者重新觀照生活、思索人性，也展露出作家不可或缺的敏銳與洞察。

在當前的中國文壇，「50後」、「60後」出生作家群早領風騷，且已建立其導師地位，「80後」則在市場及媒體推波助瀾下來勢洶洶，也逐漸朝向成熟階段發展。至於處於夾縫中的「70後」出生作家群，由於前有衛慧、棉棉等以「私人化寫作」竄起，小說中對城市面貌的書寫、欲望化敘事，以及叛逆顛覆的人物形象，在1990年代中後期遂引發熱烈討論，自此，孤獨荒誕的個人化寫作、內在隱痛的自我傾訴、解構性的反抗姿態[10]等，似乎成為定調「70後」風格的關鍵語彙。然而如前所述，東紫的小說則有向新寫實靠攏的傾向，在其作品裡的人物或亦有生命荒誕虛無的感慨，但當中生活的痕跡歷歷可感，其質地相較之下是更為踏實的。也許由另一批「70後」小說家的作品裡，我們可以發掘出更多被遮蔽的遺珠、看到更趨多元的世代面貌。

【石曉楓，台灣師範大學國文系教授】

註

1　張曉媛訪談，〈東紫：寫作，祛除生命恐慌的藥〉，《山東商報B3版・精讀雜誌・主打》，2014年3月18日。

2　目前東紫著有長篇小說〈好日子就要來了〉（收錄於《芳草》（文學雜誌），2011年第6期）及中短篇小說、散文、詩歌若干。中篇小說則有《天涯近》，（北京：作家，2009年）、《被複習的愛情》，（南昌：二十一世紀，2012年）、《白貓》，（濟南：山東文藝，2012年）。

3　關於東紫作品風格的前後差異及其得失，趙月斌、張麗軍、房偉等在一場座談會中曾有所論辯，相關記錄已整理成〈日常化、極端化融合的「疾病」敘事和理想化生活的審美探尋——關於「70後」作家東紫的討論〉一文，見《綏化學院學報》30卷4期，2010年8月，頁4。

4　東紫，〈白貓〉，《被複習的愛情》，頁3-4。

5　東紫，〈被複習的愛情〉，《被複習的愛情》，頁75。

6　東紫，〈春茶〉，《被複習的愛情》，頁139。

7　東紫，〈創作談：喝杯綠茶，靜思一下〉，《北京文學・中篇小說月報》，2009年8月，頁25。

8　東紫，〈寫作，祛除生命恐慌的藥〉，《文藝報》第二版，2013年7月22日。

9　岳雯，〈小說家東紫與好人戚慧貞〉，《文藝報》第二版，2013年7月22日。

10　例如張頤武、洪治綱、黃發有等均曾對70年代出生作家群有過專文討論，此處的特質歸納主要見於洪治綱，〈縫隙中的囈語——20世紀70年代出生女作家群的當代都市書寫文藝研究〉，《文藝研究》2006年第1期，頁26-33。

路漫漫其修遠兮：
徐則臣《耶路撒冷》

郝譽翔

北京十月文藝出版社

《耶路撒冷》寫的是中國「70後」一代：從主角初平陽、他的前女友舒袖、朋友易長安、秦福小、楊杰等等，皆是屬於「70後」的一代，而且小說一剛開始，就開宗明義地藉由初平陽為《京華晚報》所撰寫的專欄主題：「我們這一代」，點出了這本小說所在琢磨的正是「三十到四十歲之間的這撥同齡人」，而這不也正是作者徐則臣的年齡嗎？初平陽儼然就是作者自己的化身或投射，不論年紀、從農村到北京求學，爾後在城市定居工作的經歷相近，就連知識分子憂心忡忡自省自求的姿態皆一致，故這本《耶路撒冷》也無異是徐則臣「盯著自己看，看那些是大家共同的問題，看一天到晚我們忙忙叨叨的都是啥，想的是什麼，焦慮的又是什麼。」就像小說主角初平陽為了撰寫「我們這一代」的專欄，而每天被「問題」和「意義」追著跑，彷彿自己已經患上了「高雅的『意義焦慮症』」，《耶路撒冷》也不輕鬆，徐則臣雖只在寫環繞初平陽身邊的一小群「70後」青年，但他卻是要以小寓大，甚至要寫出一則具有象徵深意的、中國當前「70後」世代的寓言。

然而《耶路撒冷》中這一群「70後」的青年群像，卻讓人要不禁想起了魯

迅《徬徨》小說扉頁引自《離騷》的題詞：「路漫漫其修遠兮，吾將上下而求索。」因為「70後」世代青年們所面臨的自我追尋與生命困境，竟然與將近一百年之前的「五四世代」（如果是以學者史華慈Benjamin I. Schwartz的定義，所指的乃是出生於1895-1910年間者），彼此之間何其驚人地相似雷同？他們同樣都是處在一個中國從封閉驟然走向開放的巨變時代，也因此，他們的故鄉都遭受現代潮流的衝擊，而處在快速地崩毀之中，面臨到一種無鄉（或曰是無家）可回的窘境。「70後」的青年們也和「五四世代」一樣，同樣都是被時勢所趨，所以不得不在青年時期就選擇離鄉背井，「走異路，逃異地」，最終成為了一個棲居於陌生城市邊緣的「異鄉人」。

《耶路撒冷》所描述的「70後」的一代，彷彿讓人想起了郁達夫所自稱的：「永遠的旅人」，注定要流浪在外東奔西走，而在小說之中，那一輛貫穿首尾的火車，「穿行在平原的暗夜裡」，讓「所有的鳥都被提前驚飛，蟲子停止鳴叫，夏天才有的蚊蠅也潛伏不動，張大嘴控制的呼吸節奏」（頁2），也彷彿成了這群「永遠的旅人」最生動的隱喻。火車，不也恰恰

正是頻頻出現在五四小說之中的重要背景嗎？於是這一列時代的火車轟隆隆地開著，穿越了將近百年，從二十世紀一直寒光閃閃的駛來到了今天，就在全球化已經四通八達無邊蔓延的網絡之中，所有的人都要身不由己，夢想著非得跳上這一班列車不可，好搭著它「到世界的世界去」（頁23）。

「到世界去」的焦慮，使得《耶路撒冷》中「70後」的一代人成了「永遠的旅人」。主角初平陽一心夢想著要去耶路撒冷，就像他在專欄文章〈到世界去〉這篇文章中所說的：「到世界去。必須到世界去。如果誰家的年輕人整天無所事事地在村頭晃盪，他會看見無數的白眼，家人都得跟著為他羞愧。因為世界早已經動起來，『到世界去』已然成了年輕人生活的常態，最沒用的男人才守著炕沿兒過日子。」（頁29）《耶路撒冷》中的「70後」世代可以說成了一批「生活在他方」的青年，他們永遠在焦慮不安，渴望出走，他們是對現實感到陌生疏離的孤獨者，零餘者，這成了他們生命中最大的動力，卻也成了最大的困局。

然而《耶路撒冷》所揭示出來的這些生命課題，讀來竟是如何的似曾相識，

因為我們早就在「五四世代」如魯迅、郁達夫的小說之中，一次又一次地辯證過，但歷史卻彷彿對人們開了一個巨大玩笑，這些上個世紀百年以前，中國才從傳統乍然要轉入現代之時，所油然孳生出來的種種「吶喊」和「徬徨」，如今輪迴反覆，都還要重新再來過一遍。這也說明了中國轉型成為現代的陣痛期，恐怕遠比我們想像中還要來得漫長許多，如今，這個課題還沒有完，落在「70後」一輩的身上。

在《耶路撒冷》中，徐則臣便極為精準的點出了「70後」一輩的特殊歷史位置，他們處於承先（承50、60後之先）啟後（啟80後之後）的夾縫之中：既是傳統，又是現代；根既在鄉村，卻又長於城市。而這種時代轉折的夾縫困境，與五四相比較之下，雖然是彷彿依稀，但生活在政治、社會和經濟局勢皆要穩定了許多的「70後」，所必須面臨的課題，卻似乎還要更加的細膩複雜、而且艱鉅。對於五四世代而言，現實的一切皆在崩潰瓦解之中，黑暗渾沌，但卻也因此開放出了各種的想像與可能。如今卻是不然，政治與商業的體制已然成型，它是如此的穩固和強大，難以撼動，有如巨大的幽靈怪獸，牢牢吸納走了每一個人的自由意

志，於是在《耶路撒冷》小說中所描述的「70後」一代人的身上，「理想主義」和「物質現實」，便形成了「一半是火焰、一半是海水」的兩難矛盾。

究竟是「走」？還是要「留」？是自由？還是選擇屈服？生存的現實一點一滴消磨掉了個人的意志，也將個人吞噬到集體之中。所以「到世界去」究竟意味著什麼？這個答案變得曖昧而且矛盾。到世界去，究竟是要去追尋和釋放真正的自我呢？還是去找一個機會和縫隙，好鑽入這個社會體制的齒輪之中，以趁機竄上更高的位階，即使粉身碎骨也在所不惜，只因為「世界」就意味著「機會、財富、意味著響噹噹的後半生和孩子的未來」（頁29）？

二十一世紀全球化的「世界」，儼然已被金錢與權力的階級網絡所滲透，所以「到世界去」，首先就是要「到北京去」，也因此，《耶路撒冷》中離開故鄉到北京大學讀書的初平陽，雖然讓人也不禁想起了現代小說中最早的「北漂」：在1922 年從湘西跑到北京，一心想成為一名北大學生的沈從文，然而，北京早已經不再是昔日那座兵荒馬亂的亂都了，新中國後，它已然被構築成為了一則神話，不

僅是大到集合了權力與金錢，甚至小到日常的求學醫療，皆具有它獨特優勢的，一座足以通天的巴別塔。《耶路撒冷》藉由兩類人物：「鳳凰男」和「孔雀女」，來描寫北京與鄉村的對比。「鳳凰男」指的是集全家之力於一身，發憤讀書十年，終於成為山窩裡飛出的金鳳凰，好為一整個家族的蛻變帶來希望的男性，而他們來到北京，渴望通過「孔雀女」：也就是城市女孩的代名詞，得以翻身，好真正蛻變成為一個城市人。

「出身背景」，這個看似是文革中用來鬥爭的老命題，仍然陰魂不散地滲透到「70後」一代人的命運之中，只是這一回，不再是「紅五類」壓倒了「黑五類」，而是「城市」與「鄉村」的截然二分，甚至對立。《耶路撒冷》中透過初平陽的專欄文字如此寫著：「出身很大程度上決定了你的世界觀和倫理觀。」而出身於鄉村的人，是注定無法擁有個人喘息的空間，因為置身在這樣一個綿密的親屬人際網絡之中，「走到哪裡你懷裡都得揣著一大群人、一大片野地，甩都甩不掉」（頁308）。

所以果然有真正的「個人」存在嗎？個人主義乃是五四以來，中國面臨現代時所不能迴避的課題。《耶路撒冷》對此提供了更為深邃曖昧而非一刀兩斷式的答案。故《耶路撒冷》乍看之下，每一章似乎都是由獨立的個人出發：初平陽、舒袖、秦福小、楊杰、易長安……，但仔細探究，便會發現它並非是城市書寫（或曰西方現代小說）中常見的蜂巢式結構，將一些毫不相干的陌生人拼貼連綴在一起，相反的，《耶路撒冷》中的每個人物的故事皆是緊密地相互滲透，甚至連對方的親人朋友，都是彼此命運不可或缺的一環，於是整本小說環環相扣，表面上看似從個人出發，但到了最後，卻是提起了整整一大張扎根於泥土地上的、鄉土的人際（也是人情）之網。

這或許就是中國式的「個人主義」，個人終究離不了整體，而漂泊在城市的無根浮萍，最終也要落回到故鄉的泥地裡，才能找回到了它的根與莖。這也點出了「70後」一代人特殊的生命狀態，他們生於固著在鄉的封閉年代之中，卻成長在改革開放後，人口開始快速流動起來的九○年代，而他們隨著這股移動的人流四處飄浮，茫然，惶恐，失根，不安。於是離鄉與回鄉，不斷在《耶路撒冷》這本小說中的人物身上形成了拉扯，也從而

拉開了一幅遼闊的地理空間。他們一心渴望要「到世界去」，但其實沒有一個人真正走出國界，而是在大陸上東奔西走，南流北漂，足跡幾乎遍及了中國城鄉的各個角落。如此流動的狀態已非後殖民主義中的「家園」（home）和「離散」（diaspora）此一概念可以述說，故理論至此有了重新定義和修正的必要性

我以為，這也正是《耶路撒冷》讀來令人玩味之處。它可以說是罕見地通過小說的方式，呈現中國當代尤其「70後」的集體命運，也對中國從傳統轉向現代化過程之中所產生的困惑與難題，站在二十一世紀的時間點提出種種的觀照和省思。小說的主角初平陽，當與徐則臣的身分和視角最為貼近，但小說中特別將初平陽安排為是中文系出身，後改讀社會科學博士，也依稀暗示了作者不滿當代小說缺乏批判和思考的深度，過分侷限於文學，故往往不是流於呢喃抒情，就是拘泥在庸俗的故事寫實。如此一來，《耶路撒冷》當然也不只意在說一群「70後」青年曲折離奇的故事而已，他們宛如一則則的隱喻或寓言；而自從五四現代小說發展以來，便反覆叩問幾個核心主題：城市與鄉村，傳統與西方，中國與世界，乃至個

人與集體等等，也在這本小說中得到了變奏與再現，而這使得《耶路撒冷》置諸現代小說史上，生出了更為豐富的對話空間與潛能。

最後，我們還是必得要問一個問題，為什麼是「耶路撒冷」呢？「耶路撒冷」究竟代表了什麼？在小說中和「耶路撒冷」相對應的空間，便是主角們大都希望可以買下的「大和堂」，一座故鄉運河旁的老宅。如果說「大和堂」是小說中這群人物生命萌芽的根，旅程的最初起點的話，那麼，「耶路撒冷」則無異於是他們生命最終的依歸。這「耶路撒冷」恐怕不在任何一個地理的時空座標之上，而是在流動的人心之內，它是秦奶奶和天賜所代表的鮮血、原罪與救贖之地，是重生的契機，是「懺悔、贖罪、感恩和反思的能力」（頁247），也是「信仰、精神的出路和人之初的安心。」我們還在尋找「耶路撒冷」，並且謹記於心片刻不忘，因為長路漫漫，仍有待吾上下而求索。

【郝譽翔，台北教育大學語文與創作學系教授】

台灣看大陸 ▬▬▬▬▬▬

徐則臣京漂小說的人文精神與身分意識

徐秀慧

重慶出版社

我對大陸當代小說的閱讀僅止於先鋒、新寫實之前,對於九〇後逐漸嶄露頭角的70後作家知之甚少。這也相對說明當代作家籠罩在新時期文學的光環底下,70後作家出道之艱難。這次受作協的邀稿,隨機地選了徐則臣的《跑步穿過中關村》(重慶出版社,2009),花了兩天,一口氣讀完,說明他的小說可讀性很高,我猜在大陸應該也有很多讀者。

《跑步穿過中關村》中篇小說集裡漂浪的小人物,頗符合我對北京街頭小人物的印象,無論是情節發展、人物對話、性格與命運,都以非常直白的口語化風格,描寫從土崩瓦解的農村、小城鎮來到北京,連暫住證都沒有的黑戶,即所謂的「京漂」。就這個題材而言,我認為這是徐則臣作為70後的作家非常務實的選擇,在大陸評論界也頗受好評。在這篇小

文裡，我想談談徐則臣「京漂」系列小說中對人文精神的一點堅持；以及作為一個對於城鄉發展相當敏感的作家，他自認為是這些「京漂」的一份子，寫「京漂」就像是在寫自己一樣，這樣的身分意識蘊含了令人玩味的一種務實的處世哲學。

仔細閱讀收錄在《跑步穿過中關村》三篇小說中的「京漂」，並不僅僅是從城鎮來到北京碰機遇的、一般世俗化的服務員或計程車師傅。他們大多是受過高等教育，至少是中等教育的有文化的「京漂」。他們在北京謀生的方式也得憑藉著一點現代知識或文化素養，如〈西夏〉中開書店的王一丁，〈啊，北京〉中還在苦熬等待出頭的小說家「我」、攻讀法律博士的孟一明，〈跑步穿過中關村〉中也有一些考研、攻讀博士學位的配角。除此之外，小說中藉以表現「京漂」的象徵人物，主要是那些為了留在北京，不得不鋌而走險地賣盜版光碟者，如夏小蓉，或是兜售造假證件的流動人口，如邊紅旗、敦煌等。其中又以最常被提到〈啊，北京〉中的邊紅旗最具代表性，可以涵蓋徐則臣

這一系列北京小說的社會意義。

人長得帥氣的邊紅旗，原本在蘇北小鎮算是塊招牌，是個頗具口碑的傑出中學教師。他有個賢慧的妻子在小學教美術，生活本來可以恬靜美好地過下去。直到地方財政拮据，拿學校教師開刀，每月工資減半，邊紅旗在小鎮上僅有一點的成就感被取消了，偶爾詩興大發寫寫詩的樂趣也消逝得無影無蹤。小鎮上腦筋活絡點的年輕人都到外面的大好世界去闖蕩了，繼續留在鎮上是毫無出路的。邊紅旗也在2001年帶著一本詩集和老婆堅持讓帶的一套中學語文課本進了北京城。邊紅旗一到北京就愛上了北京，覺得自己站在北京的天橋上就像站在世界的屋脊。但是他想找工作餬口，卻因為沒有暫住證屢屢碰壁，不得已只好放下身段，與投靠的親戚一起蹬三輪車，但是親戚卻受不了這樣出賣勞力的低賤生活，返鄉了。邊紅旗對此卻絲毫不以為意。有一次，因大意闖了紅燈，沒有牌照的三輪車也被員警沒收了。熟悉現代文學的讀者，大概都會聯想到老舍的〈駱駝祥子〉。但是接受過現代文化

知識洗禮的邊紅旗比駱駝祥子更幸運的是，他生活的北京成為大國崛起的中國首都，他也比祥子更機靈、更懂得人情世道。只是在走投無路的情況下，也只好下海兜售造假證件的非法生涯。蹬三輪車出賣勞力，得要克服貶低自己的心理障礙，邊紅旗當時為能夠自食其力地留在北京感到愜意，三不五時還跑去北大聽聽久聞其名的學術大師的講座。但是，兜售假證的非法暴利，則必須突破道德防線，邊紅旗原本還矜持著「犯法的事，我不會」，在小唐一句：「吹牛又不犯罪」的慫恿下，「好像感覺不到在犯法」地上了小唐的賊船了。

在徐則臣的筆下，顯然無意苛責這些「非法的」城市邊緣者的**道德感**低下，甚至還賦予他們在**人格上**的勝出，他們關於這世界的公平正義自有一套準則，對於人情道義有時還挺堅持。敘述者「我」，為了節省房租，讓邊紅旗搬進小樓時，也認為邊紅旗在詩人朗誦大會義正嚴詞地朗誦反對美國出兵伊拉克的反戰詩，「人的確不錯，沒事還寫詩」，並藉此說服了在攻讀法律博士的室友孟一明、沙袖小倆口接納了邊紅旗。邊紅旗只要大發利市，就會請室友們吃吃水煮魚、打打牙祭，因為他的錢來得容易。在這種情義相挺的互惠原則下，這些小知識份子連帶地也很快地接受了邊紅旗婚外戀的對象沈丹。在大國崛起的北京城，人情道義已經不是傳統社會的封建道德，而是一套與時俱進的、非常務實、精打細算的人情道義。

小說的情節也非常簡單，圍繞著交代邊紅旗怎麼與原來房東的女兒沈丹發生戀情，以及沈丹來自父母的壓力，逼著邊紅旗離婚而進行的。邊紅旗找不到理由與賢淑得沒話說的邊嫂離婚，採取拖延戰術。在北京SARS疫情蔓延的期間，迫於沈丹的施壓，邊紅旗由小唐陪著，兩人騎著單車橫過千里就為了返鄉離婚。但一見賢淑的邊嫂，邊紅旗始終開不了口。但是邊紅旗卻目睹小唐與邊嫂親熱而爆發衝突，砍斷了小唐的兩根指頭。小唐的理由是因為邊嫂打聽沈丹的事情，為了安慰邊嫂而情不自禁，並希望藉此能幫邊紅旗達成離婚的目的。我在看這一段情節的時

候，總覺得像是鬧劇。並且納悶著徐則臣在處理邊紅旗的情愛糾葛時，完全缺乏人物內心意識的描寫，而純粹以事件或是與敘述者「我」的對話，來交代他的心理發展。這自然是因為小說採取的是第三人稱的有限敘事觀點，由旁觀的敘述者「我」根據事後的發展來敘述這整件事的。

但是刻意不寫人物內心世界的分析，幾乎是徐則臣北京系列小說共通的特點。譬如〈西夏〉中敘事觀點採取的是主人公王一丁的第一人稱敘事，他在面對自己與啞巴西夏日久生情，卻又對來路不明的西夏感到恐懼時，徐則臣也很少進入人物的內心世界處理情感的糾葛。有一次兩人出遊時，王一丁臨時起意將西夏留在開往南京的列車上，在火車開動前跳下車，此一情節就是個很好的例子。顯然，這是作者繞開西方現代主義以來盛行的意識敘述，刻意採取的一種敘述策略。但這對於很習慣在小說中清晰明朗的接受作者交代人物內心意識的讀者來說，這自然也包括我，總是有點不太習慣。於是我花很長的時間去思考徐則臣為什麼要採取這樣的敘事策略？我刻意到網上去看他的鄉土小說〈花街〉，發現徐則臣描寫鄉土風俗時，一樣是個說故事的能手，但同樣刻意以事件和對話來呈現人物內心的衝突。後來我終於想通，這樣的敘事策略顯然與作者的世界觀是相應的。

我在看完這一系列的北京故事時，總覺得很疑惑，徐則臣並沒有很明確的交代這些「京漂」離鄉背井，冒著被捕被拷打被罰款，完全喪失做人的尊嚴，仍執拗留在北京的理由？我想如果僅僅是為了逮到一個機會就可以在北京發達似乎不能說明這種執念。小說中當然也不乏受不了這種煎熬，想要歸返溫暖家鄉懷抱的小人物，例如邊紅旗的老鄉，或是〈跑步穿過中關村〉中自認為存夠了老本的夏小容，想要與戀人礦山一起返鄉結婚生子，礦山卻還想再大撈一票而無法如願。這些明知犯法的「京漂」在小說中，最終當然都沒有好下場。邊紅旗愛的是邊嫂，與沈丹的愛戀，純粹為了慰藉在北京的寂寞生活，同時如果和沈丹結婚落戶，還可以成全他的北京夢。邊紅旗出事被捕後，沈丹與他

建立在性基礎上的愛情也走到了終點，最終還是得靠邊嫂連夜從鄉下進城來保他，他終究無法在北京繼續「漂浪」下去。邊嫂的夫妻倫常情義終結了他的北京夢。徐則臣藉此暗示著，北京夢的誘惑，就像露水姻緣一樣，一但夢醒，春夢了無痕。因此徐則臣的「京漂」小說背後聯繫的還是他頗具理想性的中國鄉土意識。

徐則臣曾經說過：好小說是「形式上回歸古典，意蘊上趨於現代」。所以他在採取現實主義的手法描寫這些現代性社會發展下，從城鎮小知識份子淪落到城市底層的小人物時，或是另一系列描寫鄉鎮的風俗故事時，總是刻意跳過新時期面向西方、面向世界的藝術手法，而回歸到五四以來的寫實主義的路數。換言之，我認為作者說故事的藝術形式，頗有意識地企圖想要描繪出有中國特色的現代性社會發展的小人物眾生相。只是當作者發現封建道德意識早已不是束縛眾生存在的尺規時，當個人意識抬頭，家庭倫常也無法羈絆現代人的情欲自由時，現代性的身體誘惑與物質欲望卻如猛獸一般吞噬人的靈魂。徐則臣讓他筆下的小人物，沉淪在肉欲與金錢的茫茫大海中，藉此批判靠法律維持的現代社會體制的國家機器的冷漠、以及執法人員的貪贓枉法。與徐則臣的「京漂」小說相對的，還是那個情義兼具的鄉土社會。

說到這裡，沈從文城、鄉對立的小說世界觀悠然浮現，徐則臣當然也知道沈從文寄託的那個情義鄉土烏托邦，在發展主義掛帥的現代消費社會已經回不去了。所以他並沒有像沈從文那樣刻意去美化鄉土烏托邦的情義世界。小說中最有意思的是，當一群小知識份子說不出北京到底哪裡好時，邊嫂第一次到北京探親，邊紅旗帶她到西單逛街，她完全沒興趣，她最想看的就是幼稚園開始被教唱的「我愛北京天安門」，所以她想要看心目中真正的北京：天安門！當見到天安門沒有她想像中的高大雄偉時，「她哭得很認真，很傷心！她畫了這麼多年的天安門，原來是這樣的」。邊嫂在邊紅旗宿舍撞見沈丹，對著沈丹宣示完她元配的主權之後，毅然地回到蘇北鄉下繼續當她的小學美術老師。

我認為從來不認為北京有什麼好的邊嫂，其實才是牽繫著〈啊，北京〉這篇小說的靈魂人物，徐則臣在這裡透露了他的身分意識，他認同的還是那個務實的安於城鎮的理想生活，如果城鎮不是那麼沒有出路、令人絕望的話。

小說令我感到最有趣的是，邊紅旗的北京夢除了無法抵擋性愛與金錢的誘惑外，其實也寄託了徐則臣的人文關懷在其中。小說開場邊紅旗的反戰詩，與小說結尾邊紅旗內咎於砍了小唐的兩根斷指，一肩扛起賣假證的罪責。相對於依賴空有其表的律法制度維持的國家體制，邊紅旗具有著反對美帝、維護世界正義的人文理想，對於墮入與北京城裡貪贓枉法的執法人員相對立的黑道兄弟也更有情有義。也是在這種對比之下，徐則臣在邊紅旗身上寄託了那麼點人文精神，並且在詩人朗誦會上大大諷刺了那些言不及義、念著讓人聽不懂內容的詩人，也大大調侃了那些勇於自我表現、就自以為是詩人的群眾。只是在金錢萬能的城市法則底下，無論是邊紅旗，或者是想要寫出非消費市場取向的

小說的敘述者「我」，他們的人文精神或是對情義的堅持，都顯得有些阮囊羞澀，顯得有些癡人說夢，徐則臣在描繪他們的形象時都不及邊嫂形象顯得自信而安穩。

我想回過頭談談我的北京經驗。作為一個在台灣的國民黨政府戒嚴體制教育底下成長起來的世代，我第一次來到北京，是1998年初冬跟隨呂正惠老師參加了作協舉辦的黃春明研討會，因為我的碩士論文研究的就是台灣鄉土文學的經典作家黃春明。印象中，那是個到處都是工地的北京，除了開會，我讓呂老師領著到西單的圖書大廈逛了一圈之外，哪裡也沒去，但是八層樓的圖書大廈，每一樓到處都擠滿了買書、看書的人。我想有著能把八層樓的圖書大廈擠滿了看書的人的北京讀書市場，要實現能夠抵抗消費社會的人文精神，應該是有希望的吧？！我總認為人口過度集中卻不適合人居的大都會，應該是歷史的過渡。希望把邊紅旗領回鄉的邊嫂理想中的城鎮生活，不會是另一個遙不可及的夢。

【徐秀慧，彰化師範大學國文系副教授】

台灣看大陸

徐則臣《古斯特城堡》中的
鄉土與城市

蘇敏逸

新星出版社

徐則臣（1978－　）在2012年九月出版短篇小說集《古斯特城堡》，這部小說集收錄作者自2002年至2011年近十年來創作的十八篇短篇小說。對應到作家的年齡，大約是二十四至三十三歲，大學、研究所畢業至初入社會工作，進入並適應現代城市社會運作機制的這段時期。整體來說，這部小說集內容頗為豐富多元，包括取材自故鄉江蘇省東海縣的小鎮，描繪花街與運河人情風俗的作品（如〈鏡子與刀〉、〈梅雨〉、〈失聲〉、〈憶秦娥〉等），描寫現代化進程中的城鄉差異、人性心理與社會亂象等問題（如〈暗地〉、〈露天電影〉、〈先生，要人力三輪嗎？〉、〈夜歸〉、〈河盜〉、〈九年〉等）、反思現代城市生活造成人類精神的虛無與病態（如〈這些年我一直在路上〉、〈下一個是你〉等），因男女關係的糾結而造成的驚悚復仇故事（如〈露天電影〉、〈我們的老海〉等）。此外還有將《世說新語》中王子猷故事予以後設性改寫的〈雪夜訪戴〉，以及取材自作家擔任美國大學駐校作家時期的美國生活經驗

的〈古斯特城堡〉等。從這些作品可以看到徐則臣具備素樸但生動的說故事能力，以及靈活的文字技藝。

如果把這十八篇作品合觀，除了少數與中國現代生活較無直接關係的〈古斯特城堡〉、〈雪夜訪戴〉和〈古代的夜晚〉，其餘的作品可以說圍繞著徐則臣從蘇北運河沿岸的小鎮到大城市的成長經歷中，面對快速變化的社會現實的觀察和反思。在這些故事中，可以大致將徐則臣的書寫分成三類：其一，他對童年故鄉的花街與運河風情懷抱著追憶的抒情；其二，他描寫中國現代化大潮對鄉土與城市所造成的巨變，資本主義的生產消費行為如何吸引著鄉村人口進城，又如何從城市蔓延到鄉村，改變鄉土的地貌與人心；其三，他對現代城市生活的喧鬧、漂浮和虛無充滿憂慮，對現代生活所造成的人心變異多所著墨。這三類作品看似不同，實則緊緊相依，展現作家對於中國經濟高速發展所造成的社會現實問題的憂慮，並希冀透過書寫安頓個人騷亂的心。

如同出身江蘇高郵的汪曾祺說他筆下的故鄉總是充滿了水，徐則臣諸多作品也圍繞在蘇北運河與運河沿岸的一條花街，這是徐則臣筆下的鄉土。這些取材自過往的故事總是以徐緩沉靜的筆調追憶，渲染著淡淡的憂傷與滄桑。下面這段取自〈失聲〉中從二樓上眺望的寫景文字，把花街與運河寧靜悠遠的風情盡收眼底：

　　向前看是一片大水，幾十年前曾經繁華過，據說是南北的交通要道。現在不行了，只是一條老得不能再起多大風浪的運河。水面上陰暗，黑夜從水裡緩慢地升起來，遙遠處的幾盞漂移的小燈更覺得水上傍晚的空曠。河對岸是繁盛的槐樹，現在已經成了連綿的黑影，像看不斷的山。向後看才是花街，整個一條街盡收眼底。我更喜歡看這邊，青磚灰瓦的一個個小院子，房屋清瘦高拔但謙恭，簷角努力地飛起來。院子裡種植著一棵老樹，遮住大半個院子的蔭涼，然後是門樓，也是瘦高的，都是上了年紀的古董。院門也是，兩扇對開，掛

著幾十年前的鎖。人從堂屋裡出來，嗓門兒卻很大，孩子喊爹娘，父母找兒女，叫上一聲一條街都聽得見。店鋪都對著街開，那些尚未打烊的鋪子裡的燈光斷斷續續地照亮了一條街。雜貨店。裁縫店。豆腐店。米店。壽衣店。燒餅店。餛飩店。每家的燈光照亮門前的一塊青石板。白天潑下的水還沒乾，加上傍晚上升的水氣和苔蘚，石板路上一段幽暗，一段清涼，斑斑駁駁地到了花街的盡頭。（頁148）

所謂的花街顧名思義，就是妓女戶。外地的女人來此營生，排遣石碼頭往來商旅的寂寞。徐則臣對於南方運河小鎮花街的描寫，讓人聯想到蘇童筆下的香椿樹街，然而與蘇童衰敗頹廢的香椿樹街不同，徐則臣的花街更具有古典的意蘊：花街女人的情感是含蓄而矜持的，她們白日也和花街上的百姓一樣過著平常的生活，只在夜幕降臨時悄然而卑微地在門樓下掛上做生意的紅燈籠，而不像城裡新興的洗頭房裡的小姐一樣出門招攬客人。對花街

女人的描寫暗示著徐則臣對於喧鬧的現代商業模式的排斥。

在古典抒情的筆調控制之下，由花街開展出來的故事，多半描寫小鎮小人物粗樸而真實的情感，也不乏對卑微命運的同情理解。〈鏡子與刀〉中，小說透過鏡子與刀在陽光下反射出光圈的遊戲與交流，聯繫了花街與運河兩個男孩純粹的友誼。〈梅雨〉中的花街瀰漫在梅雨季節的水霧中，道出主人公十四歲那年的青春記憶與憂傷，他對來到花街，總是帶著玉蘭花香的妓女高棉懷抱著純情少年初萌的情愫，而伴隨著雙親的不斷爭吵和高棉在雨季結束前謎樣的吞藥自殺，洩漏父親與高棉之間似有若無的曖昧關係。〈失聲〉描寫花街上一對恩愛夫妻馮大力和姚丹多舛的命運，馮大力的單純魯莽，姚丹的堅強自尊，都因兩人的摯情而更添悲傷的色調，是讀來讓人動容的作品。〈憶秦娥〉則描寫七奶奶與汝方在人倫壓力下長達七十年無法訴說也無法實現，隱忍而內斂的愛情。在徐則臣筆下，故鄉的花街運河因追憶的情緒和筆觸而成為「過往」的象

徵，這類作品如浮世繪般寧靜詩意，時間在此宛如河水平靜緩慢地流動，徐則臣據此安頓被現代化的淘天巨浪震盪得無所歸依的心靈。

相較於花街故事的徐緩抒情，徐則臣書寫時代變遷與城鄉差異的作品具有更強的現實感和反省力，文字更為警醒，小說所呈現的世界也複雜而騷亂。作者多從生活中的一個小經驗或小人物入手，開展對中國現代化進程中諸多問題的觀察和思考。例如寫作時間較早的〈先生，要人力三輪嗎〉思考一個古樸而典雅的小縣城（淮陰）中人力三輪車的問題，小說中出租車與人力三輪的並存便展示了傳統與現代的過渡與接合：人力三輪逐漸被出租車所取代，但在資本主義「販賣傳統文化」的思維中，卻也可以搖身一變成為「發思古之幽情」的觀光產業。小說更藉由一連串人力車夫的故事，展現敘述者「我」對人力三輪複雜的態度，包括「我」在內的許多人都曾遭受人力車夫訛詐，小則受氣、誤事，大則可能有性命之憂，這類人力車夫在傳統的流氓習氣裡混雜了資本主義商業行為中哄騙欺詐的圖利伎倆，讓人深嘆民風不古，但是另一方面，仍有些車夫極其正派、老實、自尊，其中不乏老邁者和婦女，讓「我」報以強烈的同情：「我知道生活不是一件容易的事，但我無法做到不思不想地坐到三輪車上，眼睜睜地看著一個人為了我而全力以赴向前衝。」（頁107）「我」因不忍而寧選出租車，但這樣的態度卻遭到一個學生的反駁，她的父親因為被裁員而成為人力車夫，她以為「一個真正同情和愛惜人力車夫的人，絕不應該逃避，而應該面對現實，認識到你坐上了他的車其實是在幫他，他即使汗流浹背也會高興，因為他在憑自己的力氣生活，並且掙到了他需要的錢，……」（頁108）小說從不同角度和立場思考時代變遷中的人力車夫問題，展示現代社會現象的複雜，也展現作家嚴肅的態度和對勞動者的同情。

儘管徐則臣寫出了寧靜詩意的花街故事，但在有關現代化發展進程的小說中，徐則臣筆下的鄉土與城市並非二元對立的世界，而是相互依存、影響又流動的

動態世界，同時也不可避免地捲入經濟發展與消費文化的浪潮中。〈暗地〉和〈河盜〉可以看做是一組對照。在〈暗地〉中，徐則臣把焦點放到北京城市邊緣「賣假證」的人身上，作者並不處理假證氾濫所造成的社會問題，而是藉由「假證製造者」的生命與心理狀態開展中國社會的城鄉問題：城市儼然成為鄉村人民生命困頓的出口。不論是逃避鄉村的貧窮，逃避難堪的家庭和婚姻，或是逃避倫理感情的重擔，「往城市去」似乎成為最好的選擇。而進入城市的非法職業者，心機算計便是如何成為真正的城裡人。在這些人物身上可以同時看到世故與本真、算計與單純，而驅使他們行動的便是生命發展的本能和欲望，他們是繁華的北京城中具有濃厚鄉土氣息的小人物。〈暗地〉寫的是鄉下人進入城市之後的生命處境，〈河盜〉寫的則是現代化運作機制進入小鎮後，老百姓生活方式與心理狀態的改變。〈河盜〉描寫時代變遷中的故鄉運河，小說中的李木石是天生吃水飯的水上高手，儘管他的父親認為吃水飯難發大財沒出息，但

他憑著靈敏的水上直覺，成為最年輕的船老大。在一次忘我的豪賭中，李木石疏忽了河盜的偷襲，不但家財盡失，連船也毀了，李木石因此淪為河盜。但他作為河盜並不暴力相向強行搶劫，而是不慢不緊地跟著船隻，一聲不吭，等著對方受不了沉默的威脅而主動進貢，遇到認識的人或是心情好時，他只當打招呼，並不為難。當政府要「整頓市容，加速城市化進程」時，因為沒有適當的理由整肅李木石，於是派李木石擔任運河上新建的水上遊樂園的管理者和救生員。從河盜水賊變成吃公家飯的「上班人」，李木石的翻身羨煞花街上的所有人，但從衣著規範到管理辦法等種種現代商業規矩，憋壞了在水上自由自在的李木石。最後李木石為自己找到了「折衷」的辦法：他說服領導讓他在運河賣貨，把樂園的小賣部開到運河上，增加運河樂園的收益。運河的觀光化對李木石來說既有收益，也是束縛，但在兩難之間，李木石的折衷辦法也已然匯入「觀光」、「開發」、「向錢看」的這條不可逆的大潮。

除了描寫鄉土人物捲入時代浪潮的命運，徐則臣也書寫知識份子面對城鄉差異與時代變遷的心情。小說〈九年〉中的大學生「我」在離鄉九年之後重回故鄉，發現故鄉的一切都在頹敗之中。當年的文化館圖書室如今成為夜夜笙歌的舞廳，現代化的消費娛樂已然佔領了這座小鎮，當年的惡霸蕭城當上了派出所所長，更加為所欲為，嫉惡如仇的好兄弟于小東因當年的事故殘廢後，很諷刺地成為蕭城面前卑躬屈膝的伺候者，棟梁娶了被蕭城欺負又拋棄的于小滿，靠著開修理舖維持生活，于小滿為命運所磨，不復當年的青春美麗。現實的一切完全倒錯，面對難以接受的現實，小說結束在敘述者「我」打算騎摩托車衝撞蕭城的憤激中。小說既由「我」和當年的好兄弟的現實處境開展城鄉不同的生命機運，也由故鄉的現狀表達對現實發展的不滿，小說結尾敘述者「我」的衝動行為也許魯莽，但卻也是純粹而樸實的正義感的展現，比軟弱地逃避和離鄉更具有生命的激情。而在〈夜歸〉中，徐則臣似乎指出「回歸故鄉」的心

願。小說描寫主人公「他」帶著城裡長大的妻子和年幼的孩子在大年夜的晚上回到久違的故鄉，鄰居兒子天北開車陪著父親來車站接人。回程途中，車子拋錨，父親跑回家趕來一台牛車，把拋錨的汽車和兒子一家拉回家。小說描寫鄉村的改變：機器取代了耕牛，全村只剩下三頭牛；樓房與商城拔地而起，從前就讀的老二中大門變成商場閃爍的霓虹燈，天北口裡盡是小縣城各地的房價。在深夜牛車慢悠悠地行進中，並肩而坐的父子有了最溫暖的交心與和解：當年「他」的成績優異，本來有機會跨區報考鎮上的中學，卻因為父親忙於農事而耽誤了繳交報名表的時間，於是他只能讀村裡的聯中。村裡的師資不如鎮上，即使他是聯中第一名畢業，也只能考上縣二中，最後考取的大學距離他自己的理想還有一段距離。父親因為對兒子感到愧疚而以為兒子一直記恨著他，但已然長大懂事的兒子對父親說：「我感謝二中還來不及呢，在二中我才知道跟別人的差距在哪裡。」（頁210）在漫天大雪裡，在新年來臨的鞭炮聲中，全家的團圓讓小說滿

溢著親情的溫暖和歸鄉的幸福。從〈九
年〉到〈歸鄉〉，可以看到徐則臣在現代
化的浪潮中轉身面向故鄉，古典而素樸的
靈魂。

在面向故鄉的同時，徐則臣也著力
於描寫現代城市機械化般的生活造成的人
性變異，〈這些年我一直在路上〉是其中
的佳作。小說以「旅行」象徵現代人靈魂
無著的漂浮感，以「我」和妻子、「我」
和旅行中偶遇的女人兩組對照來呈現現代
人的孤獨與隔膜。敘述者「我」因喜歡安
靜，不願意出門旅行而引起喜歡熱鬧，總
是不斷在安排旅行的妻子的強烈不滿，兩
人因此離婚。根據妻子的邏輯：「在一
個後現代的大城市，安靜地生活就是犯
法。」（頁171）充分展現現代人的生命狀
態：藉由不斷地喧鬧、變動和刺激來擺脫
生活的無聊乏味，來填補靈魂的空洞荒
蕪。離婚之後，「我」也開始了旅行的生
活，「一直在路上」成為「我」的生命狀
態。但與妻子的旅行是尋求熱鬧和變動相
較，「我」的旅行具有不同的意義：「過
去認為只有深居簡出才能躲避喧囂；現在

發現，離原來的生活越遠內心就越安寧，
城市、人流、噪音、情感糾葛、玻璃反光
和大氣污染等等所有莫名其妙的東西，都
像盔甲一樣隨著火車遠去一片片剝落，走
的越遠身心越輕。」（頁180）妻子想藉由
旅行尋求刺激，「我」想藉由旅行尋找安
靜，兩人看似截然不同，事實上都是對牢
籠般的現代城市生活的反抗或躲避，但兩
人卻無法相互理解，共同生活。另一方
面，「我」在離婚之後的一次旅行中偶遇
一個深情的女人，她的丈夫因為替貪污的
局長背黑鍋而入獄，於是她每個月坐長途
火車來到丈夫被關押的監獄，希望見到她
的丈夫。「我」因為女人的溫柔深情而對
她產生好感，心裡一直惦記著她。多年之
後，「我」與女人再次相遇，女人的丈夫
因為幫局長躲過牢獄之災，在出獄後由司
機拔擢為副主任，然而優渥享樂的生活卻
讓原本相愛的夫妻漸行漸遠，各自沉淪於
物欲和情欲之中，主人公面對容貌和靈魂
都已改變的女人，感到生命的荒涼寂寞。
小說結尾，女人在「我」的面前寬衣解
帶，完全不肯相信「我」只是出於單純的

人情,只是想「順道看看你」。小說透過「我」與妻子、女人的對照,呈現現代城市生活的欲望與腐敗,以及生命處境的疏離與孤獨。

類似的作品還有〈下一個是你〉,小說藉由年屆退休的老羅從跟蹤扒手到走上偷盜之路,以尋求生活的刺激,來書寫現代生活的無聊乏味。這類作品把現代城市生活的無聊感和漂浮感發揮得淋漓盡致。人們前仆後繼地從鄉村進入城市,追尋現代城市的財富、繁華與便利,最後卻被城市生活的貧乏與無聊圍困,成為漂浮在城市裡,不斷在刺激與厭倦中輪迴的幽靈。與此對照,這也許是徐則臣筆下的花街故事那麼富有獨特風致和人情的原因。

《古斯特城堡》這部小說集雖以〈古斯特城堡〉這個短篇為題,但紀錄美國生活的〈古斯特城堡〉恰恰是比較不被我看重的作品,我不知道以這部小說為題是作者的想法?還是出版社的意思?我所看重的,也是徐則臣這部小說集中最重要的主題,是圍繞在中國現代化進程中的各種社會觀察和思考,並對中國經濟高速發展所帶來的社會現象與問題保持高度的警醒。儘管作家對複雜的社會現實問題未必有答案和定論,但他勤於觀察和思考,沒有因為問題的艱難而選擇忽略或逃避;同時,他仍相信人性中純粹而美好的感情,並對生命與社會懷抱同情、熱情與正義感。我想這些都是作為一個嚴肅的小說家所應具備的特質。

徐則臣的小說多從小人物入手,描寫小人物如何身不由己地被捲入時代巨浪,在波濤洶湧中載浮載沈,以及小人物在此間的種種反應。對於小人物的鍾情,也許正顯示作者自況:在騷亂劇變的年代,每個人都是卑微的小人物,沒有人能穩穩地掌握生命之舵,書寫小人物的生命狀態因此成為自我生命的安頓。但作為一個作家,徐則臣還很年輕,還有很大的發展空間,我期待他能從小人物出發,從自我生命的安頓出發,持續關心和思考中國社會現實的種種問題,寫出更深刻、更複雜、更成熟,更能反映中國現代社會整體結構性問題的作品。

【蘇敏逸,成功大學中文系副教授】

當兩個魯蛇同在一起
——田耳的欲望之翼

彭明偉

作家出版社

田耳小說有鮮明的通俗色彩，這並不是壞事，我認為通俗反倒是當代作家該走的廣闊道路。他的作品能夠通俗而不下流，能從平凡的題材觀照人生，提煉出一些嚴肅的人生哲理。縱觀他的作品，描寫知識分子、作家、藝術家不如市井小人物來的多，少了都市文學的小資文藝腔，小說裡的生活氣味格外濃厚，有時甚至能讓人嗅到一點江湖氣和草莽味，這種風格在70後這一代小說家裡頭並不多見。

一、魯蛇與成功人士

田耳小說講述著一系列「魯蛇」（即英文「loser」，這一兩年不少台灣的年輕人常自輕自賤為「魯蛇」）的故事，什麼是成功？什麼是人生應該奮力追求的？短篇〈衣缽〉可能是田耳寫過唯一例外的成功的故事，男主人公李可自大學畢業後放棄往大城市發展的前途，決心返鄉接下老父親的衣缽當道士，儘管不免有所掙扎，最後他仍通過考驗獲得老鄉們認可而成為繼任的道士。李可的回歸傳統在故事結尾看來是大獲全勝，但也付出了沉重的代價：李可與其出身城市的同班女友在謀生的現實道路上走上歧途，兩人只能選擇分離。這件事在故事開頭不過是一個無關輕重的過場，田耳輕描淡寫，幾乎不想碰觸當前中國城鄉之間發展的巨大落差，但農村與小城的落差、縣城與省城、京城

上海文藝出版社　　　　作家出版社　　　　　廣西師範大學出版社　　湖南文藝出版社

的落差又是那麼殘酷地存在，當前對成功的定義是能在大城裡立足闖蕩，像李可這樣出身農村的大學生若能漂到京上廣，也可謂是光耀門楣，足以讓鄉親們稱羨的成功人士了。

　　出身湘西鳳凰的田耳儘管不刻意突出城鄉差距，不像他的鄉賢沈從文那樣將城鄉極端二元對立起來，但城鄉的巨大落差是當前中國社會的現實，也成為田耳故事不需要特別交代的前提與時代背景。正如魯迅偏愛講述魯鎮的故事，田耳的小說人物經常是在佴城這座虛構小縣城裡生息，除了少不了一些自傳性的色彩，田耳還偏愛以小城裡的「魯蛇」為主要描寫對象。有些評論者將田耳的小說人物歸為「底層」人物，田耳的確同情不幸的小人

物，不過在他的故事裡階級意識並不濃厚，以往階級矛盾鬥爭的敘述已經煙消雲散了，田耳這一代作家幾乎不再以階級立場看待人、角色也不再容易善惡分明地清楚劃分。田耳筆下的「魯蛇」的階級出身和職業複雜多了，有大學生、有教師，也有警察、盜匪和娼妓，他們全是被圍困在多雨陰鬱的小城裡，生活中的挫敗感如陰雨天籠罩在人物心頭。這些小城人物活得異常疲憊，他們未嘗沒想過要振作，但又找不到一條明確的出路，於是陷入進退兩難的困境之中。短篇〈氮肥廠〉裡殘疾人老蘇與寡婦洪照玉的相濡以沫是一個例子，獲獎中篇〈一個人張燈結彩〉裡的啞巴小于和盜匪鋼渣的相濡以沫也是，在這篇故事結尾警察老黃破案後並沒有功成的

歡欣輕鬆，反而感到未曾有過的衰老疲憊。田耳描寫：

　　這個冬夜，老黃身體內突然躥過一陣衰老疲憊之感。他在冷風中用力抽著煙，火頭燃得飛快。此時此刻，老黃開始對這件案子失去信心。像他這樣經常的老員警，很少有這麼灰心的時候。他往不遠處亮著燈籠的屋子看了一陣，之後眼光向上攀爬，戳向天空。

　　老黃的疲憊不僅為了劉副局長被殺的案子，更為小于一個人在大年夜張燈結綵等候情人鋼渣到來的痴心。老黃心底明瞭小于的痴心終究是枉然的，而且情人是殺害自己兄長的兇手這事實對於小于來說更是荒謬殘酷。看著小于家的燈光，老黃感到茫然，他即便破了案但也無從化解這個困局，人生總有無言以對的時刻，在田耳故事裡卻特別多。

二、相濡以沫亦可哀

　　李敬澤先生評論田耳小說時曾有個提問：小說在祛魅後的現代如何重獲魅力？他形容田耳像如李可一樣是個法力高強的道士，肯定人身上的神性，並樂於化身各種人物代言講述混亂世界中的奇蹟：人性的光輝。面對田耳創作個性尚未定型明朗的作品，我的解釋較為形而下，我發覺田耳小說偏愛兩類故事題材，一類是偵探故事，另一類是愛情故事，這兩類故事題材都能夠吸引讀者的目光，常見於一般通俗文學作品，既能滿足讀者的好奇心，也滿足讀者對愛情的渴望。例如，上面提過的〈氮肥廠〉和〈一個人張燈結彩〉兩篇恰恰都同時包含這兩類題材，將愛情與偵探兩條線索相互穿插交織。

　　田耳的偵探故事除了描寫在兇手尚未揭露、殺人動機未明之前警察辦案的理性因果關係的推演，較為獨特的是刻意穿插一些偶然性事件，藉此對因果必然性嘲諷一番。田耳似乎特別愛好警察與罪犯的故事，他另外兩個中篇〈重疊影像〉和〈風的琴〉，以及近期發表的長篇《天體懸浮》都是類似的題材。田耳說過自己受過日本作家松本清張的推理小說的影響，由此來看大致不錯。至於田耳的愛情故事則多半不是純情浪漫的，而是側重在性愛情慾，他對飲食男女的情欲現象似乎有種偏執的探索，這方面可能是受佛洛依德精神分析學理論的啟發。田耳很少單純地寫偵探故事，他通常是運用偵探故事作為敘述的骨架，將男女愛情或情欲蠢動的內容

安置上去。簡單說來，理性的偵探故事是骨架，感性的情欲故事是血肉，田耳將情欲視為人物言行的主要動機，力必多主宰人的活動。他從情欲的角度看人性，有時也不免將人性縮小為情欲，以至於整個故事常常局限在講述人的情欲活動的本身。不過，田耳畢竟不是佛洛伊德的忠實信徒，除了力必多，他總為小說人物身上保留一點神性。

田耳的情欲故事往往都在陰鬱的背景與被圍困的情境上演，故事中的男女雙方彼此都是在現實中受挫、寂寞的人，都是魯蛇。田耳刻劃男女兩人相濡以沫的愛欲，兩個寂寞的人湊在一起，沒有出路、別無選擇，性愛是唯一的拯救之道。例如〈氮肥廠〉裡殘疾人老蘇與胖寡婦洪照玉都受人輕視嘲笑，彼此湊在一起相濡以沫，兩個殘缺的人巧妙地將氮氣儲存槽上的氣閥當作性愛的輔助器材，他們也和常人一樣能享受性愛。小說敘事者小丁發覺他們兩人的情事，有一回小丁甚至看見兩人在暴雨中在氮氣儲存槽上盡情縱欲，老蘇彷彿說：

……玉妹子哎，我曉得，他們表面上對我好，經常發我煙抽，其實骨子裡是喜歡看我笑話。我跟你說，他

們越是想看我的笑話，越是想看我們的笑話，我們就越要過得很快活，比誰都更快活……

老蘇與寡婦更加熱衷做愛，他們要比正常人更快活，性愛是他們對這世界的反叛，也是他們自我的拯救之道。小說結局更具象徵意義，兩人最後一次在氮氣儲存槽上偷情，結果引發爆炸，兩人被轟炸上了天際。田耳特寫兩人成為自由落體：

兩人都光丟丟的。他們的衣褲，就像一面面風箏一樣在半空抻開了，被風吹到了廠坪以外的地界。兩人的腿大幅度踢蹬著，以游泳的姿勢浮在氣流當中，減緩了下墜的速度。再往下落一點，人們得以看清那兩人的表情。洪照玉的眼神是驚惶的，無助的。老蘇則很鎮定，半空中，他把嘴巴嗅到洪照玉的耳根，嘁嘁喳喳地說著什麼話。

他們告訴小丁，當時半空中的老蘇臉上堆滿了微笑，像是在吹枕頭風，親昵地都有些淫穢了。他無疑在安慰那個女人。

兩人在歡愉的性愛時上了天堂，荒

誕的情節裡實在不無嘲諷,但田耳畢竟是溫情的,老蘇在臨死前還不忘撫慰寡婦面臨死亡的恐懼。情欲與真情、高貴的神性整個混雜在一起,田耳從情欲生活探討了人性的複雜與豐富。另外,〈一個人張燈結彩〉裡也有類似令人印象深刻的一幕,鋼渣在行搶時誤殺了啞巴小于的哥哥後,為了贖罪也為了安慰悲慟不已的小于,兩人竟然忘情做愛,在鞭炮聲中漫長的做愛。田耳小說儘管是戲謔的,最終總還有溫情。

溫德斯電影裡的天使因為有了欲望、有了愛而成為凡人,田耳小說裡的人因為彼此愛欲與真情而超脫現實;「天使在欲望裡找到天堂」,田耳筆下的男女魯蛇們同樣在欲望裡找到天堂,他們渴求乘著欲望之翼而飛翔。

三、欲望之翼

在田耳的小說世界裡,人物沒有信仰、沒有追求,情欲成為自我拯救的唯一途徑。在他自己頗為鍾愛的中篇〈一朵花開的時間〉,田耳改寫水滸花和尚魯智深的故事,魯智深貌似粗魯卻成了為情所苦的痴心漢。他想當騎士解救美女不成,反而成了正氣凜然的壯士,於畢生在騎士的情與壯士的義之間糾纏拉扯,最後他參悟

情欲之道而成仙。〈一朵花開的時間〉這篇寓言故事不同於以往對情欲加以簡單否定,而承認了人的情欲為生命的本體,且將情欲的價值抬高幾乎到了等同於道與信仰的地步,唯有欲望是真,一切道義則是虛偽的,都應被否定。欲望是一種反抗現實的可能。

70後的作家如田耳面對的是理想主義消退的時代,人沒有必須堅守的價值信念,人性沒有理想的層面,人性只剩下、化約為欲望、誘惑,欲望是人之本性、性欲是道。與稍年長的60後晚期的作家胡學文、劉建東等一輩相較,道德持守已不是田耳書寫的主要考量,寫作的重點從道義界限上的衝突掙扎悄悄滑向道德意識之前的欲望活動。人不為信念而活,人只為性欲而活,以欲望替代信念之後,黑白模糊、似是而非。人如何面對欲望、誘惑之不可掌控、具毀滅性的一面呢?

中篇〈蟬翼〉是田耳作品中相當特別的一篇,田耳嚴肅地正視人性中的欲望,比較複雜地描寫小城青年的情欲活動的發展,並與他們的現實處境有機結合起來。田耳講述男主人公小丁、女主人公朵拉及其男友楊力三人的三角戀愛故事,在此通俗的架構上,田耳著重描寫小城青年小丁和同學朵拉之間情欲的萌發流動、抗

拒性愛的誘惑的種種環節。在故事裡，楊力是典型的成功人士，他家世好，名校畢業、事業有成，現實的種種都將小丁比了下去，反觀小丁不過是個胸無大志、躲在小縣城養雞度日的青年。朵拉醫專畢業後在縣城衛生所當個小護士，她與在北京求學發展的楊力兩人情感逐漸疏淡，日益感到寂寞，同時不斷向同在小城裡的小丁靠攏親近，以致於在火車隧道裡、下雨天在房間裡，兩人有了逾越朋友界限的舉止，但三番兩次在緊要關頭，兩人控制住勃發的欲情，守住了底線。朵拉是王菲的粉絲，亦步亦趨地模仿王菲的髮型與言行，是個直率又令人難以捉摸的女人。王菲的歌曲所詮釋的戀愛的曖昧與矜持縈繞整篇小說，田耳寫出了小丁與朵拉兩人相愛而不能相守的美麗哀愁，也刻劃出小丁欲求不得滿足的失落感。

朵拉在兩人最後一次激情擁吻之後不告而別，不久小丁收到朵拉從北京寄來的一張卡片，上頭貼著兩枚蟬翼，朵拉寫了兩句話：

> 對不起，那天突然雨停了。
> 祝你以後能夠輕飄飄地飛起來！

小丁與朵拉兩人在精神上是真正的情人伴侶，他們是愛情的勝利者，但在現實上朵拉選擇離開小城奔向北京，她與楊力的婚姻能提供未來經濟的保障，儘管這婚姻是有名無實。在這故事結局，小丁與朵拉並未乘著蟬翼般脆弱的欲望之翼飛翔，在道德、現實之壓力下，兩人只能屈服順從，將男女的欲望誘惑壓抑轉化，發乎情而止乎禮。田耳在這故事裡否定了欲望是現實世界的出路，壓抑小丁、朵拉的欲望，田耳沒有賜與他們別的理想，他們兩人都是失敗者，朵拉接受空虛的婚姻，而小丁可能一生在縣城裡隨波逐流。

田耳在現實世界似乎也不再高舉什麼理想的旗幟，他似乎無所追求也無所反抗，無論如何用商品化、消費社會、資本主義來標籤這個現實的妖魔，田耳面對的是一種無邊無際、無形無色的殘酷蠻力，比起魯迅當年肉搏的無物之陣還要強大、還要狡猾。魯迅當年還清楚自己與這無物之陣的對峙，田耳所要反叛的這個無以名之的東西卻滲透在田耳的血肉裡。我以為這是田耳想要反叛而不易反叛的艱難處境，這種艱難且尷尬的生存處境可能是當前70後的作家所普遍面臨的，台灣作家大概也是如此，而且在這個年代成功人士與魯蛇越來越不容易清楚區別了。

【彭明偉，交通大學社會與文化所助理教授】

台灣看大陸

當代精神危機與倫理感的追求
——讀艾瑪《浮生記》

黃琪椿

山東文藝出版社

閱讀艾瑪的《浮生記》，本來因為艾瑪的法學背景，最初是帶著好奇心閱讀，原以為可能會讀到犯罪心理與過程的推演，或者對於屍體血腥的耽溺，沒料到所見卻是不慍不火，從從容容，情感細節細緻的文字敘述，被引領著進入了一個溫暖、倫理的、具古典感覺的涔水小鎮。然而，讀完充滿人情溫暖的涔水鎮書寫，卻也不免要問：這樣一個帶有虛構性質的地理書寫，對於我們當下所面對的世界與生活的意義是甚麼？若僅僅是後現代鄉愁之類的心靈雞湯，似乎也沒甚麼意思。但難以忽略的是，艾瑪輕輕淺淺文字背後，似乎有著難以確切把握的重量，那是甚麼？再三閱讀，發現這重量不僅僅來自艾瑪對於微賤人物受命運操弄的人道悲憫，更多的來自隱藏在詩意與浮生若夢喟歎背後，那連作者自身可能也未完全察覺（或隱藏？），以至於未能充分展開的歷史意識與對當代中國精神倫理問題的思考。

《浮生記》收錄了艾瑪2008年至2012年間創作的小說，主要分成兩大

類，一類如〈浮生記〉、〈人面桃花〉、〈痴娘〉、〈一隻叫得順的狗〉等描寫小鎮生活的作品。這類作品以澇水河邊一個虛構的澇水小鎮為舞台，艾瑪滿懷情感細細鋪陳，通過米粉店、理髮店、裁縫店、雜貨舖的設置，以及對祭奠、殺豬、蒸煮新米等活動的細節描述，賦予小鎮真實的生活感覺。但小鎮真正的生命所在，卻是對人的尊嚴感與倫理感覺的強調。西街的王小荷儘管癡傻，仍小心翼翼養育著罹患大頭症毫無未來可言的兒子，旁人覺得憐憫不值，她卻嚴峻地拒絕了老乞兒的施捨（〈痴娘〉）。農村戶口的梁裁縫與紅梅的不倫戀爆開來，他選擇毅然承認強姦與破壞軍婚的罪名遭處死刑，放紅梅全身而退離鄉他去。而咬牙忍受屈辱與背叛以致嚼壞食指的李蘭珍，卻能以珍重肯定的心撫養了裁縫與紅梅的兒子（〈路上的澇水鎮〉）。這些人無不是平凡微賤的小民，總在艱難的生活裡，從行動中散發出高大尊嚴感。支配這些個體行動，維繫個體與個體間關係的則是一種倫理感覺。這種倫理感覺，首先表現在對生命的敬重上，馬蘭花看見沿街乞討的老乞兒瓷碗被雨淋濕了，把碗窩在胸前快步走進雨中，將兩個紅苕米飯糰倒入老乞兒布袋裡（〈痴娘〉）。其次表現為一種分寸感，像孩子們絕不敢在王小荷的紙盒裡偷雞摸狗，「在西街，甚麼事可以做的，甚麼是不可以做的，就像河裡的水和池子裡的水一樣分得那麼清」（〈痴娘〉）。這種分寸感更細微地表現為情感的節制。與新婚丈夫分居兩地的葉紅梅因為生活辛酸寂寥獨自在河邊青石上啜泣，路過的梁裁縫見了，猶豫了一下，「下到河邊去，三下兩下把一籃子床單、被套擰乾了水」。梁裁縫對葉紅梅有情也有欲，可欲望的表現也是極其節制的：他注意到葉紅梅穿著經他手改過的合身綁腿褲，「臀部、大腿的曲線像是用筆畫出來的一樣，非常圓潤流暢」，「不免對自己感到驚訝，曾經那麼精準地掌握過葉紅梅身體的尺度，他把臉扭到一邊，不禁有些羞赧起來。」（〈路上的澇水鎮〉）在這裡，倫理感並不是以一種

道德的面目,也不是以吃人禮教的面目出現;欲望亦不是作為彰顯個性目的出現,而是一種輔生共存,維持一種分寸感的關係。因為對人的尊嚴與倫理感的重視,涔水鎮從而成為一個能承載人重新思索正義、秩序、道德等既定價值的空間,如〈小強六月天〉與〈路上的涔水鎮〉對於「嚴打」的反思,〈一隻叫德順的狗〉對「死刑剝奪一個人做好人機會」的思考等等。從這個意義上來說,艾瑪雖然懷著眷戀創造了涔水鎮,但涔水鎮並不是懷舊的地理書寫,而是揉合了記憶,投射了她對理想的生存、道德狀態想像的精神空間。

如果建構溫暖倫理古典的涔水鎮目的是對照另一頭疏離蒼白現代的城市,那麼也不過是在現代性邏輯下將涔水鎮當成彌補城市缺憾的田園書寫而已。但艾瑪無意將涔水鎮營造為一個自然純樸靜止的小鎮,涔水鎮不僅僅是僻遠的,而且是個古老有歷史,不斷向前走著的小鎮。雖然艾瑪沒有特意著墨於小鎮的歷史,但是隱隱然有著歷史意識流貫其中:〈一山黃花〉

寫的是文革最後期的涔水鎮,〈痴娘〉與〈路上涔水鎮〉、〈小強的六月天〉應該是剛改革開放的八〇年代初的涔水鎮,〈人面桃花〉、〈一隻叫得順的狗〉則是足療店等逐漸出現以後九〇年代初的涔水鎮。從改革開放前寫到改革開放後涔水鎮,足浴店出現了,還帶來了一大批在洗腳店工作的外地女子,麻將桌上出現廣州剃一個頭十五元的話題,吉娃娃、鬆獅等人工培育的品種犬出現在鎮長夫人和財政所長家裡;艾瑪通過種種不起眼的細節,寫出現代化如何一點一滴改變了涔水的生活風景。連帶的,涔水鎮人們無法繼續安頓在「做自己生意、吃自家的飯、睡自己的婆娘,打自己的孩子」般通透的小鎮生活,對於所謂「理想生活」有了不同的想像:崔家小強想到河南少林寺把自己練成一個可以飛簷走壁的人,崔木元則想著「在涔水鎮賣二塊五的牛肉米粉,到了那個神祕的遠處,賣不賣得了二十五塊呢?」(〈小強的六月天〉)。這種對「理想生活」的想像是一種現代性的召

喚,在改革開放後這種召喚極其強大,於是澇水鎮男孩子們「在派出所改了戶口本,或跑到縣城去參了軍,或流落那宏大而深淺莫測的社會裡去」(〈路上的澇水鎮〉),女孩們同樣「個個迫不及待長到十四五歲就往遙遠的大城市跑,帶著改大了年齡的身分證,插了翅膀似的飛奔到不可知的命運中。」(〈米粉店〉)。鄉下少年們一個個入了城,有的淪落為城市底層,成為足浴店出賣肉體的女服務生,有的到深圳鐵工廠打工因職災客死異鄉,有的流入勞務市場成為搶劫犯試槍的對象(〈前途遠大〉)。這一類來自鄉村卻淪為城市底層的創作題材在70後作家創作中相當常見;但艾瑪更關注的是昔日鄉村少年順利城市化成為城市中產階級之後的問題。

《浮生記》裡另一類是以城市知識分子生活為題材的作品,如〈相書生〉、〈白日夢〉、〈在金角灣談起故鄉〉、〈訴與何人〉、〈非常愛〉、〈小馬過河〉等。這類作品雖以城市為舞台,依稀可見青島

的樣貌,但整體而言,城市細節不多,樣貌相對模糊。小說中人物亦不像澇水鎮系列那樣通過一個人物在另一篇小說中出現的互文性敘述,有著緊密的關係網絡,而是疏離各自獨立的個體。如果說澇水鎮系列是艾瑪幼年的記憶,她可以從從容容鋪排敘述,敘事顯得綿密。城市系列則無論在大學教書的何長江與孟香,擔任律師的M女士,都與艾瑪個人經歷密切相關,或許正因為如此,艾瑪的敘事顯得保留曖昧,欲言又止,留下許多縫隙。與澇水鎮相比,這一系列作品顯得蒼白,不夠飽滿,對城市生活的描寫也不夠深刻。但有意思的是,這類小說裡的人物,大都是從鄉村出來的鄉村少年,經過種種努力,終於在城市的大學或職場上掙得了位置,有著相對穩定的生活。一種是普遍獲得肯定的「成功學」典範,〈路上的澇水鎮〉敘述者「我」的丈夫,來自鄉村,在城市裡成為一個小有資產,在法學界有些許薄名的人物,拿了國家級專項課題,換了輛凱美瑞(CAMRY)汽車,師友同學遍布

全市各個部門機關，與同學合夥開了律師事務所，合寫了本《中國社會，法律與正義》的書籍，並互招對方的女學生為博士。認為妻子擔任援助律師，每天和沒錢又麻煩的底層百姓打交道，淨幹費力又不賺錢的活，簡直是「有病」。〈相書生〉裡的藥學博士在山裡長大，十歲以前沒穿過鞋；成了城市中堅拿到國家課題後第一件事是到某足浴城買了張五萬人民幣的貴賓卡。這類型人物成為城市中產階級以後，就一路往個人成就巔峰奔去，「有本事把自己活得跟以往毫不相干」，自然不會對生活產生懷疑，總是意氣風發。另一類人物則是〈訴與何人〉的律師Z，同樣來自鄉村，幾番努力靠自學獲得律師資格。剛當上律師時，上法庭連套像樣西裝都沒有，卻有著書生氣，總懷抱著理想，眼裡閃著異樣的光彩。雖然決定同世俗一樣不以吃臭魚（現實）為異，但從未忘記鮮魚（理想）的味道。這樣一個人物因為舉報逼迫少女援交的區級法院副院長，卻反而因受賄罪入獄，最終在獄中自殺。第

三類人物則是〈相書生〉裡的大學教授何長江與〈訴與何人〉的女律師M，同樣來自鄉村，在城市裡掙得一個位置。這類人既沒有亟欲攀上個人成功頂端的強烈慾望，也不想懷抱著甚麼理想，只屈從於生活，「放棄麟、放棄鰭、放棄漂亮的顏色、放棄龐大、甚至放棄牙齒」（〈訴與何人〉），變成微觀世界裡活得像神仙的斯托特魚。但Z的自殺與何長江前女友「我們總以為自己是特別的」「似乎少了些東西呢，比如驕傲」的批評，卻讓他們看到了優游快樂人生內在的「脆弱、瑣碎、卑微、毫無尊貴可言」，感到被羞辱和幻滅的痛苦。換言之，艾瑪所處理的不是鄉村少年對城市生活的仰慕與拒斥，也不是鄉村少年在城市裡的漂泊與挫折，而是當這些鄉村少年順利成為城市的中產階級後，他們所面臨的理想與意義失落的精神危機問題。

鄉村少年應現代性召喚為尋求自身的改造與意義而進入城市，在城市裡，所欲尋找的意義總是曖昧不清，而且往往處

於未完成狀態，因此人們常常難以返鄉；進而當所尋找的意義不再，對自身以及所處的世界產生質疑，因而再次返鄉後，卻發現「故鄉」正要變成「異鄉」，人成了無家可歸的狀態（蔡翔〈離開‧故鄉‧或者無家可歸〉）。這種「離開」的主題在2004年以後成為中國當代文學重要主題。但艾瑪把時間往前推到了改革開放前後，這就拉開了一個歷史的縱深，使這個當代文學重要主題與當代中國更深層的問題聯繫了起來。新時期開始迄今，中國大陸在物質文明方面取得高度成就，在精神文明方面卻面臨越來越嚴酷的現實，人們的心靈與精神越發不安苦惱。但對這方面的問題，一個普遍的認識是這是因為中國不夠現代化的緣故，只要經濟富裕後自然會把注意力轉到道德的修養上，再加上現代教育與觀念的薰陶，便可解決當代中國的道德精神問題（賀照田〈當代中國精神倫理問題〉）。艾瑪以她的文學感性，探究改革開放後，當鄉村少年順利成為城市中堅後出現的精神危機問題，正好趨近了

對這個問題的思考：現代化與城市化無法解決中國的精神危機。正因為敏感意識到中國崛起之後產生的精神危機問題，而且有著「有天呢，你走著走著，一回頭，卻發現背後甚麼也沒有了。這多麼驚悚呀！看不見來路，是要比看不見前路更可怕的」主體失落的恐懼，艾瑪才會書寫鄉村，並把涔水鎮構造成一個著重人的尊嚴與倫理感覺的精神空間。就這一點而言，艾瑪可能更多地接近60後的作家，這也是她的作品中的重量所在。不過，當代中國的精神倫理問題相當複雜，也無法簡單地以「理想」或「意義」的失落來把握。簡單或抽象化把握的結果，可能就是艾瑪作品中城市系列作品中人物相對單薄情節也較單一的原因所在。整體而言，艾瑪是個有想法的作者，如果能更深入把握新時期以來當代中國精神倫理問題的複雜性並呈現這樣的複雜性，相信將能創作比〈路上的涔水鎮〉更飽滿深刻的作品。

【黃琪椿，清華大學中文系兼任講師】

脫隊求活：讀阿乙《模範青年》

楊佳嫻

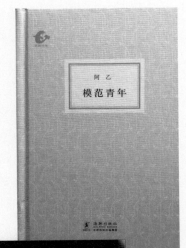

海豚出版社

寶瓶文化出版社

《模範青年》裡出現過兩種深淵。一個是封閉、泥淖般的村鎮，另一個是比照常模按部就班的普通生活。

這兩種深淵時常重疊：假若你繼續待在這播散著腐蝕般空氣的小村鎮，就免不了得在熟悉的目光與單一的道路上，毫無選擇地過你父親、你祖父可能都經歷的普通生活，變成單向度的人，重複，重複，重複：「我們三代就像排著隊去死亡。我們今天踩著的土地，底下都是原先有名姓現在遺失的死人，他們的骨頭會在夏日被一群狗翻出來，叼著亂跑。」[1]（頁54）不曾享受過「未知」的折磨與激勵，則生與死無二──在阿乙的想像裡，生到了盡頭是衰老至「穢不可近」，死到了盡

頭則是朽爛乃至「變相如羅剎」，過著已經知道結局的生活，等於不曾真正活過。所以，〈模範青年〉裡的反模範青年艾國柱，從警察學校畢業後，被分發到比他的家鄉瑞昌更荒僻的洪一村，擔任公務員幾年後，終於忍受不了，從穩定的生活秩序裡脫隊，上更廣闊的地方去了；而他的對照組，則是模範青年周琪源，永遠在學習，永遠寫著迎合單位的文章，永遠等待著一個什麼命中注定的機會把自己叼到上層去。艾國柱老是惶惶然的，但是敢跑，周琪源總坐定在那裡，沒想過要跑。

阿乙接受訪問時，曾說過：「我最想跟別人講的是：在我們那個縣級市瑞昌，幾千年歷史，代代都是白骨。死了也白死。是個縣令就能入縣志。實在不知道他們怎麼活了一茬茬。叫我也這樣去平白無故地吃吃喝喝，睡睡席夢思，看看家庭影院，打打麻將，過有養老保險的日子，我不願意。安分守己，謹小慎微，不肯出門，求鐵飯碗，沒事就叫自己兒子生孫子。我真想拿大廣播沿著大街小巷喊，醒一醒，給你們的生活來點史詩感。」[2]這種不願意固定在一處小縣城的心理，也反映在〈模範青年〉裡頭。小說中幾次提到「省－市－縣－鎮－鄉－村」的行政區域階級及其意義：

> 不可能有比村更往下的地方，世界盡頭。我在這裡談了兩段戀愛，說起來可能只是為了找點事做。其中一次愛上的只是一件來自北京的風衣，她不穿它，她便不再神聖。（頁23）

> 時光暗沉，黑夜像兩隻巨臂將要箍向我，我啊，就要和溫柔的姑娘在這裡生兒育女，生活一輩子了。我因此淚流滿面，賭氣式地發誓，就出發，去鎮，去縣。彷彿不過癮，還要去市，去省城，去沿海，去直轄市，去首都，去紐約。在紐約，高架橋車來車往，街道清澈得可以照見人像，飛機的影子像魚兒游過夕陽照射之下的摩天大樓玻璃牆。（頁24）

> 二十一歲時我在洪一鄉的山野發惡誓，要去紐約，十二年過去，我竟然差點沿著洪一（鄉）－瑞昌

（縣）－鄭州（省城）－上海市（直轄市）－廣州（沿海）－北京（首都）的軌跡去了那地方。（頁52）

「世界盡頭」一詞道盡了主角的恐懼，像是杜思妥也夫斯基筆下的地下室人迎著光的面孔。許多小說家都寫過這種離開原屬世界、往更高更大的方向移動的渴望，因為那裡有夢想的新生活。有些是從外往內看，比如左拉（Émile Zola，1840-1902）的《婦女樂園》（Au bonheur des dames），鄉下來的、貧窮的、屬於手工匠階級的黛妮絲從百貨公司櫥窗看見奢華的天堂，那柔和的物質散發出一種神光籠罩她，於是，她的人生除了從櫥窗外走到櫥窗內、從物質的艷羨者拼命往控制者地位爭取，別無他志；有些則是外部與內部的往返，比如張愛玲《怨女》，銀娣想改變現況，以美貌貨幣來購買機會，於是從低階走進了高階的圈圍，卻發現金鎖套在脖子上卻無法解開，等到能從圈圍出去了，金鎖卻像是異形一樣和血肉合一，終至將青春與善念一起壓榨殆盡。至於〈模範青年〉，艾國柱一旦走出

去，是不願意再回來了，那以行政階層為象徵的階梯，是不容許回頭的天梯。而階梯延伸出去，想像的盡頭是紐約——現代性的集中展示場[3]——那是世界的首都。要抵達世界的首都，則要先抵達自己國家的首都：北京。

北京作為大型都會，是機會的匯聚所、全球化力量展現的節點（node），更是艾國柱這樣的鄉鎮青年接觸世界的通道（path）：

有時的週末，我會去王府井逛，手指像雞毛撢子拂過一件件紅色、黑色、白色、灰色甚至彩色的中國外國風衣，像主人那樣看來自全國各地、說各種方言的遊客。然後去新東安市場看電影——在故鄉，電影院已成會議室，有時會招徠一些草台班子跳艷舞，最終無聲無息拆掉了。（頁44-45）

過往在鄉鎮，僅能從全球市場流通裡的商品（來自北京的風衣）來想像鄉鎮以外、階梯更上層的氣息，現在則是身處其中。可是，身處其中，是否就讓艾國柱

覺得自己是社會納入（social inclusion）的一分子？「像主人一樣」，意味著他仍不是主人，不是掌握全局的、自在的、長久在此的——其對照是「客人」、「外來者」、「暫居」的身分。他仍藉著全球市場流通的商品在想像，那些來自中國或外國的風衣，無數（如同自己一樣的）外來客穿梭其間。小說裡特別標出「王府井」，一處鼎沸的觀光區，同時也可以視為不同來處的人們會遇接觸的地帶（contact zone）[4]，藉由人群、語言、商品等等，特別能感覺到置身於世界之中[5]，並產生某種欣羨、認同[6]，而非如待在無法享受豐富購物行程和商業文化的村鎮那樣，彷彿是被世界體系排除出去的。電影院，另一個被標誌出來的商業娛樂處所，是都市標準配備，另一種獲取幻想與觀看世界的窗口，在此也變成了與村鎮生活比較的據點，對比於故鄉電影院的遭遇——挪作他用、粗俗化而終於拆掉——意味著那裡的人不需要電影，不需要幻想，也不需要瞭解其他的風景。

艾國柱無法成為首善都市的主人，或許和他的內在仍不斷在都市－村鎮之間來回編織生存的意義有關。他走出了村鎮，成為從排隊等死的隊伍中脫離的自由人，卻並不因此在回鄉時被人另眼相看。村鎮人的價值系統是固著的，放棄可靠的公務員身分，成為都市漂浪的一員，對於村鎮人來說實在難以理解。因此，當艾國柱返鄉，鄉人問話的出發點，也是將一個人固著在社會結構中並釐訂價值的普遍判準：

買房沒、買車沒、結婚沒。
沒、沒、沒。（頁45）

有天，我做了噩夢：在一種難以違逆的催促下，我答應回縣城生活。父親露出孩童般的笑容，說：「你總算回來了。」我晦暗下去，好像北京永遠地關上大門。（頁45）

噩夢不是走不出去，而是走出去了仍得繞回來。北京關上大門，就是階梯被截斷。

對艾國柱來說，不能沿著階梯爬上去、走出去，就等於沒有活血注入，只

能枯萎、等死。〈模範青年〉裡插敘了曾和艾國柱姊姊一起站過村莊商店櫃台的姑娘,當姊姊到縣城去另謀發展,那個姑娘仍在站同一個櫃台,「瘦得不成樣子,皺紋滿布,白髮叢生」(頁47),還用當年的茶缸喝茶,一切都原地踏步,「她像時光之水裡的椿子,周琪源也是」(頁48)。艾國柱知道,如果自己沒有脫隊,就是那個姑娘,或周琪源那樣;當周琪源看著他,我「總覺得那是另一個我在看我」(頁48),平行世界裡我的另一條命運線,拼命做著組織內部的努力,為符合各式各樣的標準而作了無數文章(而非創作),為了成為組織內盡忠合格的一員,他寫了大約一千篇報導,為的是以之累積為資本,像那些文學作品裡身懷熱情與絕技的青年們,為了叩響那道門:「武漢的門,省廳的門,巴黎的門,上流社會的門,全都聽見他的呼喊。」(頁98)而那些並非真正心靈話語的寫作,欠缺生氣,如同周琪源的人生一般。他的病來得如此隱秘,一度停歇,又轉為兇猛,蠶食他的軀體,彷彿是他做過的一切努力同等強度的反撲。然而,當他與病纏鬥而死,周的同事們發訃聞時,就連他的名字也寫錯了。一個不曾自由,也不曾好好被理解的人。

這種不走、不脫隊,就可能被普通生活逐漸塗銷了個人特殊性的恐怖,那個站櫃台姑娘的擴大版本,就是同樣收在《模範青年》裡的〈小鎮之花〉。益紅是小鎮最美的女人,她的美麗像冰川,像瓷器,總之是和泥濘路一般的小鎮現實分隔開來的存在;可是,益紅被強暴以後,跟了強暴者,變成了一個普通家庭婦女,她的白皙從瓷器變成了隔夜豆腐,寶變為石,從珍貴存在變成了失去靈魂的物,「逐漸皮革化了」(頁178),屏風上鏽的鷓鴣,排隊等死的一員。

在《模範青年》裡有幾個女性角色,由於欠缺主體性與能動性(agency),無能也未曾想過抵抗被描寫、被決定的命運。〈模範青年〉裡的黃武建,〈發光的小紅〉裡被當作珍稀貨品競逐的小紅、〈小鎮之花〉的益紅,均是如此,她們都是美貌的,但是美貌未必帶來更好的未來,也沒有帶她們往上一階。黃武建來自城市,小紅有富有的叔父,益紅是郵電所長的掌上明珠,她們在婚姻或男子氣概的

競賽中，像是祭壇上的犧牲品。另外，有膽量從原先生活圈子叛逆的女性，〈鎮壓〉裡出軌的妻子秦婕，或殺死舊情人的朱丹，她們都走不遠；秦婕在丈夫的挽留下「像石雕的烈士獨立寒秋，茫然看著灰暗的天空」（頁131），她的茫然或許在於並不知道出路在哪裡，而朱丹在殺人掩屍後，在婚姻裡變得憂鬱、膽怯、神經質，她那鎖在閣樓的秘密變成了需要支付一生去償還的包袱，她拼命想保有的是和縣委政法委副書記的兒子的婚姻，丈夫也一樣，沒有勇氣結束關係。這些在禁錮中生活的女性，似乎是欠缺支持網絡的，益紅嫁給何飛後，母親來慰問，她的反應卻是疲憊、犬儒而冷淡，她已經服從了新的身分。現代社會並未真正打破「三從」[7]的社會倫理律令，因此，這些女性並未真正具有獨立的社會身分（即使已經具有獨立的法律人格）。

婚姻對於女性有控制性，對男性也是。基進女性主義（radical feminism）認為家庭制度的獲利者是男人和父權體制，父權體制的施行單位即是家庭[8]，其實，從另一個角度看，男性並非完全是婚姻家庭裡的受惠者。張愛玲〈金鎖記〉裡的曹七巧要控制兒子，方法就是替他娶妻與勸誘他吸鴉片，〈茉莉香片〉聶介臣與其後妻，要控制他看來「漸漸的心野了」的兒子聶傳慶，方法即是「該給他娶房媳婦了」。[9]婚姻往往意味著責任、固定，在一般社會想像中，配合傳宗接代，其完成有年齡上的適當區塊，屬於「按表操課」的一部份。有了家庭，對於男女雙方而言，移動、變遷的可能性就會降低，如同前面提到艾國柱返鄉時被問「買房」、「買車」、「結婚」，前二者可能是完成後者的資本，當然，先完成後者也可能在心理上促進抵達前二者的努力，而這些都將成為長久的、需要付出維護成本的資產，也是將人拴鎖在固定位置上的繩釘。紀登斯（Anthony Giddens）曾指出，進步的避孕技術，使得家庭可以在「感性的個人主義」基礎上的延續，且女性得以在子女長大成人後仍享有屬於自己的二、三十年歲月[10]，不過，如果加上阿乙在〈模範青年〉內極力抗拒的環境因素，這種「感性的個人主義」大抵是在城市中上階層小家庭比較可能實現。就這個

意義來說，艾國柱若不想變成周琪源，他得抵抗一切將他固定下來的——公務員身分、村鎮死水般的環境、買房買車、結婚生子——方可能延續那感性的個人主義自由歲月。

　　……我就那樣超越界線，從此無君無父，浪蕩江湖。

　　這就是我和周琪源的不同。（頁80）

【楊佳嫻，清華大學中文系助理教授】

註

1　本文一切阿乙小說引文，依據《模範青年》，（台北：寶瓶文化，2013）。頁數標於引文後。

2　李偉長，〈傾聽阿乙：你哭是你的事，不關我的事〉，《申江服務導報》2012年4月17日。

3　紐約在都市文化與文學藝術上的意義，可參見道格拉斯．塔拉克，〈紐約，紐約〉，收入陳永國主編，《視覺文化研究讀本》，（北京：北京大學，2009），頁207-221。

4　人類學家Mary Louis Pratt提出的概念，指「地理上、歷史上相互遠隔的人們被迫相遇共存的地方」，在此，異質人群產生接觸而互動，人們經由這些互動，也不斷改變自身的行動。見町村敬志、西澤晃彥著，蘇碩斌譯，《都市社會學》，（台北：群學，2012），頁268。接觸地帶（contact zone）一詞的由來，可見Mary Louis Pratt, 1992, Imperial Eyes: Travel Writing and Transculturation. London；New York: Routledge.

5　彭麗君（Laikwan Pang）著，張春田、黃芷敏譯，《哈哈鏡：中國視覺現代性》，（上海：上海世紀，2013），頁200。文中指出，購物者在展示商品四周走動，通過商品的放置方式與包裝，「引導消費者的運動並支持他們的幻想」，並可能因為這樣的運動與幻想而促生出自由感。

6　消費與自我認同的關係，可參見Juliana Mansvelt,2005, Geographies of Consumption, London；Thousand Oaks：SAGE, pp.80-84.

7　見高彥頤（Dorothy Ko）著，李志生譯，《閨塾師：明末清初江南的才女文化》，（南京：江蘇人民，2005），頁6-7。高彥頤指出，所謂「三從」之「從」，並非指妻子對丈夫的無條件服從，其具體要求乃是「按男性家長的地位區分女人」，在家從父，出嫁從夫，夫死從子，以益紅一角來說，雖然父親是郵電所長，一般男性認為高不可攀，而一旦以暴力打破隔閡，益紅嫁給何飛，則之後就以何飛的社會階層與對妻子的要求作為服從標準。根據小說描述，何飛性好逞兒鬥狠，家裡只有六十平方米，婆婆媳婦在狹窄空間內容易「像雞一樣展開翅膀，互相撕咬」。

8　代表人物Kate Millet認為父權制度的支柱即是「性政治」，男女之間權力關係藉由性關係來表達。詳細論述請參考Kate Millet, 1978/1970, Sexual Politics. New York: Ballantine Books. pp.32-33.

9　張愛玲，〈茉莉香片〉，《第一爐香》，（台北：皇冠，1991），頁29。

10　紀登斯（Anthony Giddens）著，廖仁義譯，《批判的社會學導論》，（台北：唐山，1995），頁123。

〈一頭熊〉該從何談起：讀江非詩集

蔡明諺

作家出版社

作為「二十一世紀文學之星叢書」之一，江非的詩集《一隻螞蟻上路了》在2004年8月由作家出版社發行。林莽在這本詩集的序文中，塑造了一個「自然主義」、「中國傳統」與「鄉土詩人」的江非形象[1]，而且這些形象往後廣泛地被江非的研究者（甚至是江非自己）所襲用。林莽對於詩人形象的刻劃當然是有效的（尤其是在「鄉土詩」這一點上），至少已經獲得普遍讀者的確認。而我想藉由一

首詩的分析，來表達我讀完江非詩集所獲得的啟發和感受。這就是〈一頭熊〉：

> 我走到郊外又看到了這秋天的落日／這頭熊（也有人把它比作一頭吃飽的獅子）／它刨開地面是那麼容易／它揮舞著爪子（也許是一把鏟子）／在那兒不停地刨／掘，一次又一次／向我們的頭頂上，扔著／黑暗和淤泥／我剛剛走到郊外就在田野上看見了它／它有巨大的胃，遼闊的皮／和他身上／整個世界一層薄薄的鏽迹／它在那兒不停地／吃下影子／低吼，一米一米／向下挖土／它最後吞下整個世界／竟是那麼的容易[2]

我讀到這首詩作時，首先聯想到的，是馮至《十四行集》，其中第七首的開頭：「和暖的陽光內／我們來到郊外，／像不同的河水／融成一片大海。」我認為江非詩作的開頭，就是把馮至的這個句子，倒過來再寫了一遍。當然，在主題的

設計上,這兩篇詩作還是有著顯著不同。馮至是寫集體性的「我們」來到「郊外」這個廣闊的空間,而隨著時間的推移,到了黃昏時候,「我們」又退回了個人的孤獨樣態。但江非則是寫個人性的「我」進入了這個空間,接著由黃昏過渡到黑夜。馮至的詩作是在描述抗戰時期,人們疏散到郊外躲避空襲的景象。因此在其紓緩、溫和的筆調中,同時透露著沈重的歷史現實與民族情感。但是江非主要側重的,就是「個人」,而且是孤獨的個人,面對大地自然變化的景致。我感覺江非的抒情詩,大部分都具有這種壓抑感性氾濫,偏向理性沉思的特徵。而我認為這是四十年代詩歌演化下來的一路特徵。

回到〈一頭熊〉的起首:「我走到郊外又看到了這秋天的落日」,這個句子最重要的字應該是「又」。這也就是說,抒情主體「我」並非首次走到郊外看到秋天的落日,他已經無數次地走到郊外,看到無數次的落日。這就造成了一種宿命論式的迴旋反覆。外在(自然)世界不斷地反覆運行,如同日升日落,如同時間,而個人完全無法抵抗這樣規律的秩序之運行。敘事者「我」只能做為一個旁觀者,

感受被日落(時間)所吞沒。我認為江非對這個宿命論式的主題,所寫的最好作品是〈劈柴的那個人還在劈柴〉,這首詩以小孩子的視角「我」,看著父親反覆著劈柴的動作,彷彿那個動作從來就沒有停止,而詩作的最後是「第二天╱所有的新柴╱被大雪覆蓋」。在這個結尾裡,自然的力量再次吞沒了個人的努力,掩蓋了勞動的痕跡。江非另外寫過一些作品,或者還在描述砍柴的勞動,或者更多是在渲染父子之情。可以作為對照者是〈我在春天開始伐一棵樹〉,在這首詩作中,「勞動者」與「旁觀者」的關係被逆轉了,成為父親看著兒子伐樹。[3] 從這裡我們似乎可以預見,一代人以及接續著下一代人,將不斷反覆地在這片荒涼的土地上,繼續砍柴、刨坑、搓草繩。

於是,我們可以來考慮這首詩的主題意象,那就是「落日」與「一頭熊」的聯繫。在詩作的第二行,太陽有兩個恰成對照的比喻:「這頭熊」與「吃飽的獅子」。把落日比喻為「獅子」,這個意象可能來自美國詩人畢肖普(Elizabeth Bishop),她在詩作〈三月末〉中,曾將「在退潮的沙灘上漫步的太陽」,想像

成為「獅子」的模樣，並在沙灘上留下「巨大的腳印」。[4] 但我更在意的是在畢肖普的詩作中，沒有出現的：「吃飽的」這個形容詞。以及與此同時，江非同樣沒有寫出來的，但顯然與此尖銳相對的：「飢餓的」熊。如此，人們也許對接下來這頭熊「巨大的胃」，以及「刨地」、「吃下影子」與「吞下整個世界」這幾個動作，可以建立更為緊密地聯繫。這頭熊顯然是「飢餓的」，而如果江非筆下的這頭熊，同時可以是中國農民的普通象徵的話，那麼底層的農民同樣也是飢餓的。

江非在〈父親坐到了樹下〉詩作中，再次使用了一個非常迷人的比喻，他把「父親」描繪成一頭「走出樹洞的熊」，而他原本應該「冬眠」。[5] 在新詩的創作中，「熊」的意象比較少見，但也並非完全沒有。例如顧城的著名詩篇〈我是一個任性的孩子〉，就曾經留下一個鮮活的「樹熊」意象。[6] 而與江非同為「70後」詩人，並曾參與「下半身」運動的朵漁，則曾寫有詩作〈宿命的熊〉。但是他們的「熊」，更多地都在指涉詩人自己。而江非的「熊」，則是「父親」與「農民」的混合體。甚至，是一頭準備進入

「冬眠」的熊，屈抱著身體，彷彿等待裝殮入甕的形象。這個結尾流露了鮮明的伊底帕斯情結。

人們如果依循精神分析的方法，並且疊合「父親」的形象，將可以揭示〈一頭熊〉詩作中許多內在層面的意義。如果「熊」是父親，那麼不斷在刨掘的「爪子」或是「鏟子」，則可以象徵男性生殖器，挖坑的動作則可以是性交的象徵。[7] 而「田野」或者土地，則通常是女性的象徵（后土、大地之母）。如此，則〈一頭熊〉還帶有深層的「創生」寓意。江非另外寫有詩句：「有時，父親從田野裡回來／帶回了一把鐵，突然發出了鋒利的噪音」。[8] 在這裡「父親」和「鐵」的意象仍舊緊密結合，就如同〈劈柴的那個人還在劈材〉那樣。江非還曾寫過一些詩句：「那些婦女／她們彎下腰，鏟去坡上的雜草／一個一個的孩童，圍著鏟子閃耀著漲紅的面孔／多年以後，他們就會淚流滿面／在那兒掘土，挖坑／埋下母親偉大的一生」。[9] 這個作品同樣適合用精神分析法加以詮釋。

但我不想在佛洛依德所闢開的蹊徑上走得太遠。我比較感興趣的，還是在

「熊」這個意象上，所可能具有的「父親」與「農民」指涉意涵。如果以「農民」去理解〈一頭熊〉，那麼這首詩作的主題，還是與「耕作」或者「勞動」相近。而且通常農民皮膚黝黑，大口吃飯的形象，也和詩作中的「熊」意象基本吻合。從這裡或許可以說，江非再一次「符合」了人們印象中「鄉土」詩人的特徵。

不過，相對來說，我更注意的部份是「熊」的「父親」側面，以及這個意象與「落日」（太陽）的連結。如同人們所熟知的那樣，「太陽」意象主要是寓意著光明、正向的力量（例如郭沫若或艾青），而在延安文藝座談會之後[10]，甚至普遍成為政治性的象徵符碼。朦朧派詩人之後，這個富有政治性的「太陽」意象，開始被詩人們解構、重組。例如北島在《太陽城札記》組詩中說：「億萬個輝煌的太陽／呈現在打碎的鏡子上」（藝術）。顧城說：「我要成為太陽／／我的血／能在她那更冷的心裡／發燙／／我將是太陽」（我要成為太陽）。海子說：「我的事業就是要成為太陽的一生／⋯⋯／／我必將失敗／但詩歌本身以太陽必將勝利」（祖國，或者以夢為馬）在這些詩句中，

作為個體的詩人（或者詩），將取代政治性的特定象徵，而成為「太陽」意象新的所指（signified）。與此相對的，還有部分作品則甚至直接否定了「太陽」的崇高性與神聖性。例如多多的〈致太陽〉，或者芒克〈太陽落了〉，以及顧城的〈案件〉等。

在朦朧派之前，「太陽」是君父的象徵，而在朦朧派之後，詩人們努力著要以「自我」或者「詩」（文學），取代「太陽」的神聖地位。但是在九十年代之後，意即在「70後」詩人崛起的時期裡，人們很快地發現那主宰世界的權威，流通四海的通行證是「金錢」，是市場經濟的商業機制，既非詩作本身，更非詩人主體。以江非為代表的「70後」詩人，大抵上面對的就是這樣的窘境：他們「就鑲結在那個網上，／左右絆住：不是這個煩惱，／就是那個空洞的希望」（穆旦・有別）。這裡的「網」之意象，既可以是互連網（個體），也可以是人際關係網（政治），更可以是書籍銷售網（商業）。這就70後詩人的「生活」（北島）。

對我個人來說，「70後」作為一個

群體的概念，不是來自於他們的表現技巧或美學觀念，而是來自於他們所共享的知識背景。準確地說，是他們接受教育的共同歷程。如果以出生於1970年的知識分子為例（這是最老的「70後」），他應該在1976年進入小學就讀，1989年秋天進入大學就讀。換句話說，如果「70後」可以作為一個有效的「世代」概念，那是因為這個世代的知識份子，在其學識的教養過程中，「巧合地」迴避了主流意識形態的直接干擾。這個共同的教養背景（同時也是意識形態的建構），才是「70後」世代所塑造的集體的美學觀念的基石──即便他們各自形諸於外的表現，有時光怪陸離，甚或狂亂不羈。

因此江非「習慣」於描寫落日，江非的太陽罕見升起。或者應該反過來說：對於江非所代表的「70後」詩人而言，「太陽」已經褪去了政治性的象徵，枉論崇高或者神聖。這種「褪色」（或者迴避）可能是自覺的，但更多的時候恐怕是這個世代知識分子的集體潛意識。江非寫〈傍晚的三種事物〉，但那裡面沒有太陽，只有即將升起的月亮。江非還有詩作〈我在傍晚寫下落日〉，但那裡頭的太陽

「忍受了這麼多的坎坷」。江非的〈序曲〉寫「山谷中的落日」，而那是「大地的屍體的落日」。江非的「太陽」有時殘暴，但更多的時候卻塗抹著無力的、衰敗的、黑暗的色彩。而這個正在「落下的太陽」的形象，同時也是江非對「農村」（以父親或祖父作為代表）的整體想像。

因此江非的「熊」就是以家父（父親和祖父）疊合起來的「農村」，這就是江非眼中所見的「鄉土」。隨著不斷地挖掘（農業勞動），這頭熊所拋出來的只是「黑暗與淤泥」（收成），而覆蓋在整個世界的是「一層薄薄的鏽跡」（現代化）。這頭熊（農民）最後吞下了整個世界，也吞下了自己（影子）。江非透過〈一頭熊〉所呈現的，就是農村處於「落日」的現實處境。沒有希望以及未來，並且正在不斷地自我吞食、自我毀滅的世界。

江非寫過一首詩作〈清晨〉，其結尾是太陽升起：「越過水面，越過高大的喬木，越過了／堅牢的監獄的鐵網／一點一點，越過遙遠的國界的太陽／已讓世界，開始發光」。[11] 反過來說，太陽在「遙遠的國界」之外，而詩人卻身處在水面、喬木以及監獄鐵網的包圍之中。這就

是江非的世界，這就是江非的平墩湖，這就是江非的「鄉土」。江非詩集的最後一個句子是：「這一天／是一隻螞蟻想好了要離開村莊／它在天亮時分上路了」。[12] 這個結尾彷彿寓意著離去才有希望。

然而如果我們都注定無法離去，無法逃脫市場經濟的吞食，那麼文學（詩）身處在這樣的時代裡，是否還會有希望呢？是否還會有力量呢？這個世界為什麼還需要文學，需要詩歌，需要這些想像與虛構的「生產」呢？我最後還是想起了莎士比亞：

> 想像會把不知名的事物用一種形式呈現出來，詩人的筆再使它們具有如實的形象，空虛的無物也會有了居處和名字。強烈的想像往往具有這種本領，只要一領略到一些快樂，就會相信那種快樂的背後有一個賜與的人；夜間一轉到恐懼的念頭，一株灌木便會一下子變成一頭熊。[13]

詩人江非具有這種本領，他的詩作〈一頭熊〉具有強烈的想像力。我個人在閱讀江非詩集的過程中，領略到一些快樂，轉眼也浮現了某些恐懼。而這就是文學所帶給我們的真實的力量。

【蔡明諺，成功大學台灣文學系副教授】

註

1　林莽，〈江非和他的平墩湖〉，《一隻螞蟻上路了》，（北京：作家，2004），頁1-3。
2　江非，〈一頭熊〉，《一隻螞蟻上路了》，頁41。
3　江非，〈我在春天開始伐一棵樹〉，《一隻螞蟻上路了》，頁96。
4　畢肖普，〈三月末〉，丁麗英譯，《伊麗莎白·畢肖普詩選》，（石家莊：河北教育，2002），頁258-261。此條材料由高海濤先生指出，特此致謝。
5　江非，〈父親坐到了樹下〉，《一隻螞蟻上路了》，頁107-108。
6　顧城，〈我是一個任性的孩子〉，《顧城的詩》，（北京：人民文學，1998），頁134。
7　孫名之譯，佛洛依德，《釋夢》，（北京：商務，1996），頁353、365。
8　江非，〈噪音〉，《獨角戲》，（海口：南方，2009），頁24。
9　江非，〈河東〉，《一隻螞蟻上路了》，頁6。
10　羅振亞，〈論「前朦朧詩」的意象革命〉，《中山大學學報（社會科學版）》51卷2期，2011，頁47。
11　江非，〈清晨〉，《一隻螞蟻上路了》，頁61。
12　江非，〈一隻螞蟻上路了〉，《一隻螞蟻上路了》，頁180。
13　朱生豪譯，莎士比亞，〈仲夏夜之夢〉，《莎士比亞全集（卷一）》，（北京：人民文學，1994），頁730-731。

愛情恆久遠，還是，很久遠：
一個讓人期待的作家付秀瑩

藍建春

二十一世紀出版社

一

自從接到學姐的這項任務之後，至今已將近一個多月、快兩個月了。這段期間，我似乎不斷地抗拒著閱讀，閱讀付秀瑩，她的《愛情到處流傳》與《朱顏記》。抗拒歸抗拒，既然是任務，當然就得要完成。何況，這是學姐所指派。也或許，背後還有我那位永遠的指導老師的意見。就這麼樣，覺悟下的我，還是拿起了付秀瑩這兩部作品，總共花了兩個夜晚，外加一個做惡夢醒來再也睡不著的大清晨，以及一些零零星星的時光片段。總算，皇天不負苦心人，我終於看完付秀瑩這兩部作品了。感謝老天。

但話要說在前頭，閱讀付秀瑩，特別是她的文字，可以稱得上是一種享受。看著看著，有時候不免再加讚嘆，這個女作家的文字，在簡短的型態中，其實常常有驚人之筆，能夠傳神地營造出某些畫面感，或者讓整個故事敘事顯得意趣盎然。就像池塘的水也能夠變得「瘦」了之類。

幾個世代以前的中國大陸，好像頗能接受「坦白從寬」這件事。當然，這也可能只是我道聽塗說，種在心中的一株刻板印象。但不論如何，我還是決定坦白。首先，對於中國大陸文壇的進展，我大概只停留在韓少功、王安憶他們那一代。晚近的諸多成就，我仍然來不及領會、也尚無暇去關懷。就此而論，我實在是一個不算稱職的中國現代文學史的課堂教師。頂多只聽憑著個人的閱讀喜好，看了一些新武俠、看了一些劉慈欣、看了一些韓寒、看了一些酒徒之類。換句話說，對於所謂純文學新近的豐功偉業，我完全是個門外漢。也理所當然，在接受這個任務之前，付秀瑩跟她的作品，清清楚楚地不曾出現在我腦海裏頭的任何一個角落。可我，卻還是接下了這個任務。

然而，這依舊不是我打從心裡抗拒的理由。當我收到學姊善意且體貼地寄來付秀瑩的小說集《朱顏記》的時候，我也好好的將之打量了一番。只是學不到我永遠的指導老師當年那種品賞各種不同古典樂CD版本那樣，如魚得水於諸般細節。我看了又看，從封面、到扉頁，從目錄到編排再到編者按語，凡是可以先看、該先看的，我都看了。這時候，我心中卻不斷浮現一種聲音：哇，女作家、還是氣質型的（看著書中所附大大的一張照片）；噢，糟了，愛情故事，還是羅曼史（romance）之類的（看著目錄裡頭的〈朱顏記〉、〈花事了〉、〈羅曼司〉、〈桃花誤〉）。這下子全糟了、都走樣了、整個不對勁了。我心裡頭後悔得不得了，也埋怨自己幹嘛那麼爽快，不問清楚就答應了。這實在是我做不來的工作。或者應該說，是我頂不適合承擔的工作。畢竟，即使我當年也看了一些瓊瑤的小說、瓊瑤的電視劇，也曾經有過情竇初開、肉麻到極點的年代，但那早已都是侏儸紀的恐龍化石了。太久遠了，久遠到我召喚不出來。可，這是一項學姊交派的工作啊。

我只好硬著頭皮，試著絞盡腦汁、哄騙自己，再重溫一下青春歲月。

待完整地念過之後，我也必須講，我是有些誤會人家了。可以確定的是，付秀瑩絕對不是一個羅曼史小說家，也完全可以肯定，付秀瑩鐵定不只寫了男女間事、人間亂愛。嚴格來說，付秀瑩寫的是各式各樣的情感，特別是情感的某些細微、幽微、難以清楚言喻的面向。儘管說，付秀瑩的題材，甚至她的敘事方式，都與那種和我隔膜甚深、了無緣分的羅曼史有些不清不楚的，不，應該說是美麗的聯繫。但大體上，付秀瑩作品中的這些面向，的確瀰漫著一股濃濃的情愛氣味。運氣不佳的是，可惜我卻非《女人香》裡頭的Al Pacino，足以好好品賞這一切。硬著頭皮的工作結果，因而只能獲取些些聊勝於無的零碎感受、胡言亂語。再次坦白，希望從寬。

二

從《愛情到處流傳》到《朱顏記》，付秀瑩經營起極為顯著的個人文學世界，特別是她筆下的「芳村」、「舊院」系

列。透過這個系列裏頭的多種作品，付秀瑩筆下的「芳村」，逐漸向我們展示出她各方面的風貌、各式各樣的神采。當然，是透過「芳村」中五花八門的人物。儘管說，最主要的還是以敘事者（或許勉強算得上半個付秀瑩）為視野所及的男女老少。這麼一來，整個「芳村」世界的畫卷，也就慢慢攤在眼前。一個還是生產隊的年代，男女老少在屋裡屋外、村前村後，就這麼樣，以情愫悸動、波動的諸般微妙變化以及各種情感的細緻幽微之神出鬼沒，讓我們能夠開始建立起對於「芳村」世界的第一印象、主要印象。平心而論，這樣的「芳村」既不參雜任何評論家所言的沈從文的影子，也不好比附做五四以降以農村為畢生創作心血基地的經典名家。她應該只屬於付秀瑩一個人。而「芳村」顯然也不存在於世界上任何角落。即使付秀瑩果真出生成長於一個極為類似的地方。

單純以兩部作品來談論一個作家，無疑，是太過危險了些。但請容許我，再次說些胡話。如果真是胡言亂語，就更妙了，連容許的心意都不用付出。到《朱顏

記》為止，付秀瑩除了深具代表性的「芳村」、「舊院」系列之外，主要的敘事範疇，大概也就是從「芳村」、「舊院」裏頭逐漸長大的當年那個「小春子」之類，小丫頭上了省城、到了京城（北京），循著這條線索，付秀瑩從而能夠把敘事範疇從「芳村」、「舊院」裏頭拉出來，拉到省城、也拉到北京城。儘管說，筆下的人物，出生成長、柴米油鹽醬醋茶的地點不一樣了，可，這些男女老少，依舊是熱衷於向我們展示、或者更精確地說，語帶保留地、猶抱琵琶地向我們訴說，關於他們內在世界、再私密也不過的情感波折，不論是青春期勃發的少女、寂寞的中年大叔、還是孤身一人來到異鄉受到誘惑的少婦，甚或是以簡訊虛構情愛作戰、最後實地上場大敗而回的女作家。於是，從「芳村」、「舊院」，再到文藝學術圈圈，食色男女就這麼樣演出一幕幕、一齣齣，內心情感波瀾好似一時具有驚天動地之能的大戲。

純就題材而言，對一個作家來說，題材的自我重複，或者題材不斷的求新求變，不見得只會是好事，或者只能夠帶來

悽慘的結果。題材的重複，完全是有可能朝著深化的方向成長的。換言之，題材的自我重複，若能拋開形式上的老調重彈，從而深入到題材裏頭的完整世界，當然也有機會豐收。相對地，片面的求取新穎的、殊異的題材，不斷開發、不斷嘗試，新則新矣，卻也大有可能淪為跑馬燈、沾醬油式的結果，徒然讓人眼花撩亂於一時而已。對付秀瑩來說，女作家在題材的掌握上，看似不斷重複著以自我出生成長為線索、所串連起來的寫作路徑，從「芳村」、「舊院」的小女孩，一路到省城、到北京城裡的女博士、女作家，我們幾乎都可以從中找到這些故事背後、內在共通的某些生命風景。儘管付秀瑩的作品中，幾乎沒有一個人物的名姓、是不斷沿用下來的。但這依然無礙於這些重要的內在生命景致、形成虛構世界自我的有機聯繫。也因此，在這條題材的挖掘、深掘之道路上，付秀瑩乃能描繪出日益豐富、多樣的「芳村」、「舊院」世界，以及「芳村」、「舊院」人物圖像，當然，還有「芳村」人的生命演出，尤其是他們的情感表演。這當然不是壞事。

然而，付秀瑩或許不滿足於架構、描繪出一個完整的「芳村」、「舊院」世界。因此，在部分作品中，付秀瑩也呈現了嘗試求新、銳意求變的某些成果。例如像是〈朱顏記〉，像是〈羅曼司〉裡的「虛構一種」，像是〈世事〉，都可以從中察覺到付秀瑩的嘗試企圖。而這幾篇作品儘管在題材上亦完全相關於男女情感，或多多少少有些人物上沾染文藝青年、女作家之類的況味，但整體敘事的經營上，卻與其餘諸作有著相當大的不同之處。譬如〈朱顏記〉裡將敘事場景設置在民國、軍閥時期，濃濃的復古情調中，演繹出一場青年男女的畸戀、亂愛，更在情慾與愛意的交換中，營造出撲朔迷離的特殊風格。姑且不論這樣的嘗試成功與否，極為可喜的因而是，付秀瑩也不是一個願意讓自己侷限了自己的作家。

但話又說回來，情感題材的經營，當然是文字工作、文學創作上極為典型的一大面向。只不過，人人知道情感經營，但不僅濃淡有別，情熱情冷的差異，通常也會導致閱讀另端的效應。付秀瑩顯然選擇了平靜、平淡，甚至刻意地去除戲劇

化、抹消張力的存在。對一般讀者來說，這恰恰是最不容易造成閱讀反應、積極參與的敘事樣態。猶記得九十年代前後，中國大陸頗為興起一種人稱之為「新寫實主義」的小說風潮。印象中，好像念過一些像是池莉、方方的作品。這類作品慣以回歸日常生活、尋常事物為主調，企圖在平淡的日復一日中，完成其文學形式。若按照《朱顏記》這部書的編輯意向，特地以所謂「新寫實主義女作家特輯」來編輯此書，那麼顯然，付秀瑩也是在某個敘事特色上，遙遙聯繫著這已將近二、三十年的敘事傳統。

新寫實主義，當然有其成功之處。至少在敘事理論上，以回歸日常生活作為核心信念之一，就非常具有吸引人的理論能量。然而，一味講究平淡、積極解除戲劇與張力的矯揉造作，美其名曰回歸現實主義，但若過度極端、甚或畫虎不成，恐怕卻也會連小說的虛構藝術性，也一併奉送掉。

付秀瑩的作品因而往往不是純粹在講述一個故事。相對地，付秀瑩，或者說在內在精神風貌上靠近新寫實主義傳統的

付秀瑩，特意地選擇了如上那種平靜的敘事風格。就像日常生活的沒頭沒尾一樣，作品裡的故事，通常也不會有正式的開頭，完整清楚的結束。突然而來，嘎然而止。取而代之的乃是付秀瑩刻意不說清楚、不願講明白的故事線索。從作家的角度來看，或者應該說，作家故意引導閱讀者，不去重視故事發展、不去關注情節因果，因為這不是付秀瑩經營的敘事重點，作品裏頭也通常沒有這些東西，該關注的、該留意的從而是人物在某些特定情境下的情緒起落、情意冷暖、忽然而來的竊喜、突兀而去的佯怒。問題也許就在這裡發生。

情感不只難以掌握、難以傳遞，也同樣難以書寫。如果抽離情境、剝除故事來寫情感，恐怕十個會有九個失敗。畢竟，抽象的情感，不論其濃烈抑或淡漠，終究需要一個載體，一個中介物，以便其表現、以便其令人體會。付秀瑩寫得極好的一些作品，的確成功營造了情感與情境下的特定人物處境、相互融合、彼此加強的效果。同樣的，也有那麼一些作品，徒然遺留下讓人不知所措的情境畫面、以及

莫明其所以的人物情感樣態。不只是平靜，甚且是一種刻意的撲朔迷離化。典型如〈朱顏記〉。不管是否是為了讓讀者刻意不去關注、也無法去關注情節發展、故事因果，在這篇作品中，到頭來就只能夠看到，好像有許多許多的情感變化、波折、糾葛，但追求撲朔化的結果，閱讀起來也就僅剩迷離可言。相對於此，在〈愛情到處流傳〉中，或者在〈燈籠草〉裏頭，付秀瑩都堪稱成功地演繹了特定的人物情感狀態，即使不講清楚、即使不說明白，我們都還是能夠體會到那平淡敘事背後、平靜行動內在，洶湧而來的情感浪花。只可惜，並非所有的作品，都能夠達成同樣的效果。在例如〈曼啊曼〉、〈琴瑟〉、〈遲暮〉等諸篇中，這些特定的情意便顯得過度地趨近撲朔、迷離。

當初在閱讀付秀瑩的作品之際，同時感受到的乃是付秀瑩文字上的魅力。在感受其文字魅力之餘，卻也讓人浮現出一些猜想，究竟這個作家，是否是想到哪、寫到哪。特別是那種極為獨特的段落型態。一大段一大段，內中幾乎完全沒有任何清楚的區隔、分界，足以讓人喘息之

處。講好聽的話也就是，這多半是個才氣縱橫的作家，文字天分令人興歎。但往壞處來看，不論是行雲流水般的通暢流利，還是其他，一篇小說，終究無法等同於一段又一段如此般美好的行雲流水，反之亦然。就像台灣的一部俗到爆的電影《總舖師》一樣，劇中也有著「淡淡的哀愁」這樣的菜色；但這道菜色顯然完全無法轉而賦予這部影片以任何高雅美感。如果女作家，能夠在謀篇上嘗試改造一下自己，或者讓自己去接受挑戰，我不知道，當那一天，這位女作家，將有機會攀上怎樣的境界。

晚熟的付秀瑩，也許將會是一個優秀的作家、一個值得期待的作家。如果一個作家能夠擁有這麼豐富而多姿多彩的人生成長經驗，這麼美麗而無可取代的故鄉，同時與生俱來地能夠輕易駕馭文字，那麼，這樣的一個作家，之走上成功而偉大的道路，所欠缺的恐怕也不會太多。當然，這純粹是一個離愛情已經非常久遠的門外漢、一番胡言。草草結束之處、語焉不詳之處，千祈恕罪。

【藍建春，靜宜大學台文系副教授】

QIAO

2014・冬季號

在黑暗中漫舞的張楚
兩岸70後創作互評

國家圖書館出版品預行編目(CIP)資料

橋：在黑暗中漫舞的張楚；兩岸70後創作互評 /
徐秀慧等編輯. -- 初版. -- 臺北市：人間, 2014.12
176 面；17 X 23 公分（橋；2014年冬）
ISBN 978-986-6777-82-0（平裝）
1.中國小說 2.現代小說 3.文學評論
820.9708   103023553

編輯群	徐秀慧　彭明偉　黃文倩　黃琪椿　蘇敏逸
責任編輯	黃琪椿
文字編輯	蔡雨辰 蘇敏逸
封面設計	黃瑪琍
美術編輯	仲雅筠
發行人	呂正惠
社長	林怡君
出版	人間出版社
地址	台北市長泰街59巷7號
電話	(02)2337-0566
傳真	(02)2337-7447
郵政劃撥	11746473 人間出版社
電郵	renjianpublic@gmail.com
定價	160元
初版一刷	2014年12月
ISBN	978-986-6777-82-0
印刷	中原造像股份有限公司
總經銷	正港資訊文化事業有限公司
地址	台北市大安區溫州街64號B1
電話	(02)2366-1376